TANIA KRÄTSCHMAR

Luisa und die Stunde der Kraniche

Buch

Zwei Wochen im September: Die Rufe der Kraniche schallen über den Bodden der Ostsee, als Luisa Mewelt sich auf dem Darß den Antrag ihres Freundes Richard durch den Kopf gehen lassen will. Eigentlich sollte sie sofort Ja sagen, denn sie und Richard sind ein eingespieltes Team. Doch die Tage im Haus Zugvogel verändern viel: Luisa trifft den Kranichexperten Jan Sommerfeldt, der ihr zeigt, wie es sein könnte, wenn sie ihren eigenen Leidenschaften folgen würde. Das faszinierende Schauspiel zwischen Himmel und Meer erinnert sie an ihre Naturliebe, die Richard nicht mit ihr teilt. Sie hat endlich wieder mit ihrer Schwester und ihren kleinen Nichten Kontakt, die sie besuchen kommen. Und dann ist da die geheimnisvolle Mary. Immer wieder kreuzt die alte Dame Luisas Weg, und ihre Worte und Weisheit über die eigene Lebenszeit, die man hat, bis sie vorbei ist, berühren Luisa zutiefst …

Autorin

Tania Krätschmar wurde 1960 in Berlin geboren. Nach ihrem Germanistikstudium in Berlin, Florida und New York arbeitete sie als Bookscout in Manhattan. Heute ist sie als Texterin, Übersetzerin, Rezensentin und Autorin tätig. Sie hat einen Sohn und lebt in Berlin.

Von Tania Krätschmar bei Blanvalet bereits erschienen:

Eva und die Apfelfrauen · Clara und die Granny-Nannys · Nora und die Novemberrosen

Besuchen Sie uns auch auf www.facebook.com/blanvalet
und www.twitter.com/BlanvaletVerlag

Tania Krätschmar

Luisa und die Stunde der Kraniche

Roman

blanvalet

Der Verlag weist ausdrücklich darauf hin, dass im Text enthaltene externe Links vom Verlag nur bis zum Zeitpunkt der Buchveröffentlichung eingesehen werden konnten. Auf spätere Veränderungen hat der Verlag keinerlei Einfluss. Eine Haftung des Verlags ist daher ausgeschlossen.

Verlagsgruppe Random House FSC® N001967

1. Auflage
Copyright © 2017 by Blanvalet Verlag
in der Verlagsgruppe Random House GmbH,
Neumarkter Str. 28, 81673 München
Redaktion: Margit von Cossart
Umschlaggestaltung: www.buerosued.de
Umschlagmotiv: living4media/Peter Raider; living4media/IBL
Bildbyra AB/Angelica Söderberg; www.buerosued.de
LH · Herstellung: sam
Satz: Buch-Werkstatt GmbH, Bad Aibling
Druck und Bindung: GGP Media GmbH, Pößneck
Printed in Germany
ISBN: 978-3-7341-0419-0

www.blanvalet.de

»Zur Nachtzeit stellen die Kraniche Wachen auf, die mit einem Fuß einen kleinen Stein hochhalten. Lassen sie ihn schlafmüde fallen, so wird ihre Unachtsamkeit offenbar. Die anderen Kraniche schlafen, von einem Fuß auf den anderen wechselnd, den Kopf unter einem Flügel geborgen.«

PLINIUS DER ÄLTERE,
GEBOREN 23 NACH CHRISTUS.

Prolog

Bedenke, meine liebe Luisa, es ist die Zeit, die uns ausmacht. Sie ist das Wertvollste, was wir haben, und zugleich das Vergänglichste. Heute bist du volljährig, und wahrscheinlich kommt dir die Zeit, die vor dir liegt, unendlich vor. Das ist das Vorrecht der Jugend. Aber sie vergeht unaufhaltsam. Ihr ist alles untergeordnet – Glück, Liebe, Unglück, Krankheit dauern an, bis es vorbei ist. Die Zeit kennt nur eine Richtung: voran. Das kann tröstlich sein oder unerbittlich. Der Moment ist wie ein Punkt, der letzte Punkt ist die Vergangenheit, der nächste Punkt bereits die Zukunft. Alle Punkte aneinandergereiht bilden den Weg deines Lebens. Jedes Mal, wenn du eine Entscheidung triffst, beeinflusst du diesen Weg. Mit manchen Entscheidungen änderst du den Verlauf deines Weges mehr, mit anderen weniger ...

Aus Max Mewelts Brief an seine Enkeltochter Luisa
zum 18. Geburtstag

1. Kapitel

Natürlich hätte sie es kommen sehen müssen.

In den letzten zwei Wochen hatte Richard ihr Hinweise gegeben, kleine Bemerkungen gemacht, ihr waren verstohlene Veränderungen in seinem Verhalten aufgefallen. Sein tiefes Luftholen, als wollte er etwas sagen, was er dann nicht tat. Sein nachdenklicher Blick, wenn sie unerwartet in seine Richtung schaute und er sich dann hastig abwandte, als hätte sie ihn bei etwas Unerlaubtem erwischt.

Aber bei den großen Themen ihres Lebens konnte Luisa Mewelt für eine durchaus intelligente Frau erstaunlich betriebsblind sein. Der Grund dafür war einfach – sie mochte Veränderungen genauso wenig wie Entscheidungen. So, wie es war, war es gut, und so sollte es bitte auch bleiben.

Schon als Kind war sie so gewesen, ganz anders als ihre zwei Jahre jüngere Schwester Emilia, die eine Situation sehr schnell, manchmal sogar zu schnell, einschätzte und dann darauf mit aller Entschiedenheit reagierte. Elterlichen Ver- und Geboten oder autoritären Lehrern in der Schule widersprechen? Wunderbar! Emilia war dabei! Nur weil andere »vielleicht« oder »jein« sagten, musste sie das noch längst nicht tun. Sie hatte eine Meinung, und das sollte jeder wissen.

Luisa dagegen war ... geschmeidiger. So konnte man es nennen, wenn man es freundlich ausdrücken wollte. So nannte sie es selbst. Es war eine kleine charakterliche Schwäche, mit der sie bisher fast immer gut gefahren war. Oder die ihr zumindest nicht geschadet hatte. Es war so leicht, sich nicht zu entscheiden. Meine Mädchen sind eben sehr unterschiedlich, hatte ihre Mutter stets wohlmeinend erklärt, wenn irgendwer geglaubt hatte, das kommentieren zu müssen. Emilia die Entschlossene, Luisa die Wankelmütige.

Bis zu jenem Moment, der, im Nachhinein betrachtet, der Anfang aller Entscheidungen war.

Auch wenn Luisa es da noch nicht wusste.

Es war ein Spätsommerabend in Berlin, wie er nicht schöner hätte sein können. Die Sonne hatte den ganzen Tag von einem wolkenlosen Himmel gebrannt. Im Radio wurde stündlich davon gesprochen, dass für die zweite Septemberwoche Rekordtemperaturen erwartet wurden.

In ihrem Goldschmiedeatelier, das im Souterrain eines Altbaus lag, hatte Luisa nicht allzu viel von der Wärme mitbekommen, und so genoss sie die letzten Sonnenstrahlen. Um sieben traf sie sich mit Richard bei ihrem Lieblingsitaliener. Luigi servierte ihnen an einem der in Rot-Weiß eingedeckten Tischchen köstlich scharfe Spaghetti Arrabbiata, die Luisa den Schweiß auf die Stirn trieben. Schließlich zahlte Richard, und sie schlenderten Hand in Hand den Kurfürstendamm entlang bis zu dem schönen weißen Altbau, in dem sich Richards ausgebautes Dachgeschoss befand. Früher hatte in dem Haus der Bürgermeister von Berlin gewohnt. Es gefiel Richard, in Gesprächen wie nebenbei den Vormieter zu erwähnen und dann das anerkennende Aufleuchten in den Augen seines Gegenübers zu sehen.

Der Außenfahrstuhl, eine nachträglich eingebaute technische Bequemlichkeit, hielt direkt vor dem Apartment.

»Ich zieh mich schnell um, dann trinken wir noch ein Glas Weißwein«, sagte Richard und öffnete die Tür.

Luisa nickte. »Gern. Für mich bitte mit ein paar Eiswürfeln, ja?«

»O nein! Das ist viel zu schade.« Richard sah sie entsetzt an. »Es ist ein edler Grauburgunder. Der war teuer, weißt du.«

»Wenn schon. Ich will ihn richtig kalt. Bitte, Richard!«

Er schüttelte tadelnd den Kopf, was Luisa ignorierte. Sie ging auf die Dachterrasse, schlüpfte aus ihren Sommerpumps, massierte ihre Füße und streckte sich auf einer der beiden gepolsterten Liegen aus.

Über ihr war nichts als der Himmel von Berlin. Die Sonne war untergegangen, und sie musste an ein Gemälde von Hundertwasser denken: *Singender Dampfer in Ultramarin III*. Es hatte genau die Farben, die sie in diesem Moment umgaben. Dieses eindringliche Blau der aufkommenden Dunkelheit, das Grün der Bäume, das Gelbliche der Straßenlaternen. Das wären Töne, mit denen sie beim Emaillieren experimentieren könnte. Es würde gut aussehen in Verbindung mit Gold ...

Als Richard die Dachterrasse betrat, trug er dunkelblaue Bermudas und ein weißes T-Shirt, seine Sonnenbrille hatte er in sein dunkles, nach hinten gegeltes Haar gesteckt. Er sah aus, als wollte er zum Nachtsegeln gehen.

Eigentlich war seine Eitelkeit ein bisschen übertrieben. Aber Luisa kannte ihn nicht anders, und außerdem – eitle Männer waren wenigstens gepflegt. Richard wusste genau, dass er gut aussah, und er tat alles dafür, dass es die Leute in seiner Umgebung nie vergaßen. Auch daran, dass er es weit gebracht hatte, erinnerte er gleich jeden, der ihm begegnete. Er bekleidete eine Spitzenposition in einer der größten Berliner Kanzleien, sein Nachname, Hartung, wurde in der Presse immer häufiger in Verbindung mit den Worten »Wirtschaftssenator« genannt. Man würde denken, dass Luisa all das widerstrebte, doch er hatte auch eine andere Seite – er war charmant, zärtlich und großzügig.

Er reichte ihr das beschlagene Glas, in dem die Eiswürfel leise klirrten, und genüsslich nahm Luisa einen großen Schluck.

»Luisa ...« Richard setzte sich auf das Fußende ihrer Liege.

»Danke, Richard. Das ist einfach himmlisch ...« Sie seufzte zufrieden und stupste ihn sanft mit ihrem nackten Fuß an. »*Life is good.*«

»Hör mal. Ich muss dir was sagen ...«

Luisa blinzelte. »Ja?«

»Schatz, ich hab dir doch von diesem unglaublichen Job erzählt, dem in London.« Richards Stimme klang beschwörend.

Luisa musste einen Moment nachdenken. »Dem in London? Warte mal. Oh ja ... Das ist schon ein paar Monate her, oder? Als Headdingsbums ...« Sie erinnerte sich wieder, und sie erinnerte sich auch daran, dass sie dem nicht allzu viel Bedeutung beigemessen hatte. Richard spann so häufig an seinem Karrierenetz, dass sie längst den Überblick verloren hatte.

»Head of European Compliance and Risk-Association. Ja, diesen Job meine ich.«

»Was ist damit?«

»Ich habe ihn.«

Luisa ließ das Glas sinken. »Wie, du hast ihn? Den hat doch jemand anderes bekommen. Eine Kollegin aus Luxemburg, oder?«

»Die ihn nicht antritt.«

»Warum nicht?«

»Keine Ahnung. Vor einiger Zeit ging das Gerücht um, dass sie ihn nicht haben wollte. Ich wusste, dass ich die zweite Wahl war. Also hab ich meinen Namen wieder ins Gespräch gebracht und erfahren, dass sie mich schon auf dem Schirm hatten. Ich hab schon vor zwei Wochen gehört, dass sie mich nehmen werden, heute haben sie eine offizielle Erklärung dazu rausgegeben.«

»Aber wäre das nicht eine Riesenchance für diese Kollegin gewesen?«

»Luisa, mir ist es egal, warum diese Frau den Job in London nicht antritt! Vielleicht will sie in einen Aschram gehen oder Kinder bekommen oder ist krank geworden oder hat Angst vor der Verantwortung – keine Ahnung. Hauptsache ist, dass die Kommission ihn mir angeboten hat! Verstehst du, was das bedeutet?«

Luisa setzte sich auf. Ihre schulterlangen rotblonden Locken, die sie bei der Arbeit hochgesteckt trug, hatten sich aus der Hornspange gelöst und fielen ihr über die sommersprossigen Schultern. Achtlos warf sie ihr Haar zurück und streifte den Träger ihres gelben Sommerkleides hoch, der hinuntergeglitten war.

»Ja. Das bedeutet, dass du es geschafft hast. Dass du ganz oben im europäischen Finanzmarkt mitspielst«, sagte sie. »Dass du da bist, wo du immer sein wolltest.«

Es klang ein bisschen auswendig gelernt, was es auch war. Genau so hatte Richard bis jetzt jeden Karriereschritt begründet. Beim ersten Mal hatte sie andächtig genickt, beim zweiten Mal geschmunzelt. Inzwischen konnte sie den Text praktisch singen.

»Genau. Vorläufig jedenfalls. Nach oben ist noch Luft.« Er nahm einen Schluck aus seinem Glas, in dem sich, wie Luisa feststellte, keine Eiswürfel befanden. »Man erwartet, dass ich am 1. November so aufgestellt bin, dass die Kommission ihre Arbeit aufnehmen kann. Das sind keine acht Wochen mehr bis dahin. Und es wäre wunderbar, wenn du nach London mitkämest.«

Das allerdings war neu.

Zärtlich streichelte Luisa sein Gesicht, spürte seinen rauen Abendbart wie Sandpapier in ihrer Handinnenfläche. »Das ist süß, Richard. Aber du weißt doch, dass ich hier mein Atelier habe und dass ich meine Arbeit sehr mag. Flüge nach London kosten nicht die Welt. Du kannst am Wochenende nach Berlin kommen. Und ich besuche dich, sooft ich kann. Wir waren immer mal wieder für längere Zeit getrennt. Weißt du noch, als du ständig nach Brüssel musstest? Eigentlich kein Unterschied zu London, oder? Für uns muss sich doch nichts ändern.«

Was sie eigentlich meinte, war: Was soll ich den ganzen Tag allein in London, während du achtzig Stunden in der Woche arbeitest? Soll ich die Tage damit verbringen, deine Abendveranstaltungen zu planen? Wo bleibt dann mein eigener Anspruch, wo mein eigenes Leben?

Aber ein Grund, warum sie und Richard bei ihren Freunden als glückliches Paar galten, war Luisas intuitives Gespür dafür, wann sie den Dingen besser ihren Lauf ließ und Entwicklungen nicht durch unbequeme Einwände oder Wahrheiten beeinträchtigte. Und so ließ sie sich zurücksinken und schloss die Augen, fast schon wieder bereit, ihre Bedenken vor sich selbst zurückzunehmen.

Richard stellte sein Glas auf der breiten Armlehne der Liege ab. Die Wahl, aus welchem Material die Gartengarnitur sein sollte, war ihnen damals leichtgefallen: Teak, auch wenn es etwas teurer war. Wenn Teak alterte, wurde es vornehm silbergrau. Teak hatte Stil.

Er räusperte sich, glitt von der Liege, kniete sich vor Luisa, nahm ihre Hand in seine beiden Hände, küsste sie und holte dann tief Luft: »Würdest du mir die große Ehre erweisen und meine Frau werden, Luisa, meine große, unsterbliche Liebe? Würdest du dein Leben für immer mit meinem teilen, bis dass der Tod uns scheidet? Mit einem Ja könntest du mich zum glücklichsten Mann der Welt machen. Bitte sag Ja, mein Schatz. Einfach nur ein kleines Ja.«

Ja hallte es in Luisas Ohren wider, was eigentlich gar nicht sein konnte, denn auf der Dachterrasse gab es nichts, das Schallwellen reflektieren könnte. Sah man mal von der Glasbrüstung ab, die denjenigen, der neugierig zu weit nach unten zum Kurfürstendamm lugte, vor einem Sturz bewahrte.

Einige Momente vergingen, in denen man nur das Rauschen der Stadt hörte, bis Luisa klar wurde, dass Richard auf ihre Antwort wartete.

»Oh ... Das Thema Heiraten hatten wir doch schon mal«, erwiderte sie vorsichtig. Und es war kein gutes Thema zwischen ihnen gewesen. Sie hatten heftig gestritten.

Richard erhob sich und setzte sich auf den Rand der Liege. Er wiegte den Kopf, ließ ihre Hand los und griff wieder nach seinem Glas. »Das war eine theoretische Diskussion, die wir damals hatten. Es ging um Kinder, und da haben wir uns zum Glück geeinigt. Mit den Töchtern deiner Schwester hatte es zu tun, erinnerst du dich?«

Ja, sie erinnerte sich sehr genau. Er hatte sich über Paare, die Kinder wollten, lustig gemacht. Idealisten, die nicht verstehen konnten, wie viel leichter das Leben ohne Kinder war. Kinder kamen nicht infrage. Im selben Atemzug hatte er argumentiert, dass man nicht heiraten müsse, wenn man keine Kinder haben wollte.

Zuerst war Luisa entsetzt gewesen, betroffen, hatte die klare Absage an eine Familie als herzlos empfunden.

Aber sie hatte sich, wie so oft, gefügt.

Dann eben nicht, hatte sie damals gedacht. Dann bleiben wir so zusammen, wie wir jetzt sind. Ist ja schön. Bequem. Kinder müssen nicht sein. Richard hatte natürlich recht, sie machten Arbeit und zwangen einen, sich einzuschränken. Und wenn man keine Kinder wollte, war das Heiraten wirklich überflüssig. Sie und Richard wussten auch so, dass sie zusammengehörten.

»Aber hattest du damals nicht gesagt, dass du nicht

heiraten möchtest?« Sie hasste sich selbst für den ratlosen Unterton in ihren Worten, aber sie musste es wissen. »Warum hast du deine Meinung geändert?«

Er schnappte sich sein Glas, stand auf und lehnte sich an die Glasbrüstung. Links und rechts von ihm standen zwei große Buchsbäume. Der Gärtner kam zweimal im Jahr, um sie zirkelgenau zu beschneiden. Die reduzierte Bepflanzung der Terrasse musste sein, weil Richard eine Bienenallergie hatte. Da verbot sich alles, was blumig, duftend und insektenfreundlich war. Zum Glück hatten sie noch nie das Notfallset, das im Kühlschrank lag, nutzen müssen.

»Zum einen sind wir nun schon lange zusammen ...«, begann Richard zu antworten. Plötzlich hatte Luisa den Eindruck, ein sprechendes Gemälde zu sehen. *Erfolgreicher Mann vor Abendhimmel, gerahmt von Buchs, Himmel und Glas* könnte es heißen. Oder *Heiratsantrag ohne Frau*. Oder *Nachtentscheidung eines Managers*. Oder ... »Ich werde zweiundvierzig, du bist achtunddreißig«, fuhr er fort. »Ich finde, da kann man allmählich Nägel mit Köpfen machen. Vor Überraschungen sind wir gefeit. Die Zukunft liegt vor uns. Sie kann nur gut werden. Und wenn wir verheiratet sind, teilen wir sie für immer.«

Luisa drehte das Weinglas in ihren Händen. »Aber um die Zukunft zu teilen, müssen wir nicht verheiratet sein. Dafür muss man nur zusammen sein. Das haben wir doch neulich gesagt, oder?«

Richard fuhr fort, als hätte er ihren Einwand nicht gehört. »Wir sind ein gutes Team. Du unterstützt mich bei meinen gesellschaftlichen Verpflichtungen, dafür unterstütze ich dich und deine Goldschmiede finanziell.«

Das stimmte. Wenn Richard Freunde aus Kultur und Wirtschaft einlud – und das tat er häufig –, sorgte Luisa für einen reibungslosen Ablauf. Sie ließ vom KADEWE catern, den Wein von ihrem bevorzugten Händler anliefern, engagierte eine Servierkraft und bestellte die Putzfrau für den nächsten Tag. Inzwischen hatte sie Routine. »Wir müssen uns sozial nicht verstecken«, erklärte Richard immer wieder. »Lass sie glauben, dass wir so exklusiv leben. Das macht einen guten Eindruck.«

Dafür zahlte er jeden Monat die Miete für die Goldschmiede. Dass er ihre Goldschmiede heute Goldschmiede genannt hatte, bewies, wie ernst ihm dieses Gespräch war. Sonst sagte er Bastelkeller – in der Regel mit ironischem Unterton. Das erlaubte Rückschlüsse darüber, was er von ihrer Arbeit hielt.

»Ja, wir sind ein gutes Team«, sagte sie leise.

»Du tust mir gut. Wir leben harmonisch zusammen, streiten nie«, fügte er noch hinzu.

Auch das stimmte. Luisa hatte zwar zwei Räume hinter ihrer Werkstatt, die sie sich gemütlich eingerichtet hatte, aber tatsächlich wohnte sie bei Richard. Wieso auch nicht? Dachgeschoss versus Souterrain, zweihundert Quadratmeter gegen vierzig, Sonne gegen Schatten. Luxus gegen Minimalismus. Ein Mann, der anerkannt war und der sie verwöhnte.

Und trotzdem fehlte etwas in seiner Argumentationskette, das sie wissen musste.

»Richard, da ist doch noch was«, bemerkte sie.

Er seufzte und beugte sich kurz über die Brüstung, als versteckte sich die wahre Erklärung, warum ihm plötzlich das Heiraten so wichtig war, irgendwo da unten zwischen den parkenden Autos auf dem Mittelstreifen des Kurfürstendamms.

»Du kennst mich zu gut«, sagte er dann. »Also, es ist so: Ich möchte meinen Erfolg gern mit dir teilen. Du müsstest nicht mehr arbeiten und wärst die perfekte Frau an meiner Seite. London ist eine wunderbare Stadt, denk nur an all die Museen! Wenn es dir wichtig ist, finden wir für dich auch etwas zu basteln. Du machst wirklich sehr kreative Sachen«, beeilte er sich hinzuzufügen. »Glaub nicht, dass ich deine Arbeit nicht schätze. Aber du könntest dich natürlich auch bei Wohltätigkeitsorganisationen engagieren. Du musst kein Geld verdienen, wärst abgesichert. Und du würdest sicher gut ankommen.« Bei wem?, fragte Luisa sich. Richard stieß sich vom Geländer ab, kam auf sie zu und setzte sich wieder neben sie. »Es wäre für meinen Job einfach besser, wenn ich verheiratet wäre. Verstehst du, Luisa? Es wirkt seriöser. Mein Berufsfeld ist nun mal von konservativen Werten geprägt, Banker, Politiker, hochrangige EU-Beamte. Ich kann dich der britischen Premierministerin schlecht mit ›*This is my girlfriend*‹ vorstellen. Für uns ist Heirat doch nur ein kleiner Schritt, gerade weil wir beide nicht wirklich daran glauben! Wenn du möchtest, können wir auch nach Las Vegas fliegen, dann hätten wir es ruckzuck hinter uns. Eine Formalität. Wir kommen als Mr. und Mrs. Hartung zurück, sparen uns eine Feier und können schon mal alles für London vorbereiten.«

Endlich verstand Luisa. Das war sie, die Wahrheit, schön verpackt.

Er brauchte für seinen Job in London eine Ehefrau. Nur deshalb machte er ihr einen Antrag.

Auf einmal sah sie alles klar vor sich. Das Leben, das sie jetzt führte, würde so weiterlaufen. Materiell ginge es ihr natürlich noch besser. Sie konnte sich auf Richard verlassen, das wusste sie.

Gut, es hatte mal eine kleine Geschichte mit seiner Sekretärin gegeben, aber er hatte sie dann entlassen und Luisa geschworen, dass das eine einmalige Geschichte gewesen war. Mit einem traumhaften Ring, einem großen Amethyst, meisterhaft geschliffen, sodass man den Eindruck gewann, jemand habe ein Feuer darin entzündet, hatte er sich entschuldigt. Den Ring mochte sie allerdings so wenig, dass es sie jedes Mal überraschte, wenn sie ihn in ihrem Schmuckkästchen entdeckte. Vielleicht sollte ich die Fassung ändern, hatte sie neulich überlegt.

Richard erklomm die Karriereleiter, und alles, was an Erfolg und damit auch materiell zu erreichen war, würde er erreichen.

Musste man bei einem Heiratsantrag von Liebe sprechen? Man konnte. Aber man musste nicht. Sagte man nicht, Frauen heirateten aus Liebe und Männer aus Steuergründen? Na ja, Richard heiratete aus Repräsentationsgründen.

Sie sollte eigentlich jubeln, ihm um den Hals fallen, in die Küche rennen, eine Flasche Champagner aus dem Kühlschrank holen wie vor einigen Jahren, als Richard Partner in der renommierten Kanzlei geworden war. Sie hatten noch einen Cristal Rose 2006, der fünfhundert Euro gekostet hatte, mehr als die Monatsmiete ihrer Goldschmiede.

Inzwischen war der Himmel über Berlin ganz dunkel geworden, das unwirkliche Blau war verschwunden. Der Mond war aufgegangen und leuchtete fast so hell wie die Lichter der Stadt.

Irgendwo hoch über sich hörte Luisa das Kreischen von Vögeln. Eine V-Formation glitt am Mond vorbei. Waren bereits Zugvögel unterwegs? War das Ende des Sommers so nah?

Das allerdings brauchte sie Richard nicht zu fragen. Natur war ihm fremd. Sie interessierte ihn nicht, sie passte nicht in sein Weltbild, wahrscheinlich weil sie sich durch menschliche Einflüsse nicht beeinflussen ließ, sich nicht von Macht beeindrucken ließ. Wenn ein Sturm kam, half keine European Compliance and Risk-Association. Gegen Erdbeben und Sturzregen war ein gut gehender Finanzmarkt machtlos.

Die Vögel entschwanden langsam hinter dem Altbau auf der anderen Straßenseite.

Luisa riss sich zusammen. Es konnte nur eine Antwort auf Richards Heiratsantrag geben.

»Richard, ich bin so glücklich, dass du mich das gefragt hast. Aber es kommt wirklich unerwartet. Als wir damals über das Heiraten gesprochen haben, warst du ganz anderer Meinung als heute. Du fandest es überflüssig, wenn man keine Kinder wollte. Das verwirrt mich irgendwie. Bevor ich Ja sage, möchte ich darüber nachdenken. Ich weiß, du verstehst das.«

Sein erstaunter Blick verriet ihr, dass er das überhaupt nicht verstand. Und vielleicht war das besser so, denn sie verstand es selbst nicht wirklich. Es fühlte sich wie etwas an, das sie am wenigsten gern tat: Handeln und Sichentscheidenmüssen.

»Wie viel Zeit brauchst du?«, fragte Richard.

Sie kalkulierte ungefähr so, wie sie es tat, wenn sie einem Kunden ein Angebot machte. »Zwei Wochen.«

»Zwei Wochen?«, fragte Richard hörbar verletzt. »Du musst meinen Antrag so lange hinterfragen?«

Luisa griff nach seiner Hand, streichelte sacht seine Finger, berührte den Siegelring mit dem dunkelblauen Stein, den er von seinem Vater geschenkt bekommen hatte, als er das Jurastudium mit »summa cum laude« abgeschlossen hatte.

»Eine Ehe soll für immer sein. Gegen ein ganzes gemeinsames Leben sind zwei Wochen ein vergleichsweise kurzer Zeitraum. Und du verlangst eine Menge: Ich soll mein Leben in Berlin aufgeben, meine Werkstatt ...«

»Nicht aufgeben. Wir kommen doch irgendwann aus London zurück. Im Grunde ändert sich nichts für dich, außer, dass du eine Weile in London lebst, neue Eindrücke bekommt, neue Leute kennenlernst.«

»Das klingt traumhaft, Richard, aber es stimmt nicht ganz. Da machst du dir was vor. Eine Ehe ändert alles.« Und eine Scheidung wie bei meinen Eltern auch, wollte sie schon hinzufügen, aber sie verkniff es sich.

»Na gut. Zwei Wochen.« Er legte den Arm um ihre Schultern und zog sie an sich. »Aber länger lass mich nicht warten. Solange machen wir hier weiter wie bisher, ja? Wir gehen essen, treffen Leute, besuchen Partys ...«

»Ich werde verreisen. Allein.«

Er ließ den Arm sinken. »Warum das denn?«

»Ich will die Zeit auch nutzen, um an meinem Entwurf zu arbeiten.« Der Gedanke war ihr eben erst gekommen.

»Welchen Entwurf?«

»Den für Bilbao.«

Ein Museum in der spanischen Hafenstadt hatte einen Wettbewerb ausgeschrieben: *Movimiento en oro – Bewegung in Gold* lautete das Thema, das Luisa im Goldschmiedeforum ins Auge gesprungen war. Es war ein Widerspruch in sich. Gold als eines der schwersten Metalle verkörperte das Gegenteil von Bewegung. Es setzte sich im Wasser ab, im Sand, es wollte bleiben, wo es war, wollte sich nicht bewegen und verändern, wollte bewahren – das Geld seines Besitzers zum Beispiel. Der Charakter des Edelmetalls entsprach nicht dem Charakter des Wettbewerbs. Das machte die Aufgabe des Umsetzens schwer. Trotzdem hatte Luisa den unerklärlichen Eindruck gehabt, dass es eine direkt an sie gerichtete Aufforderung war.

Sie hatte einen ersten Entwurf gemacht und war gnadenlos gescheitert. Auch der zweite, dritte und vierte Entwurf hatten nicht die Tiefe gehabt, die sie sich erhofft hatte. Was sie machte, war kunstgewerblich, hübsch und gefällig, aber hatte mit moderner Kunst wenig zu tun. Sie war Künstlerin genug, um zu erkennen, dass ihren Arbeiten etwas fehlte, aber zu wenig Künstlerin, um das zu ändern. Es war frustrierend. Vielleicht würde ein Ortswechsel ja helfen. Und selbst gewählte Einsamkeit. Eine Zeit mal nicht in den sozialen Netzwerken unterwegs sein. Nicht whatsappen. Sie war noch nie allein verreist.

»Wo willst du denn hin? Ein bisschen wellnessen?«, fragte er. »Oder nach New York zum Shoppen? Flieg nicht nach London! Da bist du dann ja ab November.«

Luisa bewunderte Richard für seine Größe, nicht zu schmollen. Schon das war eigentlich ein Grund, sofort Ja zu sagen. Egal, was sie sich ausdachte – sie war sicher, dass er sie sogar finanziell unterstützen würde.

Aber in diesem Fall fühlte sich das nicht richtig an.

»Nein«, sagte sie. »Ich brauche Natur. Das Meer. Den Strand.«

»Du fährst nach Zingst?«, fragte er und seufzte. »Dann nimm dir wenigstens eine Suite im Steigenberger.«

»Ach, Richard. Sei nicht albern. Ich wohne natürlich in unserem Haus, wenn es frei ist. Emilia wird das wissen. Ich ruf sie an.« Sie stand auf.

Sie hätte auf der Dachterrasse telefonieren können, aber erstens sprach sie lieber am Festnetz, und zweitens wollte sie nicht, dass Richard jedes Wort mithörte, auch wenn sie nichts vor ihm zu verbergen hatte.

Als sie barfuß über den kühlen Marmorboden der Terrasse in den schummrigen Wohnbereich ging, hörte sie von draußen erneut Vogelrufe. Vielleicht hatte sich die erste Schar verflogen und war umgekehrt. Verflogen sich Vögel überhaupt? War das möglich? Hatten sie nicht so eine Art eingebauten Kompass? Und variierte das von Vogelart zu Vogelart, oder war das bei allen Vögeln gleich?

Wahrscheinlicher war, dass eine zweite Vogelschar in Richtung Süden unterwegs war. Am Himmel über Berlin schien an diesem Abend eine ganze Menge los zu sein. Und die Vögel, die da kreischend über sie hinwegflogen, schienen sich nicht im Geringsten darum zu scheren, dass sie gerade einen Heiratsantrag erhalten hatte und nicht wusste, wie sie antworten sollte.

2. Kapitel

Dass Luisa seit fast zwanzig Jahren in Berlin wohnte, war im Grunde ein biografischer Irrtum.

Sie stammte aus einer Familie, die seit Jahrhunderten an der Küste gelebt hatte. In der Familie Mewelt war es Tradition, dass man Neugeborenen ein weiches Bändchen mit einer kleinen Ostseemuschel um den linken Fuß band und es dort ließ, bis es sich von allein löste. Das sollte, kaum dass man auf der Welt war, die Verbindung zum Wasser festigen.

Luisa war überzeugt, dass ihr Bändchen spätestens beim ersten Baden abgefallen war, auch wenn ihre Mutter dem energisch widersprochen hatte. Denn die anderen Mewelts waren Fischköppe, die beharrlich im Norden geblieben waren, Sturköppe allesamt.

Ihr Großvater Max Mewelt hatte nach dem Krieg, in dem er bei der Marine gewesen war, auf See gearbeitet. Von Rostock waren die Schiffe losgefahren, und oft war er monatelang unterwegs gewesen, genau wie es sein Vater und Großvater schon getan hatten. Ihre Großmutter Elise war allein in dem kleinen Häuschen in Zingst geblieben, genau wie alle anderen weiblichen Verwandten. Das taten Ehefrauen von Seeleuten eben.

In den frühen Fünfzigerjahren, zu Beginn der DDR, war dann die Arbeit knapp geworden, und der Großvater hatte nehmen müssen, was er bekommen konnte, um seine wachsende Familie durchzubringen. Mal war er Aushilfskraft an der Schule für Schifffahrt in Rostock gewesen, mal Hafenarbeiter. In den späten Fünfzigerjahren hatte es für Max Mewelt endgültig keine Anstellung mehr gegeben. Das Haus war renovierungsbedürftig geworden, das Reetdach undicht. Die Familie hatte es hinter sich abgeschlossen und war kurzerhand mit dem Schlüssel in der Tasche über die grüne Grenze in Richtung Nordsee ausgewandert – mitsamt den drei Kindern Walter, Heike und Michael, alle unter sechs Jahren.

Max und Elise waren erst nach Husum und ein Jahr später nach Hamburg gezogen, wo Max endlich in einer Reederei Arbeit gefunden hatte. Aber auch als es ihnen allmählich besser ging, als sie ein kleines Häuschen in Norderstedt bezogen, auch als die Kinder längst zu echten Hamburgern herangewachsen waren – die Sehnsucht nach der Halbinsel Fischland-Darß-Zingst zwischen Rostock und Rügen, die wie ein Bogen im Meer lag, war geblieben. Eine Schwarz-Weiß-Luftaufnahme von Zingst, dem Dorf am östlichsten Ende zwischen Meer und Bodden, hing bei Max und Elise im Wohnzimmer direkt neben der Tür über dem Lichtschalter. Jedes Mal, wenn man die Deckenlampe anschaltete, blickte man unweigerlich darauf.

Max hatte seine Arbeit, Elise hatte die Familie und ihre Erinnerungen an früher. Statt schwächer zu werden und allmählich zu verblassen, wurden diese lebendiger, je älter Elise wurde. Sie dachte an das mal ruhige, mal wilde Meer mit seinen Holzbuhnen, die von Weitem wie eine dunkle Bernsteinkette aussahen, an den Leuchtturm am Darßer Ort und den wilden Wald, den Bodden, das Windwatt, die Sundischen Wiesen. An ihre Jugend, ihre Zeit als junge Frau.

In den Siebzigerjahren mietete Max jeden Sommer ein Ferienhäuschen in der Lübecker Bucht, und Elise träumte von ihrem verlorenen Paradies. Luisa konnte sich an schöne Urlaube an der Ostsee erinnern, an Ponyreiten am Strand. Emilia hatte ihr Pferd immer zu wildem Galopp angetrieben, sie war vorsichtig im Trab gefolgt.

Dann kam die Wende. Onkel Walter, der Rechtsanwalt geworden war, setzte sich dafür ein, dass die Familie das Haus in Zingst zurückerhielt. Sie waren nicht enteignet worden, und Walter schaffte es. Das war wohl der glücklichste Tag in Elises Leben. Aber auch einer der verstörendsten, denn eine Entscheidung musste getroffen werden. Was sollten sie mit dem Haus anfangen?

Sie fuhren hin und stellten sich als alte neue Eigentümer vor. Jeden Monat wurden ihnen fortan vierzig Mark von den Mietern überwiesen, bis diese in einer nebligen Nacht Anfang der Neunziger auszogen, wahrscheinlich weil sie den Westbesitzern nicht trauten. Das Haus hinterm Deich war heruntergewirtschaftet und sanierungsbedürftig, doch es stand leer. Max und Elise hätten es verkaufen können, Makler aus Hamburg und Berlin standen Schlange, um Ostseeimmobilien zu erwerben, egal wie baufällig sie waren. Sie jagten sie alle zum Teufel. Denn dieser Moment war für Max und Elise der Startschuss in die Vergangenheit. Die Familie legte zusammen, Haus Zugvogel, wie es früher geheißen hatte und nun wieder heißen sollte, wurde neu hergerichtet.

Es dauerte eine Weile, da die Arbeiten am Haus von der Saison abhängig waren. Herbst und Winter eigneten sich nicht so sehr zum Reparieren und Streichen, im Frühling und Sommer hatten die Handwerker, die häufig ein Doppelleben als Vermieter an der Ostsee führten, wenig Zeit.

Als Haus Zugvogel wiederhergestellt war, waren Luisa und Emilia Teenager, das perfekte Alter, um erste Sommerfreiheiten zu genießen. Das undichte Reetdach war frisch gedeckt worden, das Haus hatte neue Fenster bekommen. Die Dielen waren abgezogen, die Wände geweißt und die Balken geschwärzt, Küche und Bad waren komplett erneuert, und die drei Schlafzimmer unterm Dach hatte Elise so maritim-gemütlich einrichten lassen, wie man es sich nur vorstellen konnte. Im Sommer schliefen sie bei offenem Fenster. Man konnte das Meer rauschen, die Möwen schreien und den Regen plätschern hören.

Ende der Neunziger starb Elise mit einundsiebzig Jahren, nur kurze Zeit hatte sie ihre persönliche Wiedervereinigung feiern können. Max war sicher, dass sie länger gelebt hätte, wenn sie Zingst nie verlassen hätten, das erzählte er eines Tages Luisa. Er hatte es gespürt, all die vielen Jahre hindurch, seit sie die Tür von Haus Zugvogel hinter sich zugezogen hatten und Fischland-Darß hinter ihnen am Horizont verschwunden war. All das Sehnen nach und Träumen von der Insel hatte sie Lebenszeit gekostet.

Als Elise für immer gegangen war, dachte die Hamburger Familie, Max würde nun nicht mehr nach Zingst fahren wollen. Sie glaubten, dass dieser Teil der Vergangenheit für ihn endgültig abgeschlossen war und dass er das Haus aus seinem Leben verbannen würde.

Aber genau das Gegenteil war der Fall.

Max verkaufte das Haus in Norderstedt, teilte das Geld unter seinen Kindern auf und zog ganz nach Zingst. Dort fühlte er sich seiner verstorbenen Frau näher als in Hamburg – und wahrscheinlich auch seiner eigenen Vergangenheit. Außerdem war er keine hundert Meter vom Wasser entfernt, vom Meer, das er immer noch so sehr liebte.

Die Kinder, Enkel und schließlich auch die Urenkel besuchten ihn jeden Sommer, bis er mit achtundachtzig Jahren starb. An den Folgen eines Oberschenkelhalsbruchs, den er sich zugezogen hatte, als er im Schwimmbad auf dem Drei-Meter-Brett ausgerutscht war. Todesursache missglückter Kopfsprung. Schwimmen, Segeln, Angeln – alles, was mit Wasser zu tun hatte, war Max wichtig gewesen. Bis zum allerletzten Ende.

Gelegentlich stand zur Debatte, Haus Zugvogel einer Ferienhausvermietung zu geben, die es betreuen und in der Hauptsaison lukrativ vermieten sollte, aber dann hatte die Familie sich dagegen entschieden. Es war einfach schön, jederzeit ein Haus am Meer zur Verfügung zu haben, ein Luxus. Es gab immer jemanden, der gerade Urlaub an der Ostsee machen wollte. Die Familie bestand aus sechzehn Personen, fünfzehn davon wohnten in Hamburg und Umgebung. Luisas Schwester Emilia war seit Jahren verheiratet und hatte mit ihrem Mann Henrik Zwillinge. Nike und Nina waren inzwischen neun.

Nur Luisa passte nicht in dieses Bild. Nach dem Abi war sie nach Berlin gegangen, weil sie dort eine Goldschmiedelehre machen und Kunst studieren wollte. Aber vielleicht war es auch eine stille Rebellion gegen ihre zu eng gestrickte Familie, was sie niemals bei einem der Familientreffen ausgesprochen hätte – zu dem sie seit vielen Jahren nicht mehr ging.

Insbesondere seit sie mit Richard zusammen war, inzwischen seit sieben Jahren, sagte sie sich, dass die räumliche Distanz schuld daran war, dass sie mit den Hamburgern so selten sprach, dass sie kaum noch etwas mit ihnen zu tun hatte. Pflichtschuldig rief sie gelegentlich ihre Mutter an, aber schaltete innerlich ab, wenn diese von den Familienmitgliedern erzählte. Während ihre Mutter plauderte und plauderte, konnte sie prima E-Mails beantworten.

Richard unternahm gern Luxusreisen – im Frühjahr nach Venedig ins Cipriani, Silvester nach New York, zum Indian Summer nach Boston. Im letzten März waren sie auf Bali gewesen, in einer international ausgezeichneten Wellnessanlage inmitten von Reisfeldern. Das waren Urlaube nach Richards Geschmack.

Zingst dagegen hatte Richard nicht gefallen. Ein einziges Mal waren sie nach dem Tod des Großvaters zusammen dort gewesen, aber er hatte sich geweigert, im Haus Zugvogel zu schlafen. Es war ihm zu primitiv. Stattdessen hatte er auf einer Suite im Steigenberger bestanden. Auch war ihm Fischland-Darß zu urig, zu wild und von viel zu vielen Campern frequentiert.

Das nächste Sternerestaurant gab es erst in Stralsund, von den Fischbrötchen an den Straßenständen bekam er Ausschlag an den Mundwinkeln. Und überhaupt, wenn schon deutsche Meeresküste, dann wollte er an die Nordsee, nach Sylt. Die Fischbrötchen von Gosch vertrug er offenbar besser. Außerdem fand er, dass die Ostsee »bedeutungslos vor sich hindümpelte«.

Luisa hatte gegen den kleinen Schmerz, den sie bei seinen Worten über ihre geliebte Ostsee empfunden hatte, gelacht und sogar dagegengehalten, aber wie es ihre Art war, eher halbherzig und nicht wirklich darauf aus, ihren Standpunkt klarzumachen. Zingst machte Richard so übellaunig, dass sie keine Lust verspürte, mit ihm noch ein zweites Mal dorthin zu fahren.

Dass sich mit ihrer Entfremdung von der Insel auch das Verhältnis zu Emilia abkühlen würde, damit hatte sie allerdings nicht gerechnet. Seit dem Tod des Großvaters sprach Luisa nur noch selten und sehr oberflächlich mit ihrer Schwester. Sie wusste, dass Richard der Grund war, aber sie tat nichts dagegen. Sie ließ das Schweigen zwischen ihnen anschwellen wie dunkles Wasser, das Unausgesprochenes einfach überspülte und unter sich begrub wie die in der Ostsee versunkene Stadt Vineta.

Nun würde sie dieses Schweigen wohl oder übel brechen müssen.

3. Kapitel

Es fühlte sich seltsam an, die Festnetznummer ihrer Schwester zu wählen. Luisas Hand wurde feucht, während sie den Hörer umklammerte. Hätte sie Emilia vielleicht besser auf dem Handy anrufen sollen? War die Handynummer, die sie von ihr hatte, überhaupt noch die richtige? Es klingelte lange, bis jemand das Gespräch annahm.

»Posny.« Es war eine Männerstimme.

»Henrik? Hallo, hier ist Luisa. Kann ich bitte Emilia sprechen?«

Das Schweigen war kurz, es erschien Luisa aber lang genug, um die Überraschung ihres Schwagers wahrzunehmen. Seine Stimme klang reserviert. »Hallo, Luisa. Ja, Moment.«

Sie hörte, wie er mit dem Telefon durch die Wohnung ging, versuchte, sich in Erinnerung zu rufen, wie sie geschnitten war, wusste nicht mehr, ob das Arbeitszimmer eine Tür zum Flur hatte, oder ob man von dort direkt ins Wohnzimmer ging. Sie hörte, wie Henrik etwas murmelte.

Dann war Emilia dran. »Lulu? Ist was passiert?«

Luisa musste lächeln. Nicht wegen der Frage, sondern weil Emilias Stimme so vertraut klang und auch weil sie sie Lulu nannte. So nannte Richard sie nie. Sie war sich nicht mal sicher, ob er wusste, dass sie in der Familie nur Lulu hieß.

»Nein, Mila. Es ist nichts passiert. Ich wollte hören, wie es euch geht. Und eine Frage habe ich auch.«

»Du willst nur mal hören, wie es uns geht? Nach so langer Zeit interessiert dich das plötzlich?« Jetzt klang Emilia kühl.

»Du hättest dich ja auch mal melden können«, antwortete Luisa.

»Das hätte ich natürlich«, sagte Emilia schnippisch. »Wenn ich nicht so viel im Büro zu tun hätte, wenn ich mit Nike nicht so oft beim Arzt wäre und Mama mit ihren ewigen Wehwehchen nicht ständig meine wenige Freizeit in Beschlag nehmen würde. Klar, da wäre viel Zeit für Anrufe mit dir gewesen. Regelmäßig, am liebsten jeden Sonntag. Ha! Es hat dir sicher gefehlt, mir von deinen tollen Reisen und illustren Meetings zu erzählen. Entschuldige, dass ich mich nicht gemeldet habe. Und was willst du mich fragen?«, fragte sie schließlich.

O nein, Luisa würde auf keinen Fall auf die Vorwürfe eingehen. »Ich möchte gern zwei Wochen nach Zingst fahren. Urlaub in Opas Haus machen.«

»Warum denn das auf einmal? Ist dir das nicht viel zu einfach?«

Da war sie, die Frage.

»Das will ich jetzt nicht sagen«, antwortete Luisa. Sie hatte unwillkürlich die Stimme gesenkt. Schnell warf sie einen Blick auf die Terrasse. Richard hatte sich auf der Liege ausgestreckt und starrte reglos in den dunklen Himmel. Oder er schlief. »Geht das? Steht das Haus leer?«

Sie hatte Glück. Emilia beharrte nicht nur nicht auf

einer Antwort, sie verzichtete auch auf weitere Fragen. »Ich denke schon. Die Sommerferien sind vorbei, Nina und Nike sind seit letztem Montag wieder … Ach, egal. Warte mal. Ich seh auf dem Kalender nach. Da trage ich ein, wer wann im Haus Zugvogel ist.«

Luisa hörte, wie ein Stuhl gerückt wurde und dann Emilias Schritte, die sich entfernten. Im nächsten Moment war ihre Schwester auch schon wieder dran. »Ja. Das Haus ist frei, die Nächsten, die hinwollen, sind Bernhard und Marika, aber erst Anfang Oktober. Du hast sturmfreie Bude. Weißt du, wie du reinkommst?«

»Keine Ahnung.«

»Auf der Terrasse steht ein Strandkorb.«

»Der blau-weiße?«

»Genau. Du musst die linke Fußablage herausziehen. Hinten ist die Auflage etwas zerrissen. Da stecken wir den Schlüsselbund immer rein.«

»Gibt es WLAN im Haus?«

»Ja. Der Code lautet *maxundelise*. Klein geschrieben und in einem Wort. Das Internet ist langsam. Es dauert ewig, ehe sich eine Seite aufbaut.«

»Das passt mir gut. Dann bin ich mal offline.«

»Am besten, du gehst raus auf die Terrasse. Hinter dem Wildrosenstrauch links hast du den besten Empfang. Falls es regnet … Neben der Terrassentür steht ein Regenschirm.«

»Danke.«

»Bettwäsche und Handtücher sind oben im Einbauschrank. Bedien dich. Zum Schluss zieh alles ab und lass es liegen. Ich sag der Putzfrau Bescheid.«

»Perfekt.«

»Fährst du mit Richard nach Zingst?«

»Nein.«

»Das hätte mich auch gewundert. Er hat ja nichts mit unserem Familienrefugium am Hut. Aber interessant, dass du dich mal von ihm losmachst. Sieht dir gar nicht ähnlich, mal etwas ohne ihn zu unternehmen.«

Luisa holte tief Luft. »Emilia, was soll denn das bitte schön heißen?«

»Das soll heißen, dass du ganz schön unter seiner Fuchtel stehst! Dass wir dich vermissen! Dass du dich ruhig mal öfter melden könntest. Dass Mama auch älter wird … Und dass du uns in deinem sorgenfreien Berliner Luxusleben komplett vergessen hast!«

»Mila, ich hab euch doch nicht vergessen …«

»Doch, das hast du! Die Kinder werden größer, und mit Nike ist es manchmal nicht leicht. Du bist nicht nur ihre Tante, sondern auch ihre Patentante, Herrgott noch mal. Da hättest du dich nach ihrer Diagnose wenigstens mal erkundigen können, wie es uns geht! Du weißt nichts über sie. In Kunst zum Beispiel ist sie so gut, wie du es immer warst. Sie würde dir so gern mal im Atelier über die Schulter sehen. Mit den fünfzig Euro, die du ihr immer zum Geburtstag schickst, kommst du ganz schön billig weg. Letztes Mal hab ich ihr einen Aquarellkasten davon gekauft, und ich hab sie bei einem Töpferkurs angemeldet. Und darüber hinaus … Dass du Zingst aus deinem Leben geschmissen hast und mich … uns … versteh ich gar nicht.«

»Es tut mir leid …«, sagte Luisa rasch.

»Ach, verschon mich mit deinen halbherzigen Entschuldigungen.«

»Emilia ... Hör auf damit. Lass uns in Ruhe reden. Das ist jetzt nicht der richtige Moment. Ich möchte erst nach Zingst.«

Luisa hörte es rascheln, Emilia putzte sich die Nase. »Wann fährst du, Lulu?«

»Wahrscheinlich schon morgen.«

»Meldest du dich von dort? Reden wir dann?«

»Ja. Ich melde mich. Morgen Abend.« Luisa versprach es sich selbst. »Und grüß die Zwillinge, okay?«

»Die schlafen schon. Aber morgen früh grüß ich sie von dir. Sie werden sich freuen.«

»Du willst morgen schon fahren?«, fragte Richard und setzte sich auf. Offenbar hatte er doch nicht geschlafen.

»Ja. Das Wetter ist traumhaft. Die Ostsee ist bestimmt noch warm genug zum Schwimmen. Und die Leute mit Kindern sind weg, weil die Schule wieder angefangen hat. Also wird es auch nicht so voll sein.«

»Zwei Wochen bleibst du ...« Wie eine Frage klang es nicht.

»Ich denke mal so ungefähr. Muss ich doch nicht auf den Tag genau sagen, oder?«, antwortete Luisa ausweichend.

»Lass mich nicht lange auf deine Antwort warten«, sagte Richard, und es klang so bittend, hilflos und liebevoll, dass Luisa das Herz aufging. Sie fragte sich, was sie da eigentlich tat.

Doch dann fiel ihr das Gespräch mit Emilia wieder ein.

Nicht das, das sie eben gehabt hatte, sondern das, das sie morgen haben würde. Sie würde ihre Gedanken ausformulieren müssen. Das war sie ihrer Schwester schuldig. Das war längst überfällig.

Und plötzlich wusste Luisa, dass sie das Richtige tat. Sie würde sich eine Auszeit nehmen. Gründlich nachdenken, wie sie sich ihr gemeinsames Leben mit Richard vorstellte, ob es in der Vergangenheit etwas gegeben hatte, das sie sich für die Zukunft anders wünschte. Alles abwägen, auch mit der Kinderfrage endgültig abschließen, denn dass Richard sich in dieser Hinsicht ändern würde, hatte er ausgeschlossen.

Sie würde noch einmal mit ihm reden. Und dann natürlich Ja sagen. Was auch sonst. Man lehnte ja schließlich auch keinen Hauptgewinn im Lotto ab.

»Komm, wir gehen schlafen.« Richard stand auf, zog sie an sich und küsste sie. »Du fühlst doch genau wie ich, dass wir zwei zusammengehören«, flüsterte er in ihr Haar und streichelte sanft ihren Rücken, genau wie sie es liebte.

Luisa spürte die Wärme seiner Hand durch den leichten Stoff ihres Sommerkleides und wusste, dass der Abend noch lange nicht vorüber war.

4. Kapitel

»Ich fahr dich zum Zoo. Von da kannst du die S-Bahn zum Hauptbahnhof nehmen«, rief Richard am nächsten Morgen von der Küche aus in Richtung Schlafzimmer, wo Luisa packte.

Sie hatte nie einen eigenen Wagen haben wollen. In Berlin war man am besten mit der BVG oder einem Taxi unterwegs, und für weitere Strecken hatten sie Richards Wagen. Er fuhr damit auch zur Arbeit. Zu seinem Arbeitsplatz, der Kanzlei am Gendarmenmarkt, gehörte ein Parkplatz in der Tiefgarage.

Luisa schaute auf. Ihre Reisetasche hatte zwar keine Rollen, aber dafür so viel Stil, sodass sie das Tragen in Kauf nahm.

»Das ist lieb von dir. Aber das musst du nicht. Der Zug nach Stralsund geht um 10:41 Uhr, ich hab noch genug Zeit. Das Ticket hab ich schon ausgedruckt«, rief sie zurück.

Sie machte eine stumme Bestandsaufnahme der Sachen, die auf dem Bett lagen: Lieblingsjeans in Blau und Weiß, eine etwas schickere Hose, zwei luftige Sommerkleider, Fleecejacken, Regenjacke, Jogginganzug, einige Shirts, eine weiße Bluse, Wollpulli, Bermudas, Sportschuhe, Espadrilles, Flip-Flops, schwarze Slipper, Badeanzug, Unterwäsche, Nachthemd, Kulturbeutel. In der

Handtasche Zeichensachen, Stifte, Laptop, Handy, Kabel, Geld, Karten, Papiere ... alles da. Ihr orangefarbenes Etuikleid hatte sie noch als Option. Brauchte sie das? Nein. Oder vielleicht doch? Es knitterte nicht und wog fast nichts. Sie verstaute es mit den anderen Sachen in ihrer Reisetasche und zog den Reißverschluss zu.

»Ich will dich aber bringen. Es macht nichts, wenn ich heute etwas später im Büro bin«, sagte Richard leise. Luisa fuhr zusammen, als hätte er sie bei etwas Unerlaubtem erwischt. Er stand im Türrahmen, eine schwarzweiße Espressotasse in der Hand, das zurückgekämmte Haar noch feucht vom Duschen. Aber er trug bereits seine hellgraue Anzughose und ein weißes Hemd mit den silbernen Manschettenknöpfen, die sie zusammen bei Tiffany & Co. in New York gekauft hatten. Es war ihr damals seltsam vorgekommen. Sie hätte für ihn gern selbst Manschettenknöpfe entworfen und gefertigt. Aber das hatte er nicht gewollt. »Ich möchte dich gern bringen«, wiederholte er.

Er klang ein bisschen wie ein trotziger kleiner Junge und nicht wie der immer souveräne Wirtschaftsjurist. Der Blick aus seinen dunklen Augen wirkte unglücklich, verloren, irgendwie nackt. Vielleicht auch, weil er noch nicht seine Brille trug.

Luisa spürte Mitleid und fühlte sich auch ein bisschen schuldig. »Dann machen wir es so«, sagte sie. »Ich zieh mich schnell an, dann können wir noch einen Kaffee zusammen trinken.«

Um kurz nach zehn waren sie am Bahnhof Zoo. Richard fuhr in eine gerade frei gewordene Parklücke, auf die ein Obdachloser sie eilfertig hinwies. Richard ließ die Scheibe herunter und gab dem Mann einen Euro. Erfreut zog er ab, wahrscheinlich, um sich bei einem weiteren Suchenden was zu verdienen.

»Dann mach's gut, Luisa«, sagte Richard und beugte sich zu ihr herüber, um sie zu küssen.

Er küsste sie. Und küsste sie. Und küsste sie.

»Richard!« Sie stieß ihn sacht von sich.

»Ich kann's kaum erwarten, bis du wieder da bist. Ich wünschte, die Zeit wäre schon um.«

»Zwei Wochen sind nicht so lang. Ich melde mich heute Abend«, versprach sie und öffnete die Tür.

»Moment ...« Richard holte eine Tüte vom Rücksitz und drückte sie ihr in die Hand. »Für unterwegs. Wenn du Hunger bekommst.«

»Oh, wie süß von dir! Ich hätte mir auch ein Brötchen kaufen können.«

»Brauchst du aber nicht«, sagte Richard lächelnd. »Und nimm dich vor den bösen Fischbrötchen in Acht. So, ich muss! Raus mit dir!«

Sie stieg aus, holte ihre Tasche aus dem Kofferraum und wartete, bis Richard losfuhr. Dann winkte sie so heftig hinter ihm her, dass ihr Handgelenk knackte.

Mit der Reisetasche in der einen Hand, der Provianttüte in der anderen und der Handtasche über der Schulter überquerte Luisa die Straße. Sie fragte sich, warum sie für die Reise diese hohen Sandaletten angezogen hatte, gab sich aber gleich selbst darauf die Antwort: Es war ein Automatismus.

Bei dem Brunch eines Schmuckkunden, mit dem Richard studiert hatte, waren sie sich über den Weg gelaufen. Luisa hatte bemerkt, dass Richard sie dabei beobachtete, wie sie mit den anderen gelacht, angestoßen und dezent Werbung für ihre Werkstatt gemacht hatte.

Sie hatte es für männliches Interesse gehalten, aber mit der Zeit hatte sie erkannt, dass es viel mehr gewesen war. In diesem Moment hatte er abgeschätzt, ob sie in sein Leben passte. Seine zukünftige Frau musste attraktiv sein, aber keine Barbie, gekleidet sein, als ob es eher eine Frage des Stils als des Geldes war, eine eigene Existenz aufgebaut haben, jedoch keine nennenswerte Karriere anstreben, sie sollte intelligent sein, allerdings nicht feministisch, besser duldsam als zickig.

Er hatte ihr Komplimente gemacht und sich intensiv um sie bemüht. Sie hatte es genossen und später, als sie seine Beweggründe begriffen hatte, sich danach gerichtet.

Richard fand sie besonders attraktiv, wenn sie sich zurechtmachte. Wenn sie mit ihm unterwegs war, zog sie sich immer entsprechend an.

Selbst wenn er sie nur zum Bahnhof Zoo brachte.

An diesem Morgen hatte sie sich für ein ärmelloses Chanel-Kleid entschieden, himbeerfarben mit weißen Paspeln, und dazu eben ihre hochhackigen weißen Sandaletten mit den Knöchelriemchen gewählt. Dazu eine Goldkette mit einem Anhänger, den sie selbst entworfen und gefertigt hatte. Filigran, etwas verfremdet, sodass man in seine Form vieles hineininterpretieren konnte, aber nicht musste.

Luisa hastete an der goldenen Uhr am Bahnhof Zoo vorbei, wo sich früher Verliebte getroffen hatten, wenn man dem alten Schlager von den 3 Travellers glauben durfte, als sie unvermittelt mit einer alten Dame zusammenstieß.

»Entschuldigung«, sagte sie und ergriff ihren Arm, bevor sie fallen konnte. Er fühlte sich zerbrechlich und zart wie der Flügel eines sehr kleinen Vögelchens an. »Alles in Ordnung mit Ihnen?«

Augenbrauen hoben sich, helle Augen musterten sie. »Ja, danke«, antwortete die alte Frau.

Luisa sah hoch zur Uhr, ließ den Arm der Dame los und eilte hastig weiter. Plötzlich fröstelte sie, als wäre ein Schatten von irgendwoher auf sie gefallen. Sie warf einen Blick zum Himmel. Nein, die Sonne schien. Jemand ist über dein Grab gelaufen, hätte ihre Großmutter Elise gesagt, auch wenn Luisa nie verstanden hatte, was damit gemeint war. Sie lebte doch – wie konnte da jemand über ihr Grab laufen? Aber Elise hatte schließlich auch nie eine Straße betreten, wenn eine schwarze Katze sie von links nach rechts überquert hatte, war nie unter einer Leiter hindurchgegangen und hätte niemals Schuhe auf einen Tisch gestellt.

Abergläubischer Unsinn, auch wenn Luisa plötzlich wünschte, sie hätte eine Jacke über ihr Sommerkleid gezogen. Und sie wünschte auch, sie wäre früher von zu Hause losgefahren. Richards langer Kuss ... Sie verdrängte den Gedanken, dass es Kalkül von ihm gewesen war, sie so lange zu küssen, damit sie ihren Zug verpasste.

Doch dann war sie am Bahnsteig. Die S-Bahn Richtung Hauptbahnhof fuhr ein: Es war zwanzig nach zehn. Sie würde ihren Zug erreichen. Alles war gut.

Am Bahnsteig 5 standen erstaunlich viele Leute. Wollten sie alle für einen Septemberurlaub an die Ostsee, wo doch der Sommer fast vorbei war? Und warum fuhren sie ausgerechnet wie sie an einem Dienstag, wo doch die Buchungen meistens von Wochenende zu Wochenende gingen?

Luisa ging an den Wartenden vorbei, unschlüssig, wo sie einsteigen sollte. Nahe der Rolltreppe stand eine große Gruppe lärmender Halbwüchsiger in Begleitung einiger Erwachsener, die schon erschöpft wirkten, bevor die Reise überhaupt losging. Das sah verdächtig nach einer Klassenfahrt aus. Bestimmt wollte sie nicht drei Stunden inmitten einer Teenagergruppe gefangen sein! Sie eilte weiter.

In zwei Minuten sollte der Zug einlaufen, auf der Anzeige stand nichts von Verspätung … Sie kam an mehreren grauhaarigen Paaren vorbei, alle in blasses Allzweckbeige gekleidet und mit kleinen schwarzen Lederrucksäcken, sodass es gar nicht so einfach war, Männer und Frauen von hinten auseinanderzuhalten. Von vorn ebenso.

Dann war da ein Trupp Männer mit Seesäcken, eine allein reisende Dame, die sich schon beim Warten in ihren E-Reader vertieft hatte, ein abgerissen wirkender Typ in Regenjacke und Jeans, die definitiv bessere Zeiten gesehen hatten, mit einem riesigen, unförmigen Rucksack.

Fast am Ende des Bahnsteigs war sie endlich allein, und dann kündete auch schon der sich ändernde Luftdruck die Einfahrt des Zuges an. Die Bremsen quietschten, der unangenehme Geruch von heißem Metall erfüllte den Bahnsteig.

Direkt vor ihr öffnete sich eine Tür, Leute stiegen aus, Gepäck wurde herausgewuchtet, kurz darauf konnte Luisa endlich einsteigen. Sie wusste nicht mehr, wann sie das letzte Mal mit dem Zug gefahren war, aber bezweifelte, dass er so überfüllt gewesen war. Sie schlängelte sich den Gang entlang, vorbei an Leuten mit Laptops auf dem Schoß und Handys am Ohr, aus einem Smartphone drang leise Musik. Ein kleines Mädchen schaute auf, als sie an ihm vorbeikam, und lächelte sie mit einer bedrohlich großen Zahnlücke an, bevor es sich wieder seinem Malbuch zuwandte.

Endlich entdeckte Luisa zwei freie Sitzplätze nebeneinander. Aufatmend stellte sie ihre Reisetasche auf den Gangplatz, legte die Tüte von Richard und ihre Handtasche darauf und setzte sich ans Fenster. Kaum hatte sie sich gesetzt, ertönten drei Signale, die Türen schlossen sich, der Zug fuhr an.

Als Erstes zog sie die Sandaletten aus und wackelte erleichtert mit den Zehen. Das fühlte sich besser an. In Zingst würde sie keine hohen Schuhe anziehen. Da konnte sie machen, was sie wollte. Luisa lehnte sich zurück und schloss die Augen. Sie würde ein bisschen schlafen (die Nacht war zu kurz gewesen), danach sich über Richards Picknick hermachen, Musik hören, an ihrem Entwurf arbeiten. Wie herrlich, dass sie so viel Zeit für sich allein hatte ...

»Entschuldigung, kann ich Ihre Reisetasche ins Gepäcknetz legen? Dann könnte ich meinen Rucksack auf Ihren Nebensitz stellen. Sonst blockiert er den Gang.«

Luisa öffnete langsam die Augen. Vor ihr stand der Typ, der ihr auf dem Bahnsteig schon aufgefallen war.

Aus nächster Nähe sah er kein bisschen gepflegter aus, eher noch wilder. Glaubte er wirklich, dass er seinen riesengroßen schmuddeligen Rucksack neben sie stellen konnte?

Sie rümpfte die Nase. »Nein, ich möchte meine Tasche lieber im Auge behalten. Packen Sie doch Ihr Monster in die Gepäckablage.«

»Würde ich gerne, aber mein Monster ist zu groß.«

»Warum versuchen Sie es nicht einfach in einem anderen Abteil? Irgendwo ist bestimmt noch Platz. Für Sie und Ihr Sperrgut.«

»Meine Güte, da braucht jemand aber dringend ein bisschen Gute-Laune-Urlaub«, sagte er und stellte den Rucksack schließlich so in den Gang, dass garantiert niemand mehr vorbeikommen würde.

Woher willst du wissen, dass ich Urlaub machen will?, wollte Luisa genervt fragen, verkniff sich die Bemerkung aber gerade noch. Stattdessen beobachtete sie aus den Augenwinkeln, wie der Mann seine fadenscheinige Regenjacke auszog (als ob man die an einem so sonnigen Tag brauchen würde) und sich auf die andere Seite des Ganges setzte – neben einen Teenager, der weltentrückt auf einem Tablet spielte. Dann legte er seine Füße, die in groben Wanderstiefeln steckten, auf seinem monströsen Rucksack ab, knüllte die Jacke zu einem provisorischen Kissen zusammen, schob sie sich unter den Kopf und schloss die Augen. Er sah aus, als ob er schliefe. Unter seinem kurzärmligen T-Shirt lugte ein Tattoo hervor – ein Flügel, wenn Luisa richtig sah.

Sie schüttelte den Kopf. Mein Gott, wenn sie Richard mit so einem Backpacker verglich ... Wahrscheinlich war er immer auf Reisen und nie richtig erwachsen geworden, einer, der gar nicht wusste, was ein fester Job war. Vielleicht ein Gelegenheitsarbeiter. Oder jemand, der durch Deutschland wanderte, bis er mental in der Lage war, sich irgendwo niederzulassen. Ein ewiger Student. Jemand, der seine Wurzeln noch nicht gefunden hatte. Der kein richtiges Zuhause hatte, Tag und Nacht draußen war, was seine Bräune erklärte. Dessen gesamtes Hab und Gut sich in dem Rucksack befand. Wahrscheinlich hatte er nicht mal ein Bankkonto.

Und sie schätzte ihn auf um die vierzig. In seinen wilden rotbraunen Locken war schon eine ganze Menge grauer Haare, und der Bart, der nichts mit einem gepflegten Dreitagebart gemein hatte, wie Richard ihn sich im Urlaub manchmal stehen ließ, war ebenfalls silber meliert.

Luisa wandte sich wieder ab.

Wie dreist manche Leute waren! Wie grenzenlos in ihren Übertretungen, darin, sich einfach zu nehmen, was sie wollten! Nur darauf aus, ihre eigenen Interessen durchzusetzen!

Ihre Müdigkeit war dem Ärger gewichen, und sie wusste, dass sie jetzt nicht mehr schlafen können würde. Also begann sie, in ihrer Handtasche zu kramen, nahm iPhone und Kopfhörer heraus, suchte nach Mozarts Klarinettenkonzert, genoss die ersten Klänge und zog schließlich Block und Stift hervor. Konzentriert kritzelte und zeichnete sie, verwarf neue Entwürfe, immer auf der Suche nach einem Design für ein Schmuckstück, das sie in Bilbao einreichen könnte. Die Zeit verrann. Das Klarinettenkonzert endete, Pachelbels Kanon begann, gefolgt von mehreren Klavierstücken von Beethoven. Abwesend hielt sie dem Kontrolleur ihr Ticket hin, nahm es gestanzt wieder in Empfang und warf es achtlos in ihre Handtasche.

Einmal, irgendwo hinter Prenzlau, glaubte sie fast, einer sich bewegenden Form nah zu sein, aber als sie versuchte, sie dreidimensional mit mehreren Sichtachsen zu zeichnen und sie dann drehte, änderte sich der Schwerpunkt so sehr, dass sie nicht länger leicht und beweglich, sondern statisch und plump wirkte. Das einzig Mobile an dieser Figur war die Tatsache, dass sie sie in einer sich bewegenden Bahn gezeichnet hatte.

Verärgert begann Luisa mit einer neuen Skizze.

Der junge Mann neben dem Backpacker war ausgestiegen, weshalb der Rucksack nun einen Fensterplatz hatte. Dessen Besitzer schlief so fest, als ob er etwas nachzuholen hätte. Wie hingegossen lag er in seinem Sitz, den Mund leicht geöffnet, die verschränkten Hände gelegentlich zuckend, als wollte er nach etwas greifen, das ihm jedes Mal wieder entwischte. Vermutlich würde er schlafen, bis der Zug nicht mehr weiterfuhr.

So dachte Luisa, bis ihr ein Duft in die Nase stieg, der ihr das Wasser im Mund zusammenlaufen ließ. Sie schaute sich nach der Quelle um, und natürlich – es war Mr.-die-Welt-gehört-mir-und-nicht-dir. Er biss gerade in etwas, das wie ein Fleischbällchen aussah, während er aus dem Fenster schaute. Draußen zog Mecklenburg-Vorpommern vorbei, ein verfallenes Schloss, sanfte Hügel, ein abgeerntetes Feld.

Luisa warf einen Blick auf ihr Handy – in einer halben Stunde würden sie in Stralsund sein –, da schob sich ein geöffnetes Alufolienpäckchen in ihr Blickfeld, gehalten von einer kräftigen, braun gebrannten Hand.

»Darf ich Ihnen etwas anbieten?«, fragte ihr Nachbar.

Luisa konnte die Frage wegen der Lautstärke des Klavierstücks nur von seinen Lippen ablesen. Das Crescendo der Pathétique hatte gerade den Höhepunkt erreicht.

Sie nahm die Hörer aus den Ohren. »Was ist das?«

»Das sind Buletten à la Jan Sommerfeldt«, erklärte er und wies einladend auf sein Angebot. Der Duft wurde unwiderstehlich. Köstlich … »Biorindfleisch mit Limettenstreifchen und Bärlauchpesto. Ich hätte auch Kartoffelsalat mit gerösteten Pinienkernen, Rosmarin und getrockneten Tomaten. Da müssten wir uns aber eine Gabel teilen.«

Ohne ihre Antwort abzuwarten, griff er in eine Seitentasche des Rucksacks, holte ein dickwandiges Schraubglas heraus und hielt es ihr über den Gang hinweg hin.

Luisa starrte ihn an, nahm aber weder Fleisch noch Glas. »Nein, danke«, sagte sie distanziert.

»Vegetarierin? Ovo-Lakto-Vegetarierin? Pescetarierin?« Er sah sie kritisch an, aber in seinen blauen Augen funkelte es verdächtig. »Glutenallergikerin? Lactoseunverträglichkeitsopfer? Flexitarierin? Sie sind doch nicht etwa Veganerin? Bitte sagen Sie, dass Sie das nicht sind!«

»Wäre das denn schlimm?«, gab sie zurück.

Bei Gelegenheit musste sie unbedingt Pescetarierin und Flexitarierin googeln. Sie hatte nicht die Absicht zu fragen. Sie wollte sich keine blöde Belehrung anhören.

»Ich habe eine Theorie zu Frauen, die Veganerinnen sind. Sie verweigern sich allen fleischlichen Genüssen. Das glaube ich einfach nicht bei Ihnen. Sie sind doch ...« Er zog übertrieben die Augenbrauen hoch.

»Und Sie sind unerträglich borniert! Vegan zu leben ist gesund und liegt voll im Trend. Es gibt Gerichte, die sind so gut, dass Sie diese Klopse dafür in den Müll schmeißen würden. Aber zu Ihrer Information: Nein, ich bin *nicht* Veganerin. Und ich habe wirklich genug zu essen. Mein Freund war so lieb, mir ein leckeres Proviantpaket zu packen.«

»Okay, okay. War ja nur ein Angebot.« Er zog das Glas wieder zurück, stellte es neben sich und griff nach einer weiteren Bulette.

»Wer ist denn Jan Sommerfeldt?«, fragte Luisa neugierig. Der Duft des gebratenen Fleischbällchens wehte unvermindert zu ihr hinüber, und ja, jetzt, da sie wusste, was darin verarbeitet war, meinte sie auch, einen Hauch Limette zu erkennen. »Ein bekannter Koch? Hab ich noch nie gehört, den Namen.«

Ihr Gegenüber sah sie kauend an. »Das bin ich.«

»Sind Sie Koch?«, forschte Luisa weiter, entgegen ihrer sonstigen Zurückhaltung.

»Wenn ich Zeit habe, gern.«

Diese Antwort gab nicht sehr viel her. Aber bei dem appetitlichen Duft begann Luisas Magen zu knurren. Sie griff in Richards Tüte und zog eine kleine Flasche Mineralwasser (Acqua Morelli, darauf schwor Richard), eine Tupperdose und eine weiße Batistserviette heraus.

Wie hinreißend von ihm! Er hatte Stil, ein einfaches Alupäckchen kam bei ihm nicht infrage.

Unvermittelt verspürte sie Sehnsucht nach ihm. Wenn sie sich vorstellte, wie er in der Küche gestanden und etwas für sie vorbereitet hatte, damit sie auf der Reise keinen Hunger bekam ... Und das, während sie ihren Koffer gepackt hatte, um ihn für zwei Wochen zu verlassen! Vielleicht sollte sie am nächsten Bahnhof aussteigen und den schnellsten Zug zurück nach Berlin nehmen.

Sie legte sich die Stoffserviette auf den Schoß. Ihr lief das Wasser im Mund zusammen bei dem Gedanken, was zu Hause im Kühlschrank gewesen war und hoffentlich seinen Weg in die Tupperdose gefunden hatte: saftige Bergpfirsiche, Leberpastete mit Madeiragelee, Serranoschinken, Ziegenkäse mit Kräutern, Krabbensalat. Ein, zwei Sandwiches wären jetzt genau das Richtige.

Behutsam hob sie den Deckel an und sah, was er eingepackt hatte. Sie runzelte die Stirn, während sie versuchte, die Woge der Enttäuschung ebenso wie das Knurren ihres Magens zu ignorieren.

»Sicher, dass Sie nichts wollen?«, fragte Jan Sommerfeldt vom Nachbarplatz. Offenbar hatte er sie beobachtet. Sie hasste ihn dafür.

»Nein«, fauchte sie, während sie lustlos in den ersten Gemüsestick biss.

Aber eigentlich galt das Fauchen nicht ihm, sondern Richard. Möhren- und Selleriesticks hatte er ihr eingepackt und einen halben Apfel. Immerhin hatte er ihn geschält, aber das Fruchtfleisch war inzwischen bräunlich angelaufen. Nüchtern, mager, langweilig.

Sie ärgerte sich nicht nur darüber, sondern noch mehr, weil sie wusste, was dieser Proviant bedeutete.

Richard fand, sie sollte mehr auf ihre Figur achten. Gelegentlich machte er leichthin Bemerkungen, wenn sie bei ihrem Italiener Pasta mit Sahne und Filetspitzen bestellt hatte. Er war nie verletzend und immer charmant dabei, war der geborene Diplomat, der es verstand, Kritik zu umschreiben, sodass es fast wie ein Kompliment klang.

Aber eben nur fast, und da sie ihn gut kannte, wusste sie leider immer, wie er es meinte. Sie sah auch, wie er Frauen ansah, die sie selbst insgeheim »Teleskopfrauen« nannte. Frauen, deren Gliedmaßen wie verlängert aussahen, weil sie so dünn waren, an denen auch weite Kleider elegant wirkten, an denen *alles* elegant wirkte.

Luisa vermutete, dass sich Richards Empfinden für Repräsentatives mit jeder Gehaltsstufe in den letzten Jahren mehr verstärkt hatte. Während ihr Gewicht gleichgeblieben war.

Dabei war es keineswegs so, dass Richard etwas gegen ihre ausgeprägten Rundungen hatte. Im Bett fand er alles an ihr schön, weiblich, ästhetisch und kuschelig. Aber da musste sie auch nicht repräsentieren.

Sie schnaubte verärgert und knallte den Deckel zu.

»Nächster Stopp Stralsund Hauptbahnhof«, hörte sie die Durchsage.

Luisa zog ihre Sandaletten wieder an und packte ihre Sachen zusammen. Der Mann jenseits des Ganges entsorgte die Alufolie im Müllbehälter am Tisch. Das nun leere Schraubglas verstaute er in den Tiefen seines Rucksacks. Er warf Luisa einen amüsierten Blick zu.

»Na, dann erholsamen Urlaub!«, rief er ihr zu.

Ausgeschlafen sah er aus, zufrieden – und satt. Im Gegensatz zu ihr.

Die Bäderbahn würde sie nach Barth bringen, von dort war es mit dem Bus nur ein Katzensprung nach Zingst.

Es war deutlich kühler auf dem Bahnsteig als in Berlin. Ein frischer Wind wehte von der See her übers Land. Aus ihrer Reisetasche kramte Luisa ihre dunkelblaue Fleecejacke und zog sie über ihr Kleid. Das war zwar ein Stilbruch, schien aber niemanden zu kümmern, am wenigsten sie selbst.

Dann sah sie sich um. Ein Stückchen den Bahnsteig entlang stand tatsächlich dieser Möchtegernkoch. Anscheinend endete seine Reise genauso wenig in Stralsund wie ihre. Demonstrativ wandte sie sich ab, kehrte ihm auch den Rücken zu, als die Bäderbahn einfuhr. Es waren nur zwei Waggons. Sie sorgte dafür, dass sie im zweiten saß, als sie sah, dass er in den ersten stieg.

Seine Reise endete auch nicht in Velgast, Saatel oder Kenz. Erst in Barth stieg er aus, genau wie sie.

Doch im Gegensatz zu ihr wurde er freudig erwartet. Ein älteres Ehepaar eilte fröhlich winkend und rufend auf ihn zu. Waren das die Eltern des verlorenen Sohnes, der von Gott weiß woher wieder zurückgekehrt war? Oder vielleicht Restaurantbesitzer, die den Aushilfskoch begrüßten?

Er umarmte erst die Frau, dann den Mann, der ihm kameradschaftlich auf den Rücken klopfte. Schließlich verließen sie zu dritt den Bahnsteig. Jan Sommerfeldt ging in der Mitte, die Frau hakte sich liebevoll bei ihm ein, der Mann ging steif und viel zu aufrecht, irgendwie ungelenk neben ihm her.

Luisa sah ihnen nach, unfähig, sich von dem Anblick zu lösen. Sie gingen zu einem weißen Kleinbus, der etwas abseits geparkt war. Als ihr Zugnachbar einstieg, drehte er sich noch einmal um, zu schnell, als dass Luisa sich hätte abwenden können.

Er blinzelte ihr zu. Aber vielleicht bildete sie sich das auch nur ein, denn über die Entfernung konnte man das eigentlich nicht erkennen.

Der Bus 210 kurvte durch eine sanierte Plattenbausiedlung in Barth, hielt in einem kleinen Gewerbegebiet mit großem Discounter und nahm einige Male Passagiere auf, bis er die Stadt endgültig hinter sich ließ und die Straße nach Zingst nahm.

Und plötzlich waren da links und rechts die Schilfwiesen, der Himmel weit über ihnen und in der Ferne die alte Eisenbahnbrücke.

Luisas Herz klopfte schneller, und sie musste über sich selbst lächeln. Meine Güte, sie war mit Richard an so vielen exotischen Locations gewesen. Wie konnte sie da bloß wegen Zingst so aufgeregt sein?

Der Busfahrer fuhr über die Meiningenbrücke und folgte an der großen Weggabelung dem Schild Zingst. Kleine Entwässerungskanäle zogen sich links und rechts der Straße entlang, und immer mehr Wiesen erstreckten sich zu beiden Seiten.

Luisa prüfte gerade ihr Handy auf Nachrichten, als sie rechts von sich eine Bewegung wahrnahm. Sie sah aus dem Busfenster zu den flachen Gewässern des Boddens, zur Insel Große Kirr. Eine Vogelschar flatterte gerade auf.

»Viele Zugvögel rasten jetzt bei uns, bevor sie weiter in den Süden ziehen«, sagte der alte Mann, der hinter ihr saß. »Es werden jedes Jahr mehr Leute, die extra dafür hierherkommen!« Er gluckste.

Zugvögel, dachte Luisa. Stimmt. Davon hatte der Großvater erzählt, auch bei einigen Familienzusammenkünften war das Thema gewesen. Aber nie hatte sie selbst den Vogelzug in Zingst gesehen. Sie war immer im Sommer, nie im Frühling, nie im Herbst da gewesen.

»Sind Sie auch wegen der Kraniche da?«, fragte der alte Mann neugierig.

»Nein. Eigentlich nicht«, sagte Luisa, und der Mann sah sie merkwürdig an.

Der Bus würde bis zur Klinik am Deich fahren. Von dort war es nicht weit bis zum Ende der Seestraße, wo Haus Zugvogel lag. Aber als der Busfahrer Hägerende, die Station davor, ansteuerte, entschied Luisa spontan, schon auszusteigen.

Plötzlich konnte sie kaum erwarten, zu Fuß den vertrauten Weg zu nehmen. Sie verstaute ihr Handy und stand auf.

»Auf Wiedersehen«, sagte sie zu dem Alten, als der Bus hielt.

»Oh, ich steig hier auch aus. Man sieht sich. Man sieht sich immer mehrmals hier in der Gegend. So weitläufig ist es bei uns nicht. Selbst wenn die Sommergäste da sind ...«

Der Alte nickte ihr zu und hatte den Bus bereits verlassen, bevor sie noch irgendetwas erwidern konnte.

5. Kapitel

Nur weil Haus Zugvogel an der Seestraße lag, bedeutete das noch lange nicht, dass es direkt an der See lag, geschweige denn, dass man das Meer sehen konnte. Das war in Zingst nirgends möglich, jedenfalls nicht vom Erdgeschoss der Häuser aus. Das Land war von einem Seedeich und einem Boddendeich umgeben. Die letzte Sturmflut war zwar lange her, aber vergessen war sie deshalb nicht.

Vom Garten des Hauses sah man die einspurige Straße, die sich zwischen Ort und Ostsee entlangzog, dahinter lag der bepflanzte Deich. Auf seiner Krone befand sich ein asphaltierter Weg, auf dem man radeln oder laufen konnte, weiter und weiter, bis hinter den Osterwald, die Sundischen Wiesen bis nach Pramort, die äußerste Spitze im Osten. Dort gab es ein Beobachtungshäuschen für Naturliebhaber. Und sonst nur braungraues Reet, heller Sand, Himmel, flache Gewässer und in der Ferne die anderen Inseln: Großer Werder, Insel Bock, Hiddensee, Rügen.

Garten, Straße, Deich, so einfach war das, und so war es immer gewesen. Hinter dem Deich ein schmaler Kiefernstreifen und dann endlich der Strand und das Meer. Haus Zugvogel lag nahe dem Strandübergang 6a.

All das war Luisa so gegenwärtig, dass sie sich den

Blick zum Deich sparte, als sie die Gartenpforte aufstieß. Das Meer hatte so lange auf sie gewartet, jetzt konnte es auch noch ein bisschen länger warten.

Aber wenn sie in die Richtung schaute, konnte sie es hören, und riechen konnte sie es auch. Dass es da war, spürte sie wie eine Wollhandkrabbe, die sich zwar vom Wasser entfernte, aber wusste, dass sie es mit einem Sprint erreichen konnte, wenn sie sich umdrehte.

Der schwarze Eisenkranich an der roten Außenwand begrüßte Luisa. Auf der Fußmatte vor dem Seiteneingang ließ sie ihr Gepäck fallen. Mit jedem Meter war es ihr schwerer vorgekommen. Sie bereute den Entschluss, aus Sentimentalität eine Station früher ausgestiegen zu sein. Die Blasen würden bleiben, bis sie wieder in Berlin war. Luisa humpelte auf der Suche nach dem Schlüssel zur Terrasse. Sie lag der Straße zugewandt, der Strandkorb stand so, dass man von ihm aus sowohl zum Deich als auch zum Haus schauen konnte: der perfekte Platz für Neugierige.

Das linke Fußteil rausziehen und im zerrissenen Polster nach dem Schlüsselbund suchen, hatte Emilia gesagt. Statt das zu tun, ließ Luisa sich erst mal in den Strandkorb fallen. Sie kuschelte sich unter das schützende Dach. Einen Moment blieb sie ruhig sitzen, schloss die Augen, genoss das leise Raunen der Kiefern im Garten, das ferne Rauschen des Meeres. Sie war allein, und sie fühlte sich gut damit.

Dann blickte sie sich um.

Auf der Terrasse vor ihr stand ein großer Tisch aus grauem Korbgeflecht mit einer Glasplatte, den sie noch nicht kannte. Jemand hatte die Stühle dagegengekippt, so als ob völlig klar war, dass bald wieder jemand aus dem Mewelt-Clan vorbeischauen würde.

Nur dass *sie* das sein würde, war demjenigen, der das getan hatte, nicht klar gewesen.

Ihr Blick wanderte die rote Fassade hoch zum Reetdach mit den halbrunden Fenstern. Waren die Fensterrahmen immer schon in diesem warmen Friesenblau gestrichen gewesen, was hübsch zu dem Rot aussah? Komisch, sie hätte schwören können, dass sie weiß gewesen waren. Auf jeden Fall sah es gemütlich aus. Farbenfroh.

Da oben lagen die drei Schlafzimmer. Und sie wusste auch schon, welches sie nehmen würde – das große zur Straße hin, von dem aus man bis über den Deich sehen konnte. Bis zum Meer. Die Autos, die hier gelegentlich fuhren, würden sie nicht stören.

Sie stand auf, bückte sich und kramte ächzend den Schlüsselbund aus dem Versteck hervor.

Als Luisa das Haus betrat, schien zunächst alles wie immer.

Sie schnupperte: Da war der schwache Geruch von Holz und Meer und vielen Familienessen, die in der Küche zubereitet worden waren und deren Duft stets durch den Flur bis nach oben gezogen war. Sie roch Sommer, feuchte Frotteehandtücher, Schuhe, an deren Sohlen weißer Sand haftete, geschlossene Muscheln, die irgendwer gesammelt und vergessen hatte, die sich nie geöffnet hatten und deren Innenleben erst vergammelt und dann vertrocknet war. Selbst den Duft der Handcreme, die Oma Elise früher benutzt hatte, glaubte Luisa schwach in diesem häuslichen Geruchspotpourri wahrzunehmen.

Und trotzdem hatte sie den Eindruck, dass etwas anders war als früher.

Sie blieb stehen, sah sich wachsam um, aber ihr fiel nichts Ungewöhnliches auf.

Links war die Garderobe, an der Regenjacken in verschiedenen Größen hingen, darunter stand eine bunte Mischung Gummistiefel. Zwei Paar in Knallrot fielen ihr auf, kleiner als die anderen, wahrscheinlich von Nina und Nike. Aber immerhin längst nicht mehr die kleinen Kinderschühchen, die sie so entzückend gefunden hatte, als sie die Zwillinge das letzte Mal gesehen hatte.

Neben der Garderobe war eine schmale Tür, die in die Kleiderkammer führte, dahinter kam man in die Küche. Hier stand der ovale Kieferntisch, an dem sie immer gesessen, Tee getrunken, gelacht, gestritten und auch mal geschwiegen hatten. Sie hatten sich damals für einen weißen Fliesenspiegel entschieden, was schön zu dem Holzboden und den friesenblauen Oberschränken aussah. Normalerweise fanden vier Stühle Platz am Tisch, aber Luisa wusste, dass man ihn für bis zu zehn Personen ausziehen konnte. Tatsächlich hatten sie oft in großer Runde hier zusammengesessen.

Rechts vom Flur ging es ins Wohnzimmer, von wo aus man auch auf die Terrasse gelangte. Mit dem bunten Teppich auf dem Dielenboden, der niedrigen Decke und den dunklen Balken, den beiden weichen, alten Ledersofas und dem Kaminofen war der kleine Raum über alle Maßen gemütlich. Trotzdem war das Wohnzimmer niemals das gesellige Herz gewesen wie die Küche.

An der rechten Seite, der sich das Treppenhaus anschloss, standen, ebenfalls genau wie früher, Großvaters

Standuhren an der rauen weißen Wand aufgereiht. Mit Leidenschaft hatte er sich mit ihnen beschäftigt, hatte jeden Cent gespart, bis er sich wieder einmal eine neue Uhr leisten konnte. Den Enkeln, die zu Besuch kamen, hatte er gern lange Vorträge über seine edlen Zeitmesser gehalten. Luisa war sich nicht sicher, ob alle in der Familie Mewelt einen ungewöhnlich festen Schlaf gehabt oder ob sie sich zwangsläufig daran gewöhnt hatten, dass die Gongschläge Tag und Nacht durchs Haus hallten. Aber soweit sie wusste, hatte keiner der Ferienbesucher jemals vom Großvater verlangt, dass er die Uhren anhielt in der Nacht.

Emilia hatte immer die Flucht ergriffen, wenn er über das Korpusmaterial, den Mechanismus, die Hemmungen, die Pendel gesprochen und erklärt hatte, was zur Lebenszeit des Uhrmachers in dem jeweiligen Land passiert war und dass man an verborgenen Stellen der Standuhren das Geburts- und Todesdatum des jeweiligen Uhrmachers finden konnte. Aber Luisa hatte ihm gern zugehört. In der ruhigen Art des Mannes vom Wasser hatte er ihren Enthusiasmus anerkannt, indem er ihr während ihrer Sommerurlaube in Zingst eine Uhr überlassen hatte, um die sie sich kümmern durfte. Sie war die einzige der Enkelschar gewesen, der er das erlaubt hatte. Damals war ihr das normal vorgekommen, jetzt wurde ihr plötzlich klar, wie viel ihm das bedeutet haben musste.

Es war immer dieselbe Uhr gewesen, die sie hüten durfte. Ihre Lieblingsuhr.

Als Luise jetzt an den Standuhren vorbeiging, war es, als ob sie alte Bekannte wiedersähe, die sie vergessen hatte. Fast hätte sie einen Knicks gemacht. Da war die Niederländerin mit den drei goldenen weiblichen Figuren – die mittlere von ihnen mit einem Kopf, der wie eine Sternenkugel aussah. Die Uhr zeigte nicht nur die Zeit, sondern sogar die Mondphasen an, mit dunkelblauen Scheiben, die sich langsam durch das Zifferblatt schoben. »Sie ist von 1830, stell dir das vor, Luisa«, hatte ihr Großvater begeistert referiert. »Das war das Jahr, als die südlichen Niederlande ihre Unabhängigkeit erklärten und zu Belgien wurden.«

Daneben stand die stark ziselierte Französin mit den blauen Emaillezahlen und dem Zifferblatt aus Alabaster, die Luisa immer so eingebildet, so maniert vorgekommen war. Unsympathisch war sie ihr gewesen, und wenn sie sie jetzt ansah, empfand sie das immer noch. »1860 war Napoleon III. Kaiser«, hörte sie den Großvater, als ob er neben ihr stünde. »Der Neffe von Napoleon. Ein sehr autoritärer Herrscher. Vielleicht hat er diesen Gongschlag gehört und gewusst, was die Stunde geschlagen hatte.«

Schließlich stand sie vor ihrer Lieblingsuhr, der schottischen Standuhr mit den dunklen Zeigern und dem hellen Zifferblatt, auf die zwölf Vögel gemalt waren, ganz oben der dicke, ausgestorbene Dodo, weshalb der Großvater sie auch das Dodo-Chronometer genannt hatte. »Als diese Uhr gebaut wurde«, hatte er gesagt, »kam gerade die industrielle Revolution nach Schottland ... 1820 war das!« Sie war nicht so fein, so poliert und lackiert wie die anderen. Ihr Korpus war aus rauem Holz. Rasch strich Luisa mit dem Zeigefinger darüber, bevor sie zu der vierten Uhr ging.

Opa Max hatte sie im Jahr nach Oma Elises Tod gekauft. Was für ein bizarres Stück! Das Gehäuse war aus schwarzem Holz – Ebenholz. Es fühlte sich glatt und warm zugleich unter Luisas Hand an. Diese Standuhr war kleiner als die anderen drei, schlichter, und sowohl das Ziffernblatt als auch die Zeiger waren weiß. Luisa fragte sich, was der Uhrmacher sich dabei gedacht hatte. Durch den mangelnden Kontrast konnte man die Zeigerstellung nicht gut erkennen, sodass man die Zeit nicht auf den ersten Blick ablesen konnte. Aber vielleicht war es ja Absicht, den Betrachter zunächst im Ungewissen über die Zeit zu lassen. Dafür war der Kontrast des Weißen zum Schwarzen extrem.

Aber das Merkwürdigste an dieser Uhr war das Wachtürmchen, das über ihr thronte. Denn darin befand sich der Tod – ein weißes Skelett mit Totenschädel, eine Sense in der knöchernen Hand. Zur vollen Stunde bewegte sich die kleine Sense hin und her. Zeit ist Leben, Zeit ist endlich, Leben ist endlich, schien die Uhr zu mahnen. Wenn deine letzte Stunde geschlagen hat, wenn *ich* sie schlage, ist es zu spät.

Luisas Großvater hatte bei seinen geliebten Standuhren immer einen exklusiven Geschmack gehabt. Aber dass er sich mit einer von ihnen den Tod ins Haus geholt hatte ... Vielleicht lag es an dieser Uhr, dass Luisa das Gefühl nicht loswurde, irgendetwas würde nicht stimmen.

Sie schüttelte den Kopf und ging zu der blank polierten Kommode am Fuß der schmalen Treppe, die nach oben führte. Dort lagen die vier Schlüssel der Standuhren, peinlich genau nebeneinander. Der dunkel oxidierte für die schottische Uhr, der goldene für die französische, der silberne für die niederländische. Und der vierte Schlüssel, ein heller, für die Totenuhr. Wahrscheinlich war er aus Elfenbein. Oder vielleicht sogar aus Knochen?

Luisa rieb sich den Arm. Plötzlich war ihr kalt.

Über der Kommode hing ein kleines gerahmtes Foto von dem Mann, den der Großvater bewundert hatte: Albert Einstein. So wie die Großmutter Romane gelesen hatte, hatte der Großvater immer wieder von und über Albert Einstein gelesen – dessen Biografie, sein Glaubensbekenntnis, einzelne Schriften, Zeitzeugenberichte. »Sein mathematisches Verständnis hat ihn auf Gedanken gebracht, die er eigentlich gar nicht hätte denken können«, hatte der Großvater gern gesagt. »Gerade die Zeit, die wir immer für absolut halten, war bei ihm variabel. Und nur, weil er es theoretisch durchdacht hatte. Damals gab es noch nicht die technischen Möglichkeiten, das zu überprüfen. Das muss man sich mal vorstellen. Was für ein Genie Meister Einstein war.«

Auch wenn es der Großvater lebhaft und anschaulich erzählt hatte, konnte Luisa sich genau das nicht vorstellen. Damals nicht und heute auch nicht. Wie konnte Zeit denn variabel sein? Seine Versuche, ihr mehr zu erklären, hatten sie eher verwirrt, als es ihr verständlich zu machen. Das Zwillingsparadoxon zum Beispiel. Ein Zwilling flog mit Lichtgeschwindigkeit zu einem fernen Planeten, der andere blieb auf der Erde. Kehrte der Reisende zurück, war er jünger als der, der auf der Erde geblieben war. Das hatte sie verstanden. Aber warum das so war? Keine Ahnung.

Luisa betrachtete die Galerie mit den Familienfotos, während sie langsam die Treppe hochging. Mit jeder Stufe sah sie die Mewelts älter werden. Unten das Hochzeitsfoto der Großeltern, dessen goldener Rahmen an zwei Stellen matt und abgegriffen aussah, als ob ihn jemand wieder und wieder von der Wand genommen hatte, um sich das Bild genau anzusehen.

Dann waren da die vergrößerten Schwarz-Weiß-Fotos von deren Kindern Walter, Heike und Michael – der Jüngste war Luisas und Emilias Vater – als Kinder, als Teenager und schließlich mit ihren Ehepartnern. Es folgten die Fotos mit den Enkeln, Fotos von Urenkeln gab es dagegen nicht. Luisa vermutete, dass die Fotogalerie Elises Werk gewesen war.

Sie blieb stehen, als sie das Foto von sich und Emilia entdeckte. Sie hatten die Arme um die Schulter der jeweils anderen gelegt, es war ein Farbfoto, das ihr Vater am Strand aufgenommen hatte. Wie alt waren sie da gewesen? Sie selbst vielleicht zwanzig, Emilia achtzehn, schätzte Luisa.

Ihr Haar war von Sonne und Salzwasser ausgeblichen. Es ringelte sich wie verrückt, wie immer, wenn es feucht wurde. Luisa hatte geschätzt eine Million Sommersprossen. Emilia mit ihren schönen roten glatten Haaren und ihrer hellen Haut sah dagegen nicht ganz so sonnengeküsst aus. Sie trugen Badeanzüge, und schon damals war Emilia die deutlich zierlichere von ihnen beiden gewesen. Den Kopf hatten sie in den Nacken gelegt, und sie lachten, als ob sie gar nicht mehr aufhören wollten.

Luisa konnte sich noch an den Sommer erinnern. Einige weitere waren gefolgt, absolut wunderbar. Sie und

Emilia hatten sich immer im Haus Zugvogel verabredet, sie kam aus Berlin, Emilia aus Hamburg.

Bis es keine Sommer in Zingst mehr gegeben hatte.

Sie ging weiter. Als sie die letzte Stufe erreicht hatte, ließ sie unvermittelt die Tasche fallen und lief die Treppe rasch wieder hinunter.

Ihr war eingefallen, was ihr so seltsam vorgekommen war.

Noch nie hatte in diesem Haus Stille geherrscht. Immer war da das Ticken der Standuhren zu hören gewesen, das dumpfe Schlagen zur Viertel-, zur halben, zur Dreiviertel- und zur vollen Stunde.

Wann waren die Uhren stehen geblieben? Nach dem Urlaubsende der letzten Besucher in diesem Sommer?

Ob sie überhaupt noch liefen? Vielleicht hatte sich nach Großvaters Tod ja niemand mehr um sie gekümmert? Waren die anderen vielleicht sogar froh, dass die Uhren schwiegen, weil sie einen ziemlichen Lärm machten? Mochten sie nicht während des Urlaubs an die Zeit erinnert werden, die unaufhaltsam verstrich?

Ihr jedenfalls fehlte das Ticken, das Schlagen. Die Zeit sollte hörbar weitergehen!

Luisa nahm den dunklen Schlüssel von der Kommode, sie entschied sich für die schöne Schottin. Es fühlte sich vertraut an, das behutsame Drehen des Schlüssels, das Öffnen der Tür, dann das Herunterziehen der Gewichte, eins nach dem anderen, das Anstupsen des Pendels, das daraufhin zu schwingen begann.

Luisa lauschte aufmerksam, als das Uhrwerk wieder zum Leben erwachte, als die Räder und Metallbänder geräuschvoll ineinandergriffen und die Zeiger sich in

Gang setzten. Dann kam das Wichtigste – das Einstellen der richtigen Zeit.

Luisa sah auf ihr Handy. Sie besaß eine edle Armbanduhr (Richards Geschenk zu ihrem fünften Jahrestag). »Damit wird unsere gemeinsame Zeit unvergesslich«, hatte er gesagt. »Guck, man kann sie wenden, dann ist sie geschützt! Sie ist für Polospieler entworfen worden.« Aber Luisa dachte nicht im Traum daran, Polo zu spielen. Sie legte sie nur an, wenn sie mit Richard zu einer Veranstaltung ging, und war sich sicher, dass er sie ihr auch genau zu diesem Zweck gekauft hatte.

Es war 15:28 Uhr.

Die schottische Standuhr war an irgendeinem Tag um kurz nach eins stehen geblieben. »Du musst sie durch den Minutenzeiger vorstellen, immer nur im Uhrzeigersinn«, hatte Großvater damals gesagt. »Und lass sie zur vollen Stunde alle Schläge beenden. Auf keinen Fall den Zeiger zu schnell weiterdrehen! So macht es diese Uhr seit fast zwei Jahrhunderten. Das ist die Zeit, die sie braucht. Du darfst sie nicht zwingen, das zu ändern.«

Also drehte Luisa vorsichtig am Minutenzeiger, wartete die Schläge ab, wenn der Zeiger auf den Dodo zeigte, und schließlich ging die schottische Standuhr richtig. Vier Tage lang würde diese Uhr die Zeit anzeigen, wusste Luisa. Am Samstag würde sie die Prozedur wiederholen.

Sie schloss die Tür, zog den Schlüssel ab und legte ihn zurück. Als sie die Treppe hochging, stimmte sie ihre Schritte unwillkürlich mit dem Ticken der Schottin ab.

Jetzt fühlte es sich richtig an.

Im Obergeschoss spähte sie kurz in die anderen beiden Schlafzimmer. Hier hatte sich nichts seit ihrem letzten Besuch verändert. Sie waren schlicht, aber behaglich eingerichtet mit jeweils zwei Betten unter den Dachschrägen, Kommoden aus Kiefernholz und Flickenteppichen auf den abgezogenen Dielenböden.

Dann ging sie in das große Schlafzimmer. Das breite Bett stand ebenfalls unter einer Schräge, das Bettzeug lag unbezogen darauf. Auf dem Fensterbrett residierte das große Modellschiff ihres Großvaters – ein Zweimaster, eine Brigg. Davor standen ein Holztischchen und der verschlissene Ohrensessel, in dem der Großvater immer gesessen hatte, um ungestört aufs Meer hinausblicken zu können, um sich zu unterhalten, um seine Einstein-Werke zu lesen. Das Haus war mit den Leben der Großeltern eng verbunden, aber dieser Sessel hatte allein etwas mit dem Großvater zu tun.

Luisa schaute aus dem Fenster, über den Deich hinweg. Und da war die Ostsee, glatt und still an diesem warmen Tag. Einladend. Vertraut. Wunderbar.

Luisa sah Leute, die am Strand spazieren gingen. Einige badeten sogar noch. Ein Hund jagte an der Flutkante entlang, die meisten Strandkörbe schienen besetzt. Das Geschäft musste bei diesem Wetter großartig laufen.

Plötzlich konnte sie es kaum erwarten, ans Wasser zu kommen. Und sie hatte Hunger, Appetit auf etwas Leckeres! Rasch räumte sie ihre Reisetasche aus, zog sich Fischland-Darß-Zingst-tauglich um – Bermuda, Poloshirt und Flip-Flops – und ging wieder nach unten.

6. Kapitel

Blau mit einem Stich ins Grüngraue, durch die hölzernen Buhnen in sanften Wellen an den Strand gespült – so lag die Ostsee vor Luisa. Sie breitete die Arme weit aus, als wollte sie das Meer umarmen. Oder alles von sich werfen, was sie belastete. Nichts würde jemals eine Spur hinterlassen, es würde einfach untergehen, für immer verschwinden. Und sie selbst würde von Neuem beginnen können. Sie ignorierte den verwunderten Blick eines älteren Paares, das barfuß mit hochgekrempelten Hosen an ihr vorbeiging.

So lange war sie nicht mehr hier gewesen. Viel zu lange.

Sie schlüpfte aus den Flip-Flops und ging barfuß den nassen Sand an der Wasserkante entlang in Richtung Westen. Gelegentlich schwappte eine Welle über ihre nackten Füße. Sie trat in ein dunkelgrünes Tangknäuel, das nach altem Fisch roch, machte immer wieder einen großen Schritt über filigrane Muschelschalen, die sie nicht zertreten wollte.

Nur allmählich kam die Seebrücke näher. Dort stand auch das Kurhaus – davor war der Platz, auf dem es früher einmal einen Räucherfischstand gegeben hatte. Der Weg zog sich, und Luisa beschloss, sich später für die nächsten Tage ein Fahrrad zu mieten.

Und dann war sie da. Sie verließ den Strand, kam an einem Waffelstand vorbei, ging weiter. Den Räucherfischstand gab es zum Glück noch, allerdings war er jetzt in einem eleganten Pavillon untergebracht. Mit knurrendem Magen stand sie in der Schlange von Wartenden und sah sich um. Die Veränderungen waren behutsam, aber unübersehbar und, wie es aussah, endgültig abgeschlossen. Aus dem altmodischen Zingst, das sie von ganz früher kannte, war ein schickes Seebad geworden.

Endlich bekam sie ihr Brötchen mit Butterfisch und ging zurück zum Kurhaus. Sie setzte sich auf eine Bank, wickelte es aus und biss hinein. Oh, es schmeckte großartig: das Raucharoma des Fisches, das knusprige Brötchen – ein sinnlicher Genuss. Und es machte satt. Luisa seufzte zufrieden.

Als sie aufgegessen hatte, warf sie das Papier in eine Mülltonne und ging zum nächsten Fahrradverleih.

Eine halbe Stunde später stellte Luisa das Rad beim großen Edeka in den Fahrradständer, kaufte alles ein, was sie gern aß, und eine Flasche Wein. Dann machte sie sich auf den Rückweg zum Haus. Sie fuhr langsam, es war egal, wann sie ankam. Sie konnte auch jederzeit umdrehen, kannte sich in den Nebenstraßen noch gut aus. In Zingst konnte man sich nicht verirren. Da teilte sich das kleine Ostseeheilbad das Schicksal anderer Inselörtchen.

Sie radelte in Richtung Friedhof, in dessen Mitte die Peter-Pauls-Kirche stand, die mit ihren neugotischen Fenstern und den kleinen, überdachten Türmchen eher wie eine Burg als wie ein Gotteshaus aussah. Im Vorbeifahren warf sie einen flüchtigen Blick in den Weg, der zum Kircheneingang führte. Dunkel war er, weil die hohen Bäume das Licht wegnahmen.

Und dann ging alles ganz schnell. An ihr fuhr ein weißer Kleintransporter vorbei, direkt auf eine schmale Person zu, die soeben die Straße betrat – eine zierliche alte Dame mit weißem Haar.

»Passen Sie auf«, rief Luisa ihr zu. »Da kommt ein Wagen!«

Aber die Spaziergängerin ging einfach weiter, hörte sie wohl nicht. Sah der Fahrer sie nicht? Er machte keine Anstalten zu bremsen. Wie konnte man hier nur so rücksichtslos fahren!

Jetzt sah Luisa die Dame nicht mehr, die unmittelbar vor dem Kleintransporter sein musste. Warum hupte der Fahrer nicht mal? Schließlich rollte der Wagen langsam an der nächsten Straßenkreuzung aus. Im Frachtraum krachte und rumste es ominös.

Luisa trat in die Pedale und schoss hinter ihm her. Als sie den Wagen erreicht hatte, donnerte sie mit geballter Faust gegen die Karosserie.

»Hey! Das war knapp! Sie hätten die alte Dame fast erwischt!«, brüllte sie.

Die Fahrertür wurde aufgestoßen, ein Mann stieg aus und kam eilig um den Wagen auf Luisa zu. »Was ist denn? Ist was passiert? Oh, Sie sind das.«

Luisa schnappte nach Luft und ließ die Faust sinken. Es war Jan Sommerfeldt. Dieselbe Jeans, dieselben wilden Locken, dasselbe herablassende Grinsen.

»Was machen Sie denn hier? Sie sind doch in Barth ausgestiegen.«

»Da endet ja der Zug, also musste ich wohl aussteigen. Ich wollte nicht wieder nach Berlin«, gab er zurück. »Und Sie sind doch auch dort ausgestiegen und kurven jetzt in Zingst herum. Als nicht unerhebliche Gefährdung des Straßenverkehrs, kann ich nur sagen, so wie Sie an den Wagen gebummert haben. Sie haben mich total erschreckt.« Er kam näher und beäugte kritisch den Einkauf, der sich in ihrem Fahrradkörbchen befand. Ein Baguette und die Weinflasche lugten heraus. »Aber gut zu sehen, dass Sie tatsächlich auch was anderes essen als Obst und Gemüse. Ich war mir vorhin nicht sicher. Ich kenne nämlich keinen, der meine Buletten verschmäht.« Mit schräg gelegtem Kopf las er das Etikett der Weinflasche. »Ich persönlich mag ja einen guten Syrah lieber als den Montepulciano, aber das ist natürlich Geschmackssache. Hat Edeka überhaupt eine vernünftige Weinauswahl? Ich kauf in Berlin am liebsten bei ...«

»Das reicht«, fuhr Luisa ihn an. Sie umklammerte den Lenker so fest, als wollte sie ihn erwürgen. Schon im Zug hatte dieser Typ sie mit seinen süffisanten Bemerkungen genervt. Dass er sie jetzt auch noch mit ihren Einkäufen aufzog, machte es kein bisschen besser. »Ich hab nicht meinetwegen an Ihren Wagen gebummert, sondern wegen der alten Dame. Die Sie um ein Haar überfahren hätten. Sie haben nicht mal abgebremst, als sie auf die Straße trat! Aber das passt ja zu Ihnen.«

»Welche alte Dame? Da war niemand«, behauptete ihr Zugnachbar. »Ich bin langsam gefahren, ich hätte es doch gesehen, wenn da jemand gewesen wäre.«

»Von wegen langsam!«

Aber er hatte recht. Wo war die Dame denn nun?

Luisa sah die Straße entlang, schob dann das Fahrrad ein Stück vor, um die andere Straßenseite zu sehen, aber konnte auch dort niemanden entdecken.

»Sie ist direkt vor Ihrem Wagen auf die Straße gelaufen. Von Weitem sah es aus, als ob Sie sie überfahren würden«, beharrte Luisa und sah sich weiter suchend um.

»Ich habe niemanden gesehen«, beharrte Jan Sommerfeldt. »Vielleicht haben Sie sich diese Frau nur eingebildet. Haben Sie vielleicht schon ein Probierschlückchen Wein getrunken, bevor Sie den Montepulciano gekauft haben?« Er trat näher.

»Das ist frech!«, zischte sie. »Was fällt Ihnen ein! Vielleicht … wohnt sie hier. Sie wird in ihrem Haus verschwunden sein, nachdem Sie sie fast über den Haufen gefahren haben. Wahrscheinlich muss sie sich von dem Schreck erst erholen.«

»Oder Sie haben sich getäuscht.«

»Das hab ich nicht!«

»Wie sah sie denn aus?«

Luisa überlegte. »Alt. Zart. Volles weißes Haar. Besser kann ich sie nicht beschreiben.«

»Gut«, sagte er und strich sich die wirren Locken zurück. Er klang gleichmütig, aber Luisa hörte seine Verärgerung heraus. Er sah sie abschätzend an, die Lachfältchen um seine Augen waren heller als sein gebräuntes Gesicht, was man jetzt deutlich sehen konnte, weil er überhaupt nicht lächelte. »Egal, was Sie meinen gesehen zu haben, ich bin mir keines Fehlers bewusst. Und hier liegt auch niemand verletzt auf der Straße, also muss es wohl für die alte Dame gut ausgegangen sein. Wollen Sie noch ein bisschen mehr mit mir disputieren oder kann ich jetzt weiterfahren? Im Gegensatz zu Ihnen hab ich nämlich etwas zu tun.«

»Woher wollen Sie wissen, dass ich nichts zu tun habe?«, blaffte Luisa. Dieser Mann war einfach schwer zu ertragen.

»Stimmt. Sie müssen Ihre Einkäufe nach Hause bringen. Und wahrscheinlich Ihre Desigerklamotten bügeln, die in Ihrer Schickimicki-Reisetasche verknüllt sind. Sie haben noch volles Programm. Hoffentlich schaffen Sie das heute alles«, antwortete er spöttisch. »Verlieren Sie lieber keine Zeit, indem Sie mit rücksichtslosen Straßenrowdys streiten. Das ist doch gar nicht Ihr Stil.« Er wollte sich abwenden, aber schien es sich doch anders zu überlegen. »Was machen Sie denn in Zingst? Urlaub?«

»Das haben Sie mich schon im Zug gefragt.«

»Nein«, widersprach er. »Da habe ich nur gesagt, dass Sie einen Gute-Laune-Urlaub gut gebrauchen könnten.«

»Sie sind unmöglich.«

»Ich bin schon mit Gemeinerem tituliert worden.«

»Das glaube ich Ihnen aufs Wort.«

Er schien endgültig die Lust an ihrer Streiterei verloren zu haben und schlenderte auf die Fahrerseite. »Ich fürchte, wir müssen uns aufs Schlimmste vorbereiten. Zingst ist nicht sehr groß, wir werden uns vermutlich wiedersehen«, sagte er noch lässig über seine Schulter hinweg in ihre Richtung.

Luisa schäumte innerlich, aber zog es vor, so zu

tun, als hätte sie seine letzten Worte nicht gehört. Sie schwang sich auf ihr Fahrrad und fuhr langsam los.

»Machen Sie Licht, bevor *Sie* überfahren werden«, hörte sie ihn hinter sich rufen. »Wenn auch nicht von mir!«

Sie drehte sich um.

Er stand an den Wagen gelehnt und sah ihr hinterher. Sie wollte eigentlich nichts auf seinen Rat geben, aber er hatte recht. Es war noch ein Stück bis zum Haus, und mit Licht war es sicherer. Die Sonne stand schon sehr tief.

Luisa bremste und stieg ab. Sie suchte nach dem Dynamo, fluchte leise, weil sie ihn nicht fand, entdeckte endlich, dass man das Licht nur an der Lampe anstellen musste, und drückte auf den Schalter. Sie sah hoch, und natürlich – Jan Sommerfeldt stand immer noch mit verschränkten Armen da und machte den Eindruck, als hätte er sofort gewusst, wie man das Licht an diesem Leihrad anschaltete.

Luisa biss die Zähne zusammen und fuhr weiter.

Woher hatte er überhaupt den weißen Lieferwagen? Arbeitete er etwa auf der Halbinsel? Wahrscheinlich als Saisonaushilfe, um auf unkomplizierte Art einen schnellen Euro zu verdienen! Wie ein Urlauber wirkte er jedenfalls nicht. Wo mochte er wohl wohnen?

Sie ärgerte sich immer noch so sehr, dass sie viel zu heftig in die Pedale trat. Und auch über sich selbst ärgerte sie sich. Es passte überhaupt nicht zu ihr, sich auf offener Straße mit einem Mann zu streiten. Das war wirklich nicht ihr Stil, da musste sie ihm recht geben. Aber warum machte sie sich überhaupt Gedanken über diesen dreisten Typen? Sollte er doch bleiben, wo der Pfeffer wuchs.

Noch bevor ihr ein passenderer Name für ihre neue ungewollte Bekanntschaft eingefallen war, stand sie vor Haus Zugvogel. Die Dämmerung würde nicht mehr lange auf sich warten lassen. Hätte sie sich nicht mit diesem überheblichen Mistkerl gestritten, hätte sie noch zum Strand gehen und den Sonnenuntergang beobachten können. Jetzt war sie nicht mehr in der richtigen Stimmung dafür. Ein Sonnenuntergang war etwas Schönes, Besinnliches, etwas, das von guten Gedanken begleitet werden sollte, von der Freude über die Färbung des Himmels und dessen Reflexion auf dem Wasser.

Und davon war sie meilenweit entfernt.

Luisa stieg ab und schob das Fahrrad durch die Gartentür aufs Grundstück. Die Mühe, es abzuschließen, machte sie sich nicht, sie lehnte es nur gegen die Hauswand unter den Dachüberstand, hob das Körbchen mit den Lebensmitteln vom Gepäckträger und trug es zur Haustür.

Unter den hohen Kiefern, wo die Sonne am Nachmittag noch Kringel auf den Rasen gemalt hatte, war nun tiefer Schatten. Luisa war froh, als sie die Tür geöffnet hatte und sich endlich in die Geborgenheit des Hauses begeben konnte. Hier fühlte sie sich sicher.

7. Kapitel

In der Küche verstaute sie ihre Einkäufe, dann öffnete sie die Flasche Rotwein und schenkte sich ein Glas ein. Die Freude darüber, wieder in Zingst zu sein, war ihr durch die Begegnung mit Jan Sommerfeldt gründlich verdorben worden. Vielleicht half da ja der Wein.

Keine Ahnung, was dieser Mann hat, ich finde den Montepulciano prima, dachte Luisa trotzig, als sie einen ersten Schluck nahm. Der Wein war sehr dunkel und ein bisschen herb, sie spürte das Tannin an ihren Zähnen, es machte sie rau. Sie war froh, dass Richard nicht da war und sie sich einen Weinmonolog anhören musste.

Sie nahm das Glas und stieg die knarrende Treppe nach oben. Im Schlafzimmer kuschelte sie sich in den Ohrensessel, nahm noch einen Schluck und spähte hinaus. Die kleine Straße, die am Haus vorbeiführte, war menschenleer, wahrscheinlich saßen die Zingster zu Hause und die Touristen in den Restaurants. Und sie war … eine Mischung aus beiden.

Gedankenverloren blickte sie aufs Meer, als am Himmel eine unordentliche Linie, die sich aus beweglichen Punkten zusammensetzte, ihre Aufmerksamkeit auf sich zog. Als sie näher kamen, sah sie, dass es eine Schar großer Vögel war, die sich von Norden her rasch näherte.

Sie zogen einen gewaltigen Bogen über dem Wasser und kamen dann aufs Land zu. Als sie mit unregelmäßigem Flügelschlag direkt übers Haus flatterten, erkannte Luisa ihre schrillen Rufe – Kraniche. Kurz darauf entzogen sie sich auch schon wieder ihrem Blick. Das Kreischen wurde leiser, bis es ganz verstummte.

Inzwischen sah man im Westen nur noch einen schwachen Lichtstreifen, der orangefarben in den dämmrigen Norden hinüberleuchtete. Schließlich ging die Sonne endgültig unter, und es begann das, was der Großvater jeden Tag aufs Neue geschätzt hatte: seine Stunde, die blaue Stunde. Die nicht unbedingt eine Stunde andauerte.

Solange Luisa zurückdenken konnte, hatte er abends in diesem Sessel gesessen, um das Farbspiel zu beobachten. Nie hatte er Licht gemacht, bevor die blaue Stunde vorüber war, und niemand hätte es gewagt, sie zu erleuchten. Im Sommer, wenn Luisa und Emilia den Großvater besucht hatten, war die Sonne erst gegen zehn Uhr untergegangen, entsprechend spät hatte die blaue Stunde begonnen. Jetzt dagegen ging sie – Luisa warf einen Blick auf die Uhr neben dem Bett – um zwanzig vor acht unter. »Gelb, Rot und Orange absorbiert das Ozon zuerst. Übrig bleibt das blaue Licht, das hinter dem Horizont erstrahlt. Die blaue Stunde ist die Dämmerung nach dem Sonnenuntergang, bevor es dunkel wird«, hatte der Großvater ihr so oft erklärt, dass sie es immer noch wusste. »Es ist die Zeit, in der die Welt den Atem anhält, bevor sie in die Dunkelheit stürzt. Als ob sie sich überlegen würde, ob sie sich vorwärts- oder rückwärtsdrehen soll. Aber soweit wir Menschen wissen, hat sie sich immer nur für eine Richtung entschieden ...« Und dann war er dramatisch geworden: »Oh, jetzt wird es ganz dunkel. Nun kannst du das Licht anmachen, damit wir was sehen, Luisa. Es ist Nacht.«

Luisa lächelte, als ihr die Gespräche einfielen, die sie mit dem Großvater an genau dieser Stelle immer wieder gehabt hatte. Bloß dass damals *er* im Ohrensessel gesessen hatte und sie auf dem Fußboden, mit dem Rücken gegen seine Beine gelehnt.

Seine physikalische Erklärung hatte sie damals gelangweilt. Für sie war die blaue Stunde einfach eine Zeit der Besinnung, das hatte sie schon als junges Mädchen so empfunden. Und so war es immer noch, wenn sie die Muße hatte am frühen Abend, was nur noch sehr selten vorkam. Ihren Großvater Max vermisste sie dann allerdings jedes Mal.

Es tat ein bisschen weh, dass sie so lange nicht mehr daran gedacht hatte.

»Bist du da irgendwo, Großvater?«, fragte Luisa leise ins Dunkelblaue hinein, aber natürlich erhielt sie keine Antwort.

Sie nahm noch einen Schluck, dann fiel ihr ein, dass sie sich noch nicht bei Richard gemeldet hatte.

Als sie aufstand, um ihr Handy zu holen, nahm sie aus den Augenwinkeln eine Bewegung auf der menschenverlassenen Straße wahr.

Eine zierliche Gestalt ging am Haus vorbei in Richtung Seebrücke. Nicht schnell, aber dennoch hurtig, mit einer gewissen Dringlichkeit. Luisa trat näher ans Fenster und sah hinunter, um sicherzugehen, dass sie sich nicht täuschte.

»Hey«, rief sie, aber natürlich hörte die Gestalt sie dort draußen durch das geschlossene Fenster nicht. Sie stellte das Glas ab, rannte die Treppe hinunter und riss die Tür auf. »Hey«, rief sie noch einmal, und dieses Mal sehr viel lauter. »Warten Sie!« Da endlich blieb die Person stehen und drehte sich um. Es war die alte Dame, die beinahe von Jan Sommerfeldt überfahren worden wäre. »Entschuldigen Sie, dass ich Ihnen so hinterherrufe«, sagte Luisa atemlos, als sie sie erreicht hatte. »Aber geht es Ihnen gut?«

Die alte Dame sah sie aus ihren hellblauen, ein wenig wässrigen Augen aufmerksam an. »Ja, es geht mir gut. Warum fragen Sie?«

»Ich ... ich hab Sie vorhin am Kirchenweg gesehen, und dann sind Sie auf die Straße getreten, und einen Moment lang dachte ich, Sie würden von dem Transporter überfahren werden, der gerade vorbeischoss. Aber danach konnten wir Sie nirgends entdecken. Ich hab mir Sorgen gemacht und sogar mit dem Fahrer gestritten.«

Die Dame streckte die Arme aus, sodass ihre Hände bis über die erschreckend mageren Gelenke aus den Ärmeln ihres Sommermantels ragten. Flüchtig sah Luisa ein auffallend schönes, schweres Armband, wie ineinander verschlungene Buchstaben in einer unbekannten Sprache.

»Oh, ich erinnere mich. Aber mir ist nichts passiert. Sehen Sie?« Sie hob die Arme. »Ich bin unverletzt. Der Wagen hat mich nicht erwischt.« Langsam ließ sie die Arme wieder sinken.

»Na ja, ich dachte auch nicht, dass Sie sich an den Armen verletzen«, erwiderte Luisa. »Ich hatte Schlimmeres befürchtet. Der Fahrer hat Sie offenbar nicht gesehen.«

»Das ist die Unsichtbarkeit des Alters. Junge Frauen werden ganz anders wahrgenommen. Wenn Sie über die Straße gehen, bremsen sicher alle.«

Die Dame winkte lächelnd ab. Irgendetwas an ihrer Gestik und Mimik kam Luisa unvermittelt vertraut vor.

»Sagen Sie, kennen wir uns?«, fragte sie.

»Nicht dass ich wüsste«, gab die Dame zurück und strich sich das präzise geschnittene, volle schlohweiße Haar hinters Ohr.

Ich weiß es aber, dachte Luisa. »Wohin sind Sie denn verschwunden?«, fragte sie.

»Ich bin auf den Friedhof gegangen. Mancher Schmerz nimmt nicht ab, egal, wie lang das Leben dauert. Ein bisschen schwächer wird er, aber ganz vergeht er nicht.«

Dass die alte Dame ihr, einer Fremden, so etwas Persönliches anvertraute, kam Luisa eigenartig vor. Sie hätte gern gefragt, wer auf dem Zingster Friedhof begraben lag, aber der tiefe Schmerz in den Augen der Fremden hinderte sie daran. Es wäre zu aufdringlich gewesen.

»Das tut mir leid«, sagte sie deshalb nur. »Kommen Sie aus Zingst?«

»Ein Teil meiner Familie kommt hierher.«

Plötzlich kam Luisa sich dumm vor, diese Spaziergängerin einfach angesprochen zu haben. Rücksichtslos. »Entschuldigen Sie, dass ich Sie aufhalte«, beeilte sie sich zu sagen. »Sie wollen bestimmt nach Hause. Es ist spät. Ich wollte nur sichergehen, dass es Ihnen gut geht.«

»Ja, mir geht es gut.« Die Dame legte den Kopf schräg.

»Aber ich habe es nicht eilig, nach Hause zu kommen. Das Meer ist auch am späten Abend wunderschön. Vielleicht gehe ich am Strand zurück.« Sie hielt inne, und Luisa erwartete, dass sie sich verabschiedete. Aber statt das zu tun, fragte sie: »Dürfte ich Sie um etwas bitten?«

»Natürlich.«

»Ein bisschen schwach fühle ich mich. Das Alter, wissen Sie. Ich war heute viel unterwegs. Meinen Sie, Sie könnten mir etwas zu trinken geben? Vielleicht ein Wasser. Die blaue Stunde ist wunderbar, um kurz auszuruhen, finden Sie nicht auch?«

Und bevor Luisa sich zurückhalten konnte, hörte sie sich antworten: »Die blaue Stunde ist für vieles wunderbar. Mein Großvater hat sie geliebt. Er hat sie zelebriert, jeden Tag aufs Neue. Darf ich Sie zu einem Tee ins Haus Zugvogel einladen?«

Die alte Dame nickte. »Sie ahnen nicht, wie gern ich das annehme.«

Luisa öffnete die Gartenpforte, ließ der Fremden den Vortritt. Deren Blick glitt über die metallene Silhouette, die an der Hauswand befestigt war.

»Der Eisenkranich«, sagte sie, und es lag etwas wie Bewunderung in ihrer Stimme. »Den habe ich lange nicht mehr gesehen.«

»Ein Zugvogel«, erklärte Luisa. »Der hat dem Haus seinen Namen gegeben. Der Großvater meines Großvaters soll ihn angefertigt haben. Als Erinnerung an die Sturmflut von 1872.«

»Jede Familie, die seit dieser Zeit hier lebt, hat etwas, das sie daran erinnert. Ein Ostseetrauma. Auch wenn es so viele Generationen her ist. Das Wissen, dass eine solche Flut mit den neuen Deichen nicht mehr bedrohlich werden kann, hat nichts mit der Angst davor zu tun. Es ist ein Urthema der Menschheit. Die unaufhaltsamen Wassermassen, die alles verschlingen. Ein bisschen Noah steckt in jedem von uns«, sagte die alte Dame. »Das ist in uns verankert wie die Angst vor dem Dunkeln.«

»In Ihrer Familie gibt es auch diese Erinnerung?«, fragte Luisa und öffnete die Haustür.

»Die gab es. Nun bald nicht mehr.«

Die fremde Dame trat hinter ihr ins Haus. Luisa wandte sich um, wollte sie in die gemütliche Küche bitten, doch sie blickte gebannt zu der Totenuhr. Vielleicht war es ihr unangenehm, den kleinen Sensenmann zu sehen?

»Oh ...«, sagte die Dame. »Diese wunderschönen Standuhren ...«

»Mein Großvater hat sie gesammelt.«

Die blassen Lippen der Besucherin bewegten sich, als ob sie etwas flüsterte, das Luisa nicht verstehen konnte.

»Wollen Sie den Mantel ablegen?«, fragte sie, um die Dame von der Totenuhr abzulenken.

»Nein, danke. Wir alten Leute brauchen ein bisschen mehr Wärme als das junge Volk«, erwiderte sie und blinzelte Luisa zu.

Auf einmal wirkte sie kein bisschen abwesend mehr.

Während Luisa darauf wartete, dass das Wasser kochte, saß ihre Besucherin still an dem alten Kieferntisch in der Küche.

Draußen herrschte noch das unwirklich blaue Licht,

drinnen sorgte das Teelicht des Stövchens für schummrige Beleuchtung. Dagegen hätte wohl selbst der Großvater nichts gehabt. Als der Tee fertig war, stellte Luisa die Kanne auf den Tisch, eine Schale mit Keksen, etwas Kandis, ein Kännchen mit Milch und zwei Teebecher, die sie selbst für die Großeltern getöpfert hatte. Dann setzte sie sich und schenkte ihrer Besucherin und sich ein.

»Zucker? Milch?«, fragte sie. Ihre Besucherin schüttelte den Kopf. Luisa nickte. Sie trank ihren Tee auch am liebsten schwarz, während Emilia mindestens vier Teelöffel Zucker hineingab. Das hatte sie jedenfalls früher getan. »Sind Sie zu Besuch in Zingst, oder wohnen Sie hier?«, fragte sie.

»Oh, ich bin nur zu Besuch«, antwortete die Dame und nahm einen Becher. Sie fuhr mit dem Zeigefinger über die glasierte Oberfläche, dann nippte sie an dem dampfenden Tee. »Manchmal denke ich, ich bin überall nur zu Besuch. Ich habe so lange mit meinem Mann im Ausland gelebt, dass ich selbst im Alter nicht richtig sesshaft werden kann. Ich fürchte, mir ist die Fähigkeit, Wurzeln zu schlagen, abhandengekommen. Und jetzt werde ich es bestimmt nicht mehr lernen.«

»Man wurzelt vermutlich am besten an einem Ort, an dem man Freunde und Familie hat«, sagte Luisa. »Es ist eher eine soziale als eine lokale Frage, glaube ich.«

»Aber um echte Freunde zu gewinnen, braucht man Zeit, und wenn man so oft umzieht wie wir ... Kennen Sie den Spruch: Nimm dir Zeit für deine Freunde, sonst nimmt dir die Zeit deine Freunde?« Luisa schüttelte den Kopf. »Und wo sind Sie zu Hause?«, fuhr ihre Besucherin fort.

»In Berlin. Noch.« Bis ich meinen Freund heirate und mit ihm nach London ziehe, wollte sie schon sagen, aber das ging die Fremde nun wirklich nichts an. Sie fragte auch nicht weiter, nickte nur.

»Ich bin auch aus Berlin«, sagte sie.

»Oh … Wirklich?« Ein flüchtiges Bild vom Bahnhof Zoo stieg in Luisa auf, aber bevor sie es einordnen konnte, war es schon wieder verschwunden. »Und Sie machen Urlaub hier?«, fragte sie.

»So etwas in der Art. Ich habe mir einiges für die nächsten Wochen vorgenommen. Wichtiges«, antwortete die alte Dame. »Und wenn ich dabei am Strand sein kann, umso besser. Für mich gibt es nichts Schöneres, als an der Ostsee zu sein.«

»Aber Sie sind bestimmt nicht hier, um die Kraniche zu beobachten, oder? Ich bin es jedenfalls nicht. Das ist ja ein ziemlich großer Hype, der darum gemacht wird«, redete Luisa weiter, um das Gespräch in Gang zu halten.

Obwohl sich alles, was mit körperlicher Anstrengung zu tun hatte, sowieso bei dieser Dame verbot. Viel zu zerbrechlich wirkte sie, viel zu alt. In ihrem zu weiten Sommermantel wirkte sie ganz verloren, die Beine waren dünner als Luisas Armgelenke, und die faltige Gesichtshaut mit den blassen Altersflecken – Friedhofsblümchen hatte ihre Großmutter sie genannt – wirkte durchscheinend.

Zwei Ringe, die sie übereinander am Mittelfinger ihrer rechten Hand trug, verrieten, dass sie Witwe war. Wenn sie die Hand bewegte, klirrte das Edelmetall leicht gegeneinander, weil die Finger so dünn waren.

Die Ringe, wie Luisa als Fachfrau sofort bemerkte, waren etwas breiter als übliche Eheringe. Sie hatten ein zartes, wunderschönes Blattmuster, wirkten jedoch zu schwer für die zerbrechlich wirkende Hand der alten Dame.

»Nein, wegen der Kraniche bin ich nicht hier. Etwas spazieren gehen, im Strandkorb sitzen und immer zur richtigen Zeit am richtigen Ort sein, mehr möchte ich nicht. Sagen Sie, das war doch Jan Sommerfeldt vorhin in dem weißen Lieferwagen?«

Luisa stellte ihren Teebecher so heftig auf den Tisch, das sie selbst erschrak. »Sie kennen Jan Sommerfeldt?«, fragte sie ungläubig.

»Viele hier kennen Jan Sommerfeldt«, antwortete ihre Besucherin. »Ich war mir ziemlich sicher, dass er es war, als der Wagen an mir vorbeifuhr. Diese wilden Locken sind unverwechselbar.« Sie erwiderte nicht Luisas erstaunten Blick, sondern betrachtete stattdessen lächelnd die Kerbe, die der Großvater auf der Kiefernplatte des Küchentisches während der Arbeit an seinem Modellschiff hinterlassen hatte. Das Messer war ihm abgerutscht und tief in der Platte stecken geblieben. Luisa war dabei gewesen, hatte ihn fluchen hören.

»Wieso kennt man ihn hier? Er ist in Berlin zu mir in den Zug gestiegen.«

»Er ist jedes Jahr hier.«

Sie führte es nicht weiter aus, und es war Luisa auch egal. »Ich finde ihn unmöglich«, sagte sie mit Nachdruck. »Er ist überheblich. Ein ungepflegter Tramp, der mir schon auf der Herfahrt auf die Nerven gegangen ist.«

Die Dame wandte den Blick von der Tischplatte ab und sah hoch, einen nicht zu deutenden Ausdruck in den Augen. »Sie sollten morgen zur Aussichtsplattform gehen. Ich meine die an der Straße nach Barth. Auf dem westlichen Deich vom Hafen aus. Zur Großen Kirr rüber.«

Der Themenwechsel irritierte Luisa etwas. »Welche Aussichtsplattform meinen Sie?«

»Die, von der aus man die Kraniche sehen kann«, sagte die alte Dame. »Ja, machen Sie das. Es wird Ihnen gefallen. Sie wirken wie jemand, dem die Natur nicht gleichgültig ist.« Sie lächelte, und auf einmal wusste Luisa, an wen ihre Besucherin sie erinnerte: an ihre Großmutter Elise. Die hatte zwar bis zu ihrem Tod noch rotblonde Strähnen in den grauen Haaren gehabt – sie war ja schließlich auch nicht so alt geworden, und so zierlich war sie auch nicht gewesen, dazu hatte sie zu gern gut gegessen –, aber die hellen, funkelnden Augen und wie sie stets gestikuliert hatte, um Gesagtes zu unterstreichen, das meinte Luisa bei der alten Dame ebenfalls zu erkennen. Da war sie sich ganz sicher. Emilia würde das bestimmt auch auffallen.

»Die blaue Stunde ist vorbei. Ich werde gehen.« Luisas Besucherin stellte ihren Becher auf den Tisch. »Das hat mir gutgetan. Sagen Sie, Haus Zugvogel gehörte früher den Mewelts. Sind Sie auch eine Mewelt?«

Inzwischen war es fast dunkel in der Küche, die Kerze im Stövchen erhellte kaum mehr als einen kleinen Kreis auf dem Tisch. Luisa stand auf, um Licht zu machen. Wenn sie ehrlich war, wusste sie keine genaue Antwort auf die Frage der Fremden. Sie wusste nicht, ob sie sich noch zu den Mewelts zählen durfte. Aber das war nicht das, was gemeint war.

»Ja, ich bin Luisa Mewelt«, sagte sie deshalb. »Max und Elise Mewelt waren meine Großeltern. Vielleicht kennen Sie sie ... Sie sind nach der Wende wieder hierhergezogen.«

Die Dame nickte. »O ja. Es ist schon lange her, aber ich kannte Max und Elise gut. Besonders Max. Und ich würde mich freuen, wenn wir uns duzen würden, Luisa. Trotz des erheblichen Altersunterschieds ... So ein Tee in der blauen Stunde schafft eben eine gewisse Vertrautheit. Ich heiße Mary.« Sie rappelte sich umständlich von ihrem Stuhl hoch, auf dem sie in sich zusammengesunken gesessen hatte, als ob ihre zarten Knochen sie nur mit Mühe halten könnten.

Luisa wartete auf den Nachnamen der Besucherin, aber den schien sie nicht nennen zu wollen. Gut. Dann eben nur Mary. Für Leute, denen gemeinsam war, dass ihre Familien aus Zingst stammten, reichte der Vorname offenbar.

»Sehr gern, Mary. Hast du es weit? Soll ich dich begleiten? Oder möchtest du jemanden anrufen, der dich abholt?«, fragte Luisa und hielt ihr das Handy hin.

Mary zögerte, griff danach, wog es prüfend in der Hand. Dann schüttelte sie den Kopf und gab es Luisa zurück. »Ich wüsste nicht, wen ich anrufen sollte. Ich habe keine Familie mehr. Mein Mann ist schon lange tot. Für die anderen bin ich es auch. Ich bin daran gewöhnt, allein zu sein.« Ihre Stimme klang gleichmütig, aber ihr trauriges Lächeln sprach eine andere Sprache.

Niemand sollte einsam sein, wenn er so alt ist, dachte Luisa. Und was meinte Mary, als sie sagte, sie sei es für die anderen auch?

»Wo wohnst du denn?«, fragte sie besorgt.

»In der Pension Hansen. Gleich hier um die Ecke. Noch mal danke für den Tee.«

»Sehr gern. Und komm mich bald wieder besuchen. Ich bin noch eine Weile hier. Vielleicht können wir ein bisschen über deine Erinnerungen an meine Großeltern sprechen und wie Zingst früher war. Das fände ich schön.«

Als Luisa das sagte, wurde ihr bewusst, dass sie Mary wirklich gern wiedersehen würde. Auch wenn die alte Dame sehr zurückhaltend war, wirkte sie wie jemand, der viel erlebt hatte. Sie hatte Luisa neugierig gemacht. Und da war diese Traurigkeit, die ahnen ließ, dass in ihrem Leben nicht alles gut gelaufen war.

»Natürlich. Wir sehen uns wieder.« Mary nickte, als ob sie die Einladung bereits erwartet hätte.

Dann verließ sie die Küche, öffnete die Haustür und trat in die Dunkelheit hinaus. Die Gartenpforte fiel leise hinter ihr zu.

Luisa sah ihr nach.

Mary überquerte die Straße und lief in Richtung Wasser, wahrscheinlich, um am Strand zurückzugehen, wie sie es schon angekündigt hatte. Eine zierliche Person in einem hellen Sommermantel und roten Stiefeletten, die allmählich mit der Dunkelheit verschmolz.

In Berlin hätte Luisa darauf bestanden, ihr ein Taxi zu rufen. Das abendliche Zingst wirkte so friedlich, als ob hier nichts passieren könnte. Doch obwohl Luisa keine Angst vor der nächtlichen Ostsee hatte – besonders wenn sie so friedlich war wie an diesem Abend –, fragte sie sich, ob sie in Marys Alter auch um diese Zeit am einsamen Strand entlanggehen würde. Falls Ja, würde sie dabei auf jeden Fall nicht allein sein wollen. Allein sein und einsam sein war in ihren Augen nicht dasselbe. Mary schien das anders zu sehen.

8. Kapitel

Als sie die Haustür hinter sich geschlossen hatte, ging Luisa nach oben, um ihr Weinglas zu holen. Sie kehrte damit in die Küche zurück und schaute auf ihr Handy. Richard hatte ihr noch nicht geschrieben. Vielleicht war es ein kleines Machtspiel, dass er sich nicht rührte. Schließlich war sie es, die weggefahren war. Oder er hatte heute einfach zu viel zu tun. Es passierte schon mal, dass er bis elf Uhr nachts im Büro saß und arbeitete.

So oder so, Luisa hatte überhaupt kein Problem damit, ihm eine liebevolle SMS zu schreiben. *Wie war dein Tag, Schatz? Bin gut angekommen. Die Ostsee ist wunderbar. Haus Zugvogel steht noch. Hab mir ein Fahrrad gemietet. Love you* tippte sie. Eine Bemerkung über Räucherfischbrötchen und gesunde Möhren-Sticks verkniff sie sich. Das war genau der Stoff, aus dem Konflikte entstanden.

Erst als sie auf Senden gedrückt hatte, fragte sie sich, warum sie »Love you« geschrieben hatte. Sie und Richard machten sich selten Liebeserklärungen und schon gar nicht auf Englisch. Vielleicht hatte sie es unwillkürlich getan, weil sie aller Voraussicht nach bald zu zweit nach London gehen würden.

Vielleicht hatte sie es auch geschrieben, weil Mary ein englischer Name war.

Dann erinnerte Luisa sich an das Versprechen, das sie ihrer Schwester gegeben hatte. Es fiel ihr nicht ganz leicht, es einzuhalten, aber zwei Schluck Wein später nahm sie all ihren Mut zusammen und wählte Emilias Nummer.

Dieses Mal ging ihre Schwester ans Telefon. Luisa kam es so vor, als hätte sie auf den Anruf gewartet, was sie rührte.

»Stehst du auf der Terrasse?«, wollte Emilia wissen.

»Nein. Ich sitze am Küchentisch. Der Empfang ist hier auch okay.« Sie schlug mit dem Glas leicht gegen die Flasche. »Außerdem genehmige ich mir einen Rotwein. Es war so ruhig im Haus, als ich reinkam. Zieht ihr die Uhren noch auf, wenn ihr herkommt?«

Emilia lachte. »Nein! Seit Großvaters Tod stehen sie still. Ich glaube, alle haben ein bisschen Angst davor, etwas kaputt zu machen. Die Uhren sind so wertvoll, und Opa Max hat zeit seines Lebens immer so ein Brimborium mit ihnen gemacht. Es ist eine Erleichterung, dass wir uns nicht um sie kümmern müssen. Höchstens mal abstauben.«

»Ich hab eine aufgezogen. Die schöne Schottin. Morgen kümmere ich mich um die anderen drei«, sagte Luisa. »Sonst fehlt mir etwas im Haus.«

»Du kennst dich ja auch mit den Uhren aus …« Emilia seufzte, und Luisa ahnte, was nun kommen würde. Es war genau der Grund, weshalb sie Anrufe mit Emilia lieber vermied. »Ich habe einfach nicht verstanden, warum du nicht zu Opa Max' Bestattung gekommen bist. Wo du doch sein Liebling warst!«

Als Emilia sie angerufen hatte, um ihr vom Tod des

Großvaters zu erzählen, war Luisa sehr traurig gewesen. Aber Richard hatte sie getröstet, und das hatte damals gereicht. Luisa wusste, dass die Familie mit einem Schiff der weißen Flotte hinausgefahren und die Urne im Zingster Bodden versenkt hatte. Etwas anderes als eine Seebestattung war für Max nicht infrage gekommen. Aber Luisa hatte auf keinen Fall die trauernden Familienmitglieder treffen wollen. Je seltener sie mit ihnen zusammen war, desto weniger kam sie in Situationen, in denen sie auf diese seltsam subtile Art für ihren Lebensstil kritisiert wurde. Niemand konnte sie ausfragen. Und was Opa Max anging, hatte sie sich damit beruhigt, dass es ihm völlig egal gewesen wäre, ob sie nun da war oder nicht.

»Mein Leben hat sich so sehr verändert. Vor sechs Jahren hat Richard karrieremäßig richtig durchgestartet. Da musste ich ihm den Rücken frei halten«, versuchte Luisa zu erklären.

»Hör auf!«, antwortete Emilia heftig. »Ein Leben verändert sich nicht einfach, weil man in einer anderen Stadt wohnt und jemandem den Rücken frei hält. Es verändert sich nur, wenn man es zulässt. Wenn man nicht mehr zurückblickt und alle Menschen, die man geliebt hat, vergisst.«

»Ich habe euch nicht vergessen. Und ich brauche keinen intensiven Kontakt, um an euch zu denken.«

»Du bist wie Papa. Der hat nach der Scheidung auch immer gesagt, dass er im Notfall für uns beide da ist. Aber wenn man sich im Alltag von jemandem distanziert, wird man ihn im Notfall kaum um Hilfe bitten.« Emilia ließ nicht locker. »Weißt du noch, wie es früher in Zingst war, große Schwester? Lange, lange bevor du deinen Goldjungen kennengelernt hast?«

»Ja ... natürlich ...«

»Wenn wir im Sommer in diese schummrige Disco gegangen sind? Nachts nach Hause geradelt sind, dann am Strand gesessen und Radeberger getrunken haben? Angetrunken schwimmen gegangen sind, wenn die Ostsee ruhig wie ein Spiegel dalag?«

»Ja. Manchmal denk ich daran.«

»Und dann meldest du dich einfach nicht mehr ... Monatelang ... Jahrelang.«

»Emilia, das stimmt doch nicht. Ich vergesse keinen einzigen Geburtstag ...« Emilia schnaufte ungehalten. »... und mit Mama telefoniere ich gelegentlich. Sie erzählt mir immer, wie es euch allen geht.«

»Das ist nicht dasselbe.«

»Sagst du mir das alles, damit ich schnell wieder auflege? Drückst du alle Knöpfe, um mich in die Defensive zu drängen? Weil du eigentlich gar keine Lust hast, mit mir zu sprechen?« Luisa presste das Handy an ihr Ohr, um keine Nuance in der Stimme ihrer Schwester zu verpassen, wenn sie jetzt antwortete.

»Genau das Gegenteil ist der Fall. Ich bin so verletzt, weil ich oft das Bedürfnis habe, mit dir zu sprechen, und du keinen Platz mehr für mich in deinem Leben hast.«

»Das stimmt nicht. Für dich ist immer Platz in meinem Leben.«

Das klang nicht besonders überzeugend, aber so war es immer gewesen. Im Gespräch mit Emilia, die nie lange um den heißen Brei herumredete, fielen Luisa die richtigen Worte oft erst später ein.

Emilia schwieg einen Moment. »Und warum bist du nun in Zingst?«, wollte sie dann wissen.

»Weil Richard mich gefragt hat, ob ich ihn heiraten will.«

»Oh, Glückwunsch! Dann ist deine Zukunft ja endlich besiegelt ... Aber was hat das mit Zingst zu tun? Richard hat dir einen Antrag gemacht, du hast natürlich Ja gesagt. Bis hier verstehe ich ... Oh, warte ... Überlegst du etwa, ob du in Zingst heiraten wirst? Bist du hochgefahren, um nach Locations zu suchen? Das *glaube* ich nicht. Ihr heiratet doch bestimmt im Haus der Clooneys am Comer See!«

»Mila«, erwiderte Luisa scharf. »Ich habe noch nicht Ja gesagt. Ich bin hier, um mir zu überlegen, ob ich das will. Bei den Clooneys heiraten, wie du es so schön nennst. Ich habe keine Lust auf eine Scheidung. Ich will mir auch darüber klar werden, ob der Grund, warum Richard mich heiraten will, für ein gemeinsames Leben ausreicht.«

Emilia schwieg wieder einen Moment. »Wirklich?«, fragte sie dann, als ob sie nicht richtig verstanden hätte. »Da hab ich dich unterschätzt.«

»Und bevor wir weiterstreiten, hab ich auch eine Frage an dich. Nein, eigentlich zwei. Kennst du eine alte Dame, die Mary heißt und deren Familie aus Zingst kommt?«

»Mary ... wie?«

»Weiß ich nicht. Sie hat ihren Nachnamen nicht genannt.«

»Nein, kenne ich nicht. Warum?«

»Wir haben vorhin zusammen Tee getrunken, während der blauen Stunde. Etwas an ihr kam mir so vertraut vor, ihre Gestik, ihre Blicke. Sie erinnert mich ein bisschen an Oma Elise.«

»Vielleicht ist sie entfernt mit uns verwandt?«

»Das kann ich mir nicht vorstellen. Sie kennt zwar die Familie Mewelt, aber wenn sie mit uns verwandt wäre, hätte sie es gesagt. Na, ich frage sie, wenn ich sie das nächste Mal sehe. Sie ist irgendwie interessant, hat lange im Ausland gelebt. Jetzt ist sie verwitwet. Ich hab ihr gesagt, sie kann gern mal wieder vorbeikommen. Sie wohnt in der Pension Hansen.«

»Pension Hansen? In Zingst? Die kenne ich gar nicht. Muss neu sein. Und wie lautet deine zweite Frage?«

Luisa nahm einen winzigen Schluck Rotwein. »Jan Sommerfeldt … sagt dir der Name etwas? Schon mal gehört, als du hier warst?«

Emilia lachte. »Du meine Güte! Du bist doch heute erst angekommen. Wen hast du denn noch alles kennengelernt?«

Luisa war dankbar für das Lachen ihrer Schwester. Es machte das Miteinandersprechen leichter. »Sonst keinen. Aber kennst du ihn?«

»Nein. Auch den nicht. Was ist das für ein Typ?«

»Ein arroganter Kerl«, sagte Luisa.

Schon der Gedanke an ihn nervte sie. Sie beschrieb ihren ersten Eindruck, als sie ihm im Zug begegnet war (nicht gut), dann den zweiten am Friedhof, als er Mary fast überfahren hatte (noch schlechter), aber dann auch Marys kryptische Bemerkung, dass manche ihn in Zingst kennen würden.

Schließlich pfiff Emilia durch die Zähne. »Uh, ein

Mann, von dem du dich provozieren lässt. Der dich aus deinem Gleichmut herausholt ... Das ist ja mal was Neues.«

»Zu deiner Information: Ich bin nicht gleichmütig, sondern diplomatisch, weil ich anderen nicht gern auf die Füße trete. Im Gegensatz zu dir, Mila.« Sie hörte Emilia wieder lachen. »Und dieser Kerl provoziert mich keineswegs. Aber er ist sehr von sich überzeugt und ein rücksichtsloser Autofahrer«, fuhr Luisa fort. »Ich hab dir doch gesagt, dass er total runtergekommen aussieht! Beschrieben hab ich ihn dir nur, damit du dir ein Bild von ihm machen kannst. Vielleicht kennst du seinen Namen nicht, aber das Erscheinungsbild kommt dir bekannt vor.«

»Keine Idee. Ist ja auch sicher nicht so wichtig. Wenn er abgerissen aussieht, ist er doch eh nicht dein Typ. Du stehst doch auf diese Gegelten. Auf solche wie Richard ...« Emilias Stimme triefte vor Spott.

Luisa wollte schon etwas Heftiges erwidern, dann wurde sie jedoch von einem Geräusch abgelenkt.

»Du, ich glaube, es regnet«, sagte sie und stand auf, um aus dem Fenster zu sehen. Tatsächlich, der Wind schlug Tropfen gegen das Glas, ein Rinnsal lief die Scheiben hinunter, bildete bereits kleine Lachen auf dem Fensterbrett. »Kann ich mir morgen Gummistiefel von dir nehmen, falls es weiterregnet?«

»Na klar. Meine sind die blauen mit den weißen Blumen. Wo willst du denn hin?«

»Mary hat gesagt, ich soll unbedingt zu der Aussichtsplattform hinterm Hafen gehen.«

»Und das machst du? Ausgerechnet du? Ich dachte,

du hättest der Natur komplett abgeschworen in deiner schicken Dachgeschosswohnung.« Da war wieder dieser verletzte und gleichzeitig verletzende Unterton.

»Richard hat das. Wegen seiner Bienenallergie. Ich nicht. Ich mag die Natur, genau wie früher«, erklärte Luisa geduldig. »Außerdem ist es seine Wohnung, da kann ich ja schlecht darauf bestehen, dass unser Gärtner Schmetterlingsflieder auf der Terrasse pflanzt.« Sie biss sich auf die Zunge, zu spät.

»Oh, ihr habt sogar einen Gärtner? Wie vornehm ... Ich muss Henrik mit Sexentzug drohen, wenn er die Blätter im Vorgarten zusammenharken soll.« Emilia lachte. »Und dann willst du freiwillig etwas so Gewöhnliches wie meine Gummistiefel anziehen? Sie sind nur von Tchibo, nicht von Burberry!«

»Du bist blöd. Vergiss das mit den Stiefeln. Ich geh sowieso nicht zu der Aussichtsplattform. Wenn ich mir die Natur angucken will, brauch ich bloß aus dem Schlafzimmerfenster zu sehen.«

Emilia kicherte. Plötzlich klang sie genau wie früher. »Wollen wir morgen Abend wieder telefonieren? Ich fänd das schön. Wir haben so viel zu erzählen. So viel nachzuholen.«

Luisas Herz machte einen kleinen Hüpfer. »Ja. Meinetwegen gern. Aber nur, wenn du mich nicht mehr ständig aufziehst.«

»Ich zieh dich doch gar nicht auf.«

Luisa lächelte. »Schlaf schön«, sagte sie.

»Du auch. Ich wäre gern in Zingst bei dir. Danke, dass du angerufen hast, Lulu. Ich dachte schon ...«

»Mila, halt den Mund. Ich stell dir 'ne Kerze ins Fenster.«

Luisa stellte keine Kerze für Emilia ins Fenster. Ihre Schwester war ja nicht bei Sturm auf hoher See. Oder tot. Aber sie dachte an sie, als sie eine Kleinigkeit aß und dann ihre Zeichenutensilien auf den Küchentisch legte, sodass sie am kommenden Morgen gleich mit der Arbeit beginnen konnte. Sie dachte auch an Emilia, als sie die Bettwäsche aus dem Einbauschrank holte und das Bett im großen Schlafzimmer bezog. Und als sie sich die Zähne putzte, noch mal schaute, ob die Haustür abgeschlossen war, schließlich das Licht löschte und dem Regen lauschte, der gegen das Fenster schlug, dachte sie immer noch an Emilia.

Es war schön und zugleich aufreibend gewesen, mit ihr zu sprechen. Unwillig hatte sie ihre Vorwürfe über sich ergehen lassen. Sie konnte sie ja verstehen. Sie hatte ihre Schwester zu lange ignoriert, hatte sich einfach nicht mehr um sie gekümmert, weil sie sich zwischen ihr und Richard hätte entscheiden müssen, obwohl das niemand von ihr verlangt hatte.

Es tat ihr leid. Sie sehnte sich nach dem Vertrauen, das früher zwischen ihnen geherrscht hatte.

Begleitet von dem Foto der Familiengalerie, auf dem sie und Emilia am weißen Ostseestrand saßen und lachten, schlief Luisa schließlich ein.

Lange bevor Emilia Henrik kennengelernt hatte und sie Richard begegnet war, war es gemacht worden. Damals, als sie und ihre Schwester trotz ihrer Unterschiedlichkeit unzertrennlich gewesen waren.

9. Kapitel

Am nächsten Morgen schien die Sonne, als wäre der nächtliche Regen nur eine Einbildung gewesen. Aber als Luisa mit einem Becher Kaffee auf die Terrasse trat, stand noch Wasser auf den Fliesen. Der Strandkorb war nass. Sogar der Boden unter den Kiefern, der fast immer trocken war, sah durchfeuchtet aus. Die Zeit der großen Hitze war vorbei, in der Luft hing, anders als am Tag zuvor, eine erste Ahnung von Herbst.

Wenn sie schwimmen gehen wollte, würde sie es bald tun müssen. Zum Beispiel jetzt.

Entschlossen trank Luisa ihren Kaffee aus, ging zurück ins Haus und kam im Badeanzug und mit einem großen Handtuch über dem Arm wieder heraus. Sie stopfte den Schlüssel in die Fußablage und ging zum Strand.

Der Sand war feucht, die nächtlichen Wellen hatten zarte Muschelschalen und Seetang angespült, auf dem unzählige Fliegen saßen, die sich hier in der Morgensonne stärkten.

Luisa ließ das Handtuch fallen, schlüpfte aus den Flip-Flops und begann, ins Wasser zu waten. Nach der Regennacht war es frisch, der Wind hatte das Meer aufgewühlt. Sie schauderte, als sich eine kleine Welle an ihren Oberschenkeln brach, und bekam am ganzen Körper Gänsehaut, als sie sich das kalte Wasser auf Arme, Schultern und den Bauch spritzte.

Erst allmählich wurde es tiefer, und endlich konnte sie sich rückwärts fallen lassen. Rasch überwand sie den kühlen Schock, nach den ersten Schwimmstößen überkam sie ein absolutes Wohlgefühl. Sie war gewichtslos. Wie ihr Leben gerade war, war egal. Wie sie sich entschied, war nicht wichtig. Nur der nächste Schwimmstoß zählte.

Plötzlich konnte sie nicht verstehen, warum sie so lange freiwillig auf die Ostsee verzichtet hatte. Richard hätte doch nichts dagegen gehabt, wenn sie ab und zu hergekommen wäre. Wahrscheinlich hätte er es kaum gemerkt, da er doch selbst so oft auf Geschäftsreisen war. Was hatte sie sich da angetan?

Mit kräftigen Zügen schwamm Luisa hinaus, genauso zügig wie die Vögel, die gestern in Richtung Trelleborg geflogen waren. Und genau wie die Vögel machte sie nach einiger Zeit eine Schleife und hielt wieder aufs Festland zu. Sie atmete schwer, als sie zurück an den Strand watete und nach dem Handtuch griff. Es war so anstrengend gewesen, dass sie zitterte. Aber sie fühlte sich wunderbar.

Der zweite Kaffee schmeckte Luisa noch besser als der erste. Sie wischte das Regenwasser von Stuhl und Tisch, trug das Tablett mit ihrem Frühstück heraus und ließ es sich schmecken. Dann simsten sie und Richard (*Gut geschlafen an der sonnigen Ostsee, mein Schatz? – Ja. Der Regen war so schön beruhigend :), aber du hast mir gefehlt. – Ruf mal an. Bin den ganzen Tag im Büro.*)

Schließlich nahm sie ihren Skizzenblock und begann zu arbeiten.

Gegen Mittag beschloss sie, zur Seebrücke zu fahren. Unwillkürlich hielt sie dabei nach den beiden Menschen Ausschau, die sie kannte: Mary, um sie freudig zu begrüßen, und Jan Sommerfeldt, um rechtzeitig abzutauchen.

Sie sah beide nicht. Vor einer großen Straßenkarte am Wegesrand, die Zingst und die Umgebung samt der Unterkünfte zeigte, suchte sie nach einer Pension Hansen, musste aber feststellen, dass es kein Haus dieses Namens in der Nähe gab.

Kurz entschlossen erlaubte sie sich wieder ein Räucherfischbrötchen, dieses Mal mit Heilbutt, das sie auf derselben Bank wie am Tag zuvor verputzte. Danach radelte sie zurück und brachte die anderen drei Standuhren in Gang. Sie machte es sorgsam und gewissenhaft, hielt insgeheim Zwiesprache mit dem Großvater, erinnerte sich daran, was er über die Zeit gesagt hatte: »Wie sie gemessen wird, hat nichts damit zu tun, wie sie uns vorkommt, Luisa. Denk nur an die Zeit, die man mit geliebten Menschen verbringt, sie vergeht so schnell. Wenn man dagegen mit weit geöffnetem Schnabel beim Zahnarzt sitzt, kann eine halbe Stunde ganz schön lang sein.« Es dauerte eine ganze Weile, bis sie fertig war.

Sie blieb einen Moment im Flur stehen und lauschte. Ja, jetzt war die Geräuschkulisse genau so, wie sie sie in Erinnerung hatte. Dennoch war da noch etwas, das sie umtrieb, das sich immer noch nicht richtig anfühlte.

Aus dem Bedürfnis, sich jemandem mitzuteilen, rief sie Richard an. Er sei froh, ihre Stimme zu hören, sagte er und empfahl ihr, möglichst viel Fahrrad zu fahren. Er nannte es »Wellnessurlaub«, aber sie vermutete, er meinte: Speck ruhig etwas ab, das schadet dir nicht. Als sie ihm von ihrem morgendlichen Bad in der Ostsee erzählte, lobte er sie wie ein übereifriger Sportlehrer. Luisa unterdrückte einen Anflug von Ärger und beendete das Gespräch rasch.

Als sie wieder über ihrem Skizzenblock für die Schmuckentwürfe saß und mit nichts zufrieden war, verstand sie plötzlich, was ihr keine Ruhe ließ: Mary hatte ihr einen Ausflug zur Aussichtsplattform empfohlen. Und sie versuchte vergeblich, das zu ignorieren.

Am späten Nachmittag kapitulierte Luisa vor sich selbst. Sie warf den Stift auf den Tisch, der sofort zu Boden rollte und zwischen den Kiefernnadeln verschwand.

Dann sammelte sie alles ein, was sie im Laufe des Tages draußen verstreut hatte, zog ihre Fleecejacke (rot) über ihr Polohemd (neongrün), ohne sich darum zu kümmern, ob diese Kombination zu ihrer weißen Jeans gut aussah, schnappte sich eine kleine Karte von Zingst, die sie auf dem Küchentresen gefunden hatte, schwang sich aufs Fahrrad und radelte los.

Mary hatte nicht nur nicht gesagt, warum sie zur Aussichtsplattform fahren sollte, sondern auch nicht, um wie viel Uhr sich der Besuch lohnte.

Aber vielleicht gab es dort ja auch etwas zu sehen, das zeitunabhängig war.

Luisa nahm den Rundweg in Richtung Bodden, der nur wenige Meter hinter dem Haus begann. Je länger sie fuhr, desto besser fühlte sie sich. Sie genoss die Bewegung, fuhr schneller und schneller. Früher waren sie und Emilia immer radelnd unterwegs gewesen. Komisch, dass sie in Berlin kaum noch das Rad nahm. Das würde sie ändern müssen. Und wie war das eigentlich in London?

Vergeblich versuchte sie, sich daran zu erinnern, ob sie bei ihrem letzten Besuch mit Richard dort Fahrradwege gesehen hatte. Sie bezweifelte auch, dass Richard es gut finden würde, wenn sie so sportlich in lässiger Freizeitkleidung in der englischen Metropole unterwegs sein würde.

Ihr Blick glitt über die flachen Wiesen, bis hin nach Müggenburg und zum Osterwald konnte sie von dem erhöhten Deichweg aus sehen. Der Wind wirbelte ihr Haar durcheinander, sodass sie es immer wieder aus dem Gesicht streichen musste. Sie fühlte sich plötzlich unendlich frei. Als würde sie jeden Moment abheben …

Genau wie die Kraniche.

Gelegentlich flogen sie hoch über ihr hinweg. Einmal sah sie einer Schar so lange hinterher, dass sie um ein Haar die Deichböschung hinabgestürzt wäre. Sie riss den Lenker herum, schaffte es gerade noch, das Gleichgewicht zu halten, und fuhr noch eine ganze Weile zittrig weiter.

Als sie den Bodden erreicht hatte, zögerte Luisa kurz. Nach Westen, hatte Mary gesagt, also ließ sie das Wasser linkerhand liegen, passierte den Hafen, schlängelte sich mit dem Rad durch ein erstaunliches Gedrängel von Touristen, die einen Fischimbissstand belagerten. Dann beschrieb der Deich einen großen Bogen, und als sie den schnaufend umrundet hatte, sah sie ein Häuschen auf Stelzen mit einer Treppe, die nach oben führte. Eine Gruppe Menschen stand davor.

Das musste sie wohl sein, die Aussichtsplattform.

Aus der Ferne sah es so aus, als hätten die Leute lange Ketten mit exzentrischen Anhängern umgehängt. Beim Näherkommen sah sie, dass es Ferngläser an Lederbändern waren. Sie fuhr langsamer und hielt schließlich am Fuß des Deichs, wo sie das Fahrrad neben etlichen anderen abstellte.

Bei der Gruppe blieb sie unentschlossen stehen. Sie kannte niemanden und hatte auch kein Fernglas dabei. Sie lauschte dem erwartungsvollen Erzählen der Touristen – ein akustischer Gegensatz zu den Vogelrufen, die von der Großen Kirr zu ihnen herüberschallten.

»Er wird gleich kommen. Es ist fast fünf.«

»Seht doch nur, wie viele es sind. Es ist noch früh in der Saison, aber es scheinen jedes Jahr mehr zu werden.« Jemand zeigte in den Himmel. Luisa sah nichts.

»Sie fliegen ein. Einige waren den ganzen Tag auf der Insel, ich war heute Vormittag schon mal hier. Das geht jetzt ein paar Stunden so. Ich bleibe auf jeden Fall, bis es dunkel wird. Ich habe mir eine Thermoskanne mit Tee mitgebracht. Es wird bald frisch.«

»Ich habe schon mal einen seiner Vorträge besucht. Bemerkenswert. Er weiß, was er macht. Und vor allem, was er sagt. Er ist ein echter Fachmann.«

»Hier? Hat er hier einen Vortrag gehalten?« Die Frage klang interessiert, gespannt.

»Nein. Er war Gast im Kranichzentrum.«

»Oh! Ich glaube, da kommt er!«

Auf wen warten Sie, wollte Luisa die Leute fragen,

aber da kam jemand in schnellem Tempo den Deichweg entlanggeradelt, vorbei an den Pappeln, die ihre silbrigen Blätter fächeln ließen. Sie erkannte ihn, obwohl er noch weit entfernt war. Vielleicht lag es an seinem großen Rucksack, aus dem, wie sie sah, als er sie fast erreicht hatte, ein Fernrohr ragte.

Jan Sommerfeldt. Der Mann, dem sie am wenigsten gern begegnete, der ihr aber anscheinend am häufigsten über den Weg lief.

Sie spielte mit dem Gedanken, zurück zu ihrem Fahrrad zu laufen, sich auf den Sattel zu schwingen und so schnell wie möglich zu verschwinden. Aber da hatte er sie bereits erreicht, und was sie noch weniger wollte, als ihn wiederzusehen, war, das Gesicht vor ihm zu verlieren.

Ein Raunen ging durch die Gruppe, als er sein Fahrrad abstellte, und alle wandten sich ihm erwartungsvoll zu.

Alle … außer Luisa.

Sie war nicht erwartungsvoll, sondern skeptisch.

Ihr erster Eindruck war ganz offensichtlich falsch gewesen. Ein brotloser, heruntergekommener Weltenbummler schien Jan Sommerfeldt nicht zu sein. Jetzt sah er jedenfalls anders aus als am Tag zuvor. Sein Haar war geschnitten. Er sah längst nicht mehr so wild aus wie auf der Zugfahrt. Glatt rasiert war er auch. Jünger wirkte er ohne seinen grau melierten Bart und nicht mehr so verwegen.

Er trug auch nicht mehr die zerlöcherten Jeans, sondern hatte eine dunkelgrüne Hose an und ein ebenso grünes, langärmeliges Hemd, das sein Tattoo verbarg.

Die Wanderstiefel erkannte sie allerdings wieder. Alles in allem sah er heute akzeptabel aus. Wie ein Ranger eben.

»Hallo!«, begrüßte er seine Zuhörer. »Ich freue mich, dass Sie gekommen sind, um bei diesem faszinierenden Naturschauspiel dabei zu sein. Mein Name ist Jan Sommerfeldt, ich bin Biologe und heute Ihr Ranger. *Grus grus!* Und damit will ich Sie nicht auf merkwürdige Weise begrüßen. *Grus grus* lautet der lateinische Name des Eurasischen Kranichs, den wir auch Grauen Kranich nennen. Vermutlich ist es eine Lautmalerei, die aus dem Schrei des Kranichs erwachsen ist. Sicher haben Sie alle schon den Flug der Kraniche beobachtet, auch wenn Sie sie vielleicht für Graugänse gehalten haben. Das ist für Laien nicht leicht zu erkennen.« Einige Zuhörer schauten unwillkürlich nach oben, als ob dort Kraniche oder Graugänse vorbeiziehen würden. »Fünfzehn Arten von Kranichen gibt es weltweit, nur in Südamerika und der Antarktis sind sie nicht vertreten. Zweimal im Jahr haben wir hier in der Rügen-Bock-Region die wunderbare Gelegenheit, Kraniche zu beobachten, ihr Verhalten zu studieren: Im Frühjahr, wenn sie aus dem Süden nach Skandinavien fliegen, wo sie nisten, und jetzt, von September bis in den späten Herbst, wenn sie sich wieder auf den Weg in den Süden machen, wo sie überwintern. Im Frühjahr bleiben sie nicht lange bei uns. Sie haben es eilig, weil sie möglichst schnell die besten Nistplätze im Norden erreichen wollen. Jetzt dagegen haben sie die Muße, sich noch für den langen Flug Energie anzufuttern. Kraniche sind scheu, aber da Sie so dezent gekleidet sind, werden sie Sie kaum bemerken. Das ist sehr umsichtig von Ihnen. Ich danke Ihnen dafür.«

Wie auf Befehl wandten sich einige ältere Leute missbilligend Luisa zu. Ihre rote Jacke hob sich leuchtend von der Kleidung der anderen ab. Die weißen Jeans strahlten, als würde sie Werbung für ein Waschmittel machen wollen.

»Tsss ...«, zischte eine Frau. »So zieht man sich nicht an, wenn man Kraniche beobachten will.«

Luisa öffnete den Reißverschluss und zog die Fleecejacke aus. Ihr war beim Fahrradfahren eh warm geworden. Darunter kam das neonfarbene Polohemd zum Vorschein. Freundlich lächelte sie in die Runde.

»Besser so?«, fragte sie unschuldig.

Ein Raunen ging durch die Gruppe.

»Soll das besser sein?«, murmelte jemand.

Jan Sommerfeldt ignorierte die Kleiderdiskussion. »Ich schlage vor, dass wir hoch auf die überdachte Aussichtsplattform gehen. Von dort aus haben wir einen besseren Blick«, sagte er und stieg die Holzstufen hinauf.

Die Gruppe folgte ihm, Luisa bildete den Schluss.

In dem hölzernen Unterstand standen sofort wieder alle um ihn herum. »Wie ich sehe, haben viele von Ihnen Ferngläser mitgebracht. Aber, Moment ...«, sagte er und nahm das Fernrohr aus seinem Rucksack. Dann fischte er noch ein Stativ heraus und baute die Teile zusammen, direkt vor der scheibenlosen Luke, von der man in Richtung Insel sah. Er spähte hindurch. »...ja, so sehen Sie bestimmt noch besser. Dieses Spektiv ist viel stärker als Ihre Ferngläser. Wer möchte?«

Er trat zur Seite, und eine ältere Frau, die von der beigen Schirmmütze bis zu den Stiefeln komplett in Outdoorbekleidung gewandet war, stürzte vor, um als Erste hindurchzuschauen.

»Oh«, flüsterte sie hingerissen. »Wie sie fliegen! Wie sie landen! Ich sehe jede Feder! Das ist ... bezaubernd!«

Luisa blickte ohne Fernglas aus der Luke über den Zingster Strom hinüber zur Insel. Ja, da waren Vögel, und sie mussten groß sein, wenn sie sie selbst ohne Fernglas sehen konnte. Manche landeten, manche flogen hoch. Allgemeines Geflatter herrschte eben. Und laut waren sie wie ein Trompetenorchester.

Sie wandte sich ab ... und stand plötzlich direkt neben Jan Sommerfeldt.

Die Gruppe, magisch von ihm angezogen, umgab sie beide wie ein Ring.

»Der späte Nachmittag ist die perfekte Zeit, um zu beobachten, wie die Kraniche einfliegen«, erklärte er. »Der Beginn der Dämmerung ist ihre Stunde. Tagsüber sind sie unterwegs, um nach Futter zu suchen. Manche bleiben mehrere Wochen bei uns. Sie haben es nicht eilig, das gibt den Jungvögeln Zeit, sich auf den langen Flug vorzubereiten. Kraniche haben meistens zwei Junge, und sie kümmern sich ausnehmend gut um ihre Brut, sind besorgte Eltern.«

»Sie mögen Mais, nicht?«, fragte ein Mann.

»Ja, Mais mögen sie. Wir füttern sie, das ist preiswerter, als den Bauern Entschädigung zu bezahlen. Kraniche sind quasi Allesfresser, wenn man das bei Vögeln sagen kann. Ebenso wie Getreide mögen sie Heuschrecken, eigentlich alle Insekten. Sie bringen ihren Jungen bei, was sie fressen können, indem sie sie damit füttern.

Einmal vom elterlichen Schnabel genascht, wissen die Kleinen, was essbar ist. Es sieht lustig aus, wenn ein Kranich sein Junges mit einer Blattlaus füttert.«

Die Gruppe lachte leise, als hätte er einen großartigen Witz gemacht.

»Wo überwintern die Kraniche?«, fragte die Outdoor-Lady.

»Rund dreihunderttausend Vögel nehmen die Südwestroute, dazu gehören auch die Schwärme, die in unserer Boddenlandschaft rund um Rügen zwischenlanden. Sie fliegen nach Spanien, in die Extremadura, einige wenige auch weiter nach Nordafrika. Allerdings bleiben inzwischen viele in Frankreich. Dort wurden stillgelegte Braunkohlehalden geflutet, und sie finden gute Überwinterungsmöglichkeiten vor. Vor allem genug zu fressen und Schutz vor Feinden. Zunehmend mehr bleiben allerdings mittlerweile in Deutschland, dank der milderen Winter.«

»Warum gibt es dann immer noch welche, die den längeren Weg bis nach Spanien auf sich nehmen?«, fragte ein junger Mann.

»Weil sie dort in den lichten Wäldern die Eicheln der Korkeichen finden. Die mögen sie besonders. Und vermutlich fällt es ihnen auch nicht ganz leicht, einen bisher bewährten Winterplatz aufzugeben. Besonders, wenn sie das von ihren Eltern gelernt haben.«

Luisa musste zugeben, dass Jan Sommerfeldt auf alles eine Antwort hatte.

»Woher wissen sie, welche Flugroute sie nehmen müssen?«, wollte eine junge Frau wissen, die einen Notizblock dabeihatte und eifrig mitschrieb.

»Die Kraniche machen das auf verschiedene Art. Tagsüber orientieren sie sich am Stand der Sonne, nachts fliegen sie nach dem Stand der Sterne, auch nach der Landschaft unter ihnen. Sie haben zudem wie alle Zugvögel eine erhöhte Sensibilität dem Erdmagnetfeld gegenüber. Falls sie also die Sterne nicht sehen, weil der Himmel bedeckt ist, können sie sich daran orientieren. Nach der Sonne dagegen können sie sich sogar bei bedecktem Himmel richten.«

Ich hätte auch gern eine eingebaute Vorrichtung, die mir sagt, welche Richtung die richtige ist. Alles wäre so viel leichter, dachte Luisa und seufzte leise.

Die emsige Schreiberin sah von ihrem Block hoch. »Was lernen sie von ihren Eltern?«

»Wenn sie mit ihren Eltern das erste Mal eine Route fliegen, ist die Wahrscheinlichkeit hoch, dass sie das nächste Mal dieselbe Route nehmen. Sie orientieren sich dabei an Landschaftsmerkmalen, zum Beispiel an Seen, Bergen oder Flussläufen.«

»Woher wissen Sie so genau, wie die Flugrouten der Kraniche verlaufen?«, fragte ein junger Mann wissbegierig.

»Wir haben einige Kraniche, die in Deutschland geschlüpft sind, mit GPS-Sendern ausgestattet. Es ist mühselig, sie zu fangen, wenn sie klein sind. Sie sind flink, und die Eltern setzen alles daran, sie aus jeder Gefahrenzone zu bringen. Sie haben ganz schön raffinierte Techniken entwickelt. Man muss schnell sein.« Luisa stellte sich vor, wie er einem verstörten Kranichjungen nachhechtete, wie es verzweifelt in seinem Griff schrie, wie die Eltern unruhig um das Kleine herumflogen …

»Aber es ist äußerst hilfreich, wenn sie erst mal einen Sender haben. Anhand der Daten können wir ihre Flugrouten verfolgen. Und etliche sind beringt. Wenn ein Kranich zum Beispiel nach einer Verletzung gefunden wird, weiß man genau, woher er kommt und um welches Tier es sich handelt. Das verraten die Zahlenkombinationen auf dem Ring.« Er hob grinsend die rechte Hand und wackelte mit den Fingern. »Ich dagegen bin noch unberingt.«

Wie witzig. Luisa musterte den Ranger abschätzend, die anderen lachten.

»Haben sie noch weitere Überwinterungsquartiere als Spanien, Frankreich und Nordafrika?«, fragte eine junge Frau eifrig.

Streberin, dachte Luisa entnervt.

»Die Kolonien, die weiter im Osten und Nordosten Europas nisten, fliegen zum Überwintern über die Balkanroute nach Äthiopien. Ich war gerade da, um mir verschiedene Gebiete mit den Kollegen vom NaBu und dem WWF anzuschauen. Die Konditionen für die Kraniche verschlechtern sich zunehmend. Das liegt an den großen Stauseen, die dort entstehen. Dadurch werden die Überschwemmungsgebiete trockengelegt und fallen als Winterplätze aus. Die Feuchtgebiete werden mit Gewächshäusern überbaut. Hauptsächlich für Rosen, die in Europa verkauft werden. Denken Sie daran, wenn Sie das nächste Mal Rosen geschenkt bekommen, oder besser noch – wünschen Sie sich lieber gleich Rosen aus heimischem Anbau! Rund siebzigtausend Kraniche überwintern bislang noch dort und im Quellgebiet des Blauen Nils, ein Großteil der Weltpopulation. Es wäre schön, wenn das so bleiben würde.« Statt sich die beeindruckende Zahl an überwinternden Kranichen zu merken, folgerte Luisa, dass Jan Sommerfeldts tiefe Bräune von der afrikanischen Sonne stammte. Vom Quellgebiet des Blauen Nils. Interessant. »Drei Wochen war ich ständig unterwegs, ich sah aus wie ein Strauchdieb. Aber manchmal muss man die eigenen Ansprüche an einen Spiegel und fließendes Wasser zurückstellen, wenn es um den Erhalt der Natur geht.«

Stimmt, dachte Luisa, während sein Fanclub erneut launig gluckste.

»Wie viele Kraniche schätzen Sie, rasten zurzeit auf der Großen Kirr?« Das fragte ein älterer Herr, dem ein gigantisches Fernglas vor dem Bauch baumelte.

»Schwer zu sagen«, antwortete Jan Sommerfeldt. Immer wieder traten Leute an das Fernrohr und spähten hindurch. »Anfang Oktober kommen wir schon mal auf knapp sechzigtausend in der Rügen-Bock-Region. Doch jetzt sind es nicht so viele, es ist erst der Beginn des Winterzugs. Auf der Kirr sind es im Moment so um die dreitausend, schätze ich. Vielleicht ein paar mehr.«

»Und warum rasten sie ausgerechnet hier?«

Huch. Das hatte sie ja selbst gefragt.

Er musterte sie, als sähe er sie zum ersten Mal. Nur weil er seine Mundwinkel ein bisschen spöttisch verzog, wusste sie, dass er sie längst erkannt hatte. Fing er jetzt etwa wieder an, sich über sie lustig zu machen? Auf eine entsprechende Bemerkung vor seinen Bewunderern konnte sie sehr gut verzichten.

Hinter ihr grummelten ein paar Leute, als ob ihre Anfängerfrage nicht hierhergehörte. Aber Jan Sommerfeldt fand offenbar jede Frage beantwortungswürdig. »Am liebsten übernachten sie in Gebieten, in denen niedriges Wasser steht. Sie brauchen ein sicheres Schlafzimmer und einen gedeckten Esstisch. Der Bereich Fischland-Darß und Rügen ist ideal, überhaupt die Vorpommersche Boddenlandschaft. Da kommen Prädatoren ...« Sie sah ihn fragend an. »... also ... Beutemacher, Raubtiere wie Füchse, Marder, Marderhunde nicht an die Nester und die Jungvögel. Hier haben wir eine erhebliche Anzahl von Jungvögeln, die zum ersten Mal mit den ausgewachsenen Kranichen in die Überwinterungsgebiete fliegen. Auf der Kirr steht zwar kein Wasser, aber sie ist immerhin von Wasser umgeben, und die Anzahl der Raubtiere ist überschaubar. Möchten Sie mal durchs Spektiv gucken?«

Luisa nickte und ging zum Fernrohr. Und plötzlich wurde die kleine Welt auf der Insel vor ihren Augen groß, lebendig, geflügelt, grau, schwarz, weiß und rot. Sie sah spitze Schnäbel, üppiges graues Gefieder mit dunkleren Schwanzfedern und Flügelspitzen, helle Hälse, bei manchen Vögeln ein kleines Stückchen Rot auf dem Kopf. Scharen flogen niedrig, um zu landen. Einige Vögel flatterten, andere standen ganz still oder neigten den Kopf anmutig nach unten, um ihn dann wieder hochzureißen. Wieder andere standen sich gegenüber. Einer hüpfte auf, reckte den Hals nach hinten, schlug zweimal mit den Flügeln, kam mit ein paar Sprüngen wieder zum Stehen und begann von Neuem.

Luisa sah erstaunt hoch. »Einer springt wie wild auf und ab.«

»Ja, das machen sie. Mehr noch in der Balzzeit im

Frühling, aber sie tanzen auch als Zeichen des gegenseitigen Erkennens. Vielleicht war das Paar tagsüber in unterschiedlichen Futtergründen unterwegs und sieht sich jetzt wieder. Der Tanz der Kraniche ist berüchtigt. Er hat etwas Mystisches.«

Luisa spähte wieder durch das Fernrohr. »Jetzt wirbelt er Steine hoch ... und Gras ...«

Jan Sommerfeldt lachte. »Ja, auch das tun sie. Scheint ein temperamentvoller Tänzer zu sein, den Sie da sehen. Die Vögel versuchen durch Prahlverhalten zu imponieren. Mit dem Tanz drücken sie ihre Erregung aus ...«

»Jetzt tanzen ganz viele. Du meine Güte! Was für ein Auf und Ab«, sagte Luisa beeindruckt.

»... die ansteckend ist und sich auf die Gruppe überträgt«, vollendete Jan Sommerfeldt seinen Satz.

Hinter Luisa bildete sich eine Schlange.

»Können wir bitte auch mal?«, hörte sie eine ungeduldig klingende Stimme.

Sie trat zur Seite. »Ich wusste nicht, dass Sie etwas mit den Kranichen zu tun haben. Dass Sie ihretwegen hier sind. Das hätten Sie mir gestern ruhig sagen können«, sagte Luisa leise zu Jan Sommerfeldt und spähte aus der Luke in Richtung Kirr.

Der Naturschützer grinste. »Warum hätte ich das tun sollen? Es war spaßig, Sie bei dem Versuch zu beobachten, an Ihre eigenen Vorurteile zu glauben.«

Luisa suchte noch nach einer passenden Antwort, als ein Mann, der durch sein eigenes Fernglas spähte, fragte: »Woran erkennt man eigentlich die Jungvögel?«

Mit halbem Ohr lauschte Luisa auf die Antwort. »Frisch geschlüpfte Tiere sind braun, bis sie aus Skandinavien immerhin hierhergeflogen sind, haben sie ihr Kinderkleid verloren und sind einheitlich grau. Ihnen fehlt noch die intensive schwarz-weiße Zeichnung am Kopf, wie die adulten Kraniche sie haben.«

Er hatte recht.

Mit den Jungvögeln sowieso, allerdings auch damit, dass sie ihren Vorurteilen hatte glauben wollen. So ein Typ war sie eigentlich gar nicht. Oder vielleicht doch? Jedenfalls war sie früher nicht so gewesen. Damit wäre sie bei Emilia niemals durchgekommen. Die hätte sofort hinterfragt, wie sie dazu käme, jemanden einfach nur nach seinem Äußeren zu beurteilen.

Aber sollte sie sich deshalb bei ihm entschuldigen? Nein. Auf keinen Fall.

Luisa beschloss zu gehen. Sie hatte genug über Kraniche gehört. Unbemerkt verließ sie die Hütte und ging die Treppe hinunter.

Sie war jedoch noch nicht weit gekommen, als Jan Sommerfeldt aus der Aussichtsluke herausschaute und ihr zurief: »Würde es Ihnen etwas ausmachen, auf mich zu warten? In einer Viertelstunde bin ich hier fertig. Ich möchte was mit Ihnen besprechen. Bitte.«

Er wartete ihre Antwort nicht mal ab.

Eigentlich wäre das ein Grund, sich sofort aufs Rad zu schwingen und nach Haus Zugvogel zurückzuradeln. Aber er hatte »bitte« gesagt.

Und deshalb blieb Luisa.

Mit angezogenen Beinen setzte sie sich auf den Deich, legte das Kinn auf die aufgestützten Arme und beobachtete, wie immer mehr Kraniche die Insel anflogen. Wenn sie die Augen zusammenkniff und sich sehr anstrengte, konnte sie Vögel im Schilf ausmachen, aber längst nicht so deutlich wie durch das Fernrohr. Sie konnte nicht sagen, ob das auch Kraniche waren. Im Haus musste irgendwo ein Fernglas liegen. Ihr Großvater hatte eins gehabt. Sie würde später danach suchen. Oder nein, sie würde Emilia fragen, die wusste sicher, wo es lag ...

Obwohl die Sonne schon tief stand, strahlte der Himmel in einem hellen Blau. Es spiegelte sich in der Oberfläche des Zingster Stroms wider, was schön zu dem ockerfarbenen Schilf und den grünen Wiesen aussah.

Luisa beschloss, Richard am Abend von ihrem Ausflug zu erzählen und vor allem, wie sie sich dabei gefühlt hatte, nämlich naturverbunden und glücklich.

Mal sehen, wie er reagiert, dachte sie. Obwohl er sich manchmal etwas überlegen gab, verstand er eigentlich immer, wenn ihr etwas wichtig war. Vielleicht konnte sie ihn sogar überzeugen, mal etwas anderes als einen Luxusurlaub zu machen. Sie würde gern zum Whale Watching nach Neuseeland fahren. Oder auf die Galapagos-Inseln. Oder zum Blauen Nil nach Äthiopien. Vielleicht sogar in den Flitterwochen. Richard konnte sich finanziell jeden Urlaub leisten.

Es wurde spürbar kühler. Luisa zog ihre Fleecejacke wieder an. Worauf wartete sie eigentlich?

»Entschuldigung, hat etwas länger gedauert als geplant«, sagte Jan Sommerfeldt genau in dem Moment, als sie beschloss, endgültig zu gehen.

Er ließ sich neben ihr ins Gras fallen. »Das war meine erste Kranichführung dieses Jahr. Die Leute sind sehr interessiert. Sie haben viele Fragen, und die möchte ich gern ausführlich beantworten.«

»Das hab ich gemerkt«, sagte Luisa.

Hinter ihnen wanderten jetzt die Naturfreunde vorbei, und sie spürte ihre Blicke im Nacken. Wahrscheinlich fragten sie sich, wie sich ihr Held mit einer Frau unterhalten konnte, die es wagte, in grellen Neonfarben zur Kranichbeobachtung zu kommen.

»Hören Sie ...«, hub er genau in dem Moment an, als Luisa »Ich wollte Ihnen ...« zu sagen begann.

Sie grinsten beide, und Luisa sagte: »Sie zuerst.«

Er nickte und fuhr sich durch die kurzen Locken, als würde ihm das helfen, sich zu konzentrieren. »Ich hab mich gestern schlecht benommen. Es ist nicht meine Art, überheblich zu sein. Ich war nur so fertig. Erst am Tag zuvor bin ich nach drei Wochen Afrika in Berlin gelandet, dann musste ich sofort die Vorbereitungen für Zingst treffen. Das ist keine Entschuldigung für mein Verhalten, allenfalls eine Erklärung. Aber es war nicht richtig, mit Ihnen zu streiten. Können Sie mir das verzeihen?«

Er sah sie so eindringlich an, als wäre sie ein unerwartet aufgetauchter Jungvogel, über den er sich dringend klar werden musste.

Sie nickte, überrascht von seiner Offenheit. »Ich war zwar nicht in Äthiopien. Aber ich war auch nicht fair. Und deshalb von mir ebenso: Es tut mir leid. Obwohl ... dass Sie Ihren Rucksack auf meine schicke Tasche stellen wollten, war natürlich unmöglich.«

»Ja. Das war es. Wird nicht wieder vorkommen, ich verspreche es. Einfach unverzeihlich. Ich weiß wirklich nicht, was ich mir dabei gedacht habe! Wollen wir noch mal von vorn anfangen? Ich heiße Jan Sommerfeldt.«

Als ob sie das nicht wüsste. Jan Sommerfeldt, der Hobbykoch mit dem Limettenbulettenrezept und der schlechten Meinung über Veganer. Der Kranichexperte. Der unberingte Weltreisende. Der Äthiopienkenner. Ganz sicher niemand, der einer Frau Rosen aus afrikanischem Anbau schenken würde, wo doch die Gewächshäuser dort seinen Kranichen die Winterplätze wegnahmen.

»Ich bin Luisa Mewelt.«

Sie reichten sich die Hand, während über ihnen die Kraniche kreischten. Sein Händedruck war fest und warm.

»Luisa«, sagte er und senkte leicht den Kopf. »Schön.«

»Und jetzt werde ich gehen, Jan«, sagte Luisa und stand auf.

Er folgte ihrem Beispiel, nahm seinen Rucksack und schlenderte neben ihr her zu seinem Fahrrad.

»Ach, noch was nehme ich zurück. Wenn wir uns in Zingst noch einmal über den Weg laufen, wäre das bestimmt nicht das Schlimmste. Im Gegenteil. Ich würde mich freuen.«

Er drehte sein Fahrrad in Fahrtrichtung, und als er sie wieder ansah, lächelte er.

Sie lächelte zurück.

10. Kapitel

Als sie zu ihrem Fahrrad ging, sah Luisa sofort, dass es einen Platten hatte. Wie ärgerlich. Vielleicht war sie auf dem Hinweg über etwas Spitzes gefahren oder der Fahrradverleih hatte ihr eine echte Krücke gegeben oder vielleicht hatte sich auch jemand aus der Beobachtergruppe zu sehr über ihr neongrünes Shirt geärgert und als Lektion die Luft aus dem Reifen gelassen – gleich, wie es passiert war, das versprach, ein langer Weg nach Hause zu werden.

Sie seufzte und wollte gerade losschieben, als Jan neben ihr bremste.

»Probleme?«, fragte er.

Sie zeigte auf den Reifen. »Gestern ausgeliehen, heute schon kaputt.«

»Morgen gibt es sicher gleich Ersatz!«, sagte er. »Hast du es weit?«

Er fuhr so langsam neben ihr her wie jemand, der für eine akrobatische Radfahrnummer übte. Luisa musste an den Kranichtanz denken. Den Vögeln schien sein Tänzeln jedenfalls zu gefallen. Lauter als zuvor erklang ihr abendliches Trompeten von der Kirr zu ihnen herüber.

»Ich muss zur Seestraße.«

»Die ist lang. Schaffst du es erst mal bis um die Kurve herum?« Er zeigt den Deich entlang, der ein Stück vor ihnen eine Biege machte.

»Na klar, das schaffe ich! Und dann? Von da ist es noch ein ganzes Stück.«

Sie schob ein bisschen schneller. Plapp, plapp, plapp machte der Reifen.

»Ich weiß, aber da vorn steht der Wagen, den ich in Zingst nutze«, erklärte er und nahm den Rucksack mit dem Fernrohr auf die andere Schulter. Er schien schwer zu sein.

»Der weiße Lieferwagen?«

»Genau der.«

»Und?«

»Wir könnten dein kaputtes Fahrrad einladen, und ich fahr dich nach Hause.«

»Das musst du nicht«, sagte Luisa. »Ich schaff das schon. Dauert eben nur ein bisschen.«

»Zwei Kilometer. Eher drei. Mit einem Platten. Ohne Sonne. Dagegen stehen ein paar Minuten im Wagen mit mir.« Er grinste fröhlich, in seinem braun gebrannten Gesicht schimmerten seine Zähne hell.

Sie zögerte. Es war nicht ihre Art, Hilfe von Fremden anzunehmen. Wenn sie mit Richard reiste, passierten Notfälle dieser Art nicht. Oder er ging damit anders um. Jedenfalls hatte sie sich nie um Unvorhergesehenes kümmern müssen.

Luisa fasste sich ein Herz und nickte. »Okay.«

Er schwang sich von seinem Fahrrad und schob es ebenfalls. Einträchtig gingen sie nebeneinander her. Es fühlte sich überraschend kameradschaftlich an.

Die Outdoor-Lady überholte sie von links. Im Vorbeifahren warf sie Luisa einen pikierten Blick zu. Gerade so, als hätte sie eigenhändig die Luft aus dem Fahrradreifen gelassen, nur um mit dem Kranichexperten allein zu sein.

Nichts lag ihr ferner.

Luisa widerstand der Versuchung, die Zunge rauszustrecken.

»Wo genau wohnst du an der Seestraße?«, fragte Jan und bog in den Boddenweg. Das abendliche Kreischen der Kraniche wurde leiser, als sie in bewohnte Gefilde kamen.

»Beim Übergang 6a. Östliches Ende. Warum machst du das?«

»Was? Dich nach Hause bringen?«

»Nein. Diese Kranichgeschichte.«

Er sah sie prüfend von der Seite an, während er weiterschob. Die Pappeln, die den Deich begrenzten, rauschten leise im Abendwind. Sie näherten sich Einfamilienhäusern, fast alle von einheitlich großen Gärten umgeben. Der weiße Lieferwagen stand vor einem von ihnen.

»Ich interessiere mich schon sehr lange für die Kraniche«, sagte Jan, während sie sich dem Wagen näherten. »Eigentlich war ich für Meeresbiologie eingeschrieben, und dann, bei einer Tauchexkursion in der Ostsee auf einem Schiff, ist eine Schar Kraniche in V-Formation über mich hinweggeflogen. Ich glaube, mit meiner Arbeit versuche ich immer noch, das Fernweh zu stillen, das ihre Schreie damals in mir ausgelöst haben. Das war's.«

»Das war was? Das Erwachen einer großen Leidenschaft?«, fragte Luisa, wie sie zugeben musste, ein bisschen neidisch.

So hatte sie gefühlt, als sie die Ausbildung zur Goldschmiedin abgeschlossen und anschließend ein paar Semester Kunst studiert hatte. Sie hatte für die Kunst brennen wollen, aber bis jetzt war sie noch nicht über das Kunstgewerbliche hinausgekommen.

Sie war froh, dass er nicht mit einer Gegenfrage konterte.

Er schien ernsthaft darüber nachzudenken, bevor er antwortete. »Ja, ich denke, man kann sagen, dass Kraniche meine große Leidenschaft sind. Ich werde einfach nicht müde, sie zu beobachten, ihre Routen zu verfolgen, anderen Menschen über sie zu berichten. Das ist doch Leidenschaft, oder? So, da wären wir. Wartest du hier? Bin gleich zurück.«

Er öffnete eine Gartenpforte, schob sein Rad in ein Carport neben dem Haus. Eigentlich war es ein Bungalow. Grau verputzt mit flachem Dach. Es sah gepflegt aus, wenn auch ein bisschen spießig. Hinter den Fenstern hingen altmodische Gardinen mit verzierten Spitzenbögen, auf den Fensterbänken standen Blumenkästen mit rosafarbenen Geranien.

Luisa beugte sich vor, um die Terrasse besser sehen zu können, die zur Straße hin ausgerichtet war. Dort standen weiße Kunststoffmöbel und eine Hollywoodschaukel. Über sie war ein Schonbezug aus Plastik gezogen worden.

Nur ein Name, schlichtes Schwarz auf einem weißen kleinen Plastikschild, stand an dem rostbraunen Querbalken, der die Gartentorkonstruktion zusammenhielt: Sönken.

Mitsamt seinem Rucksack verschwand Jan hinterm

Haus. Kurz darauf war er wieder da, ohne Rucksack. Sorgfältig schloss er hinter sich das Gartentor und klimperte unternehmungslustig mit einem Schlüsselbund.

»Los geht's!«

Sie gingen zu dem Lieferwagen, und schwungvoll öffnete er die Seitentür. Luisa starrte in den Innenraum.

»Dann schieb ich mal lieber nach Hause«, sagte sie skeptisch.

Im Laderaum des Wagens herrschte ein unvorstellbares Chaos, bis unter die Decke ein buntes Durcheinander bestehend aus Holzbohlen, Werkzeugen, Brettern und Maschinen. Schon eine Schachtel Nägel unterzubringen schien unmöglich.

Geschweige denn ihr Fahrrad.

»Aber nein, wieso denn? Gut, es sieht ein bisschen wild aus. Ich hatte gestern so viel zu tun, und die Jungs im Baumarkt haben ziemlich nachlässig gepackt. Einmal musste ich kräftig bremsen, weil jemand mit den Fäusten gegen den Wagen gebummert hat. Du erinnerst dich? Da ist noch mehr durcheinandergefallen. Aber das passt schon!«, sagte er.

»Das glaub ich nicht ...«

Er ignorierte ihre Bedenken und griff nach dem Fahrrad, lockerte geschickt den Lenker, sodass er ihn längs stellen konnte, und stellte es gegen einen gefährlich schief stehenden Bretterstapel. Er schwankte ein bisschen, wurde aber von dem anderen Krempel vorm Umfallen bewahrt.

Vorsichtig schloss Jan die Seitentür, stemmte sich dagegen, bis sie einrastete.

»Siehst du. Geht doch«, sagte er, bevor er die Beifahrertür aufschloss, sie ihr aufhielt und schließlich auf der Fahrerseite einstieg.

»Dann mal los«, sagte er und startete den Wagen. Das Radio dröhnte in Rockkonzertlautstärke los. Hastig stellte er es leiser.

»Sorry. Ich höre gern laute Musik, wenn ich fahre.« Ein alter Song der Steve Miller Band erklang. *Time keeps on slipping, slipping, slipping into the future ...*

Sie summten beide mit. Aber als der Song vorbei war, schaltete Jan das Radio aus.

»Du kommst also jedes Jahr hierher?«, fragte Luisa.

Er schaltete herunter, als er in den Kreisverkehr einbog. »Ja. Hier gibt es im Herbst so viele Kraniche wie kaum woanders. Naturschützer, Touristen, Wissenschaftler kommen ihretwegen in die Boddenregion – man spricht schon von der fünften Jahreszeit. Da kann ich am Bewusstsein der Leute etwas ändern.« Er lachte. »Jedenfalls bilde ich es mir ein. Und warum Kraniche, hast du vorhin gefragt. Weil sie großartig sind! Sie verraten uns viel über den Zug der Vögel, Mythen ranken sich um sie, sie sind ein Teil der Weltkultur und der Biologie zugleich. Das gefällt mir. Es gibt Gedichte über sie, selbst Plinius hat in seiner *Naturalis historia* schon über sie geschrieben.«

»Ich kenne nur *Die Kraniche des Ibykus* von Schiller, das hat mein Großvater immer vorgetragen. Ob wir es hören wollten oder nicht.«

»Und, wolltest du?«

»Manchmal ja, manchmal nein. Ich war jung, und mein Großvater hatte immer viel zu erzählen. Wir standen uns sehr nah. Ganz früher war er Kapitän. Das Wasser war ihm wichtig. Und die Zeit. Und Einstein. Er hat Standuhren gesammelt.«

Es war wirklich höchste Zeit, Richard anzurufen. Dann würde sie hoffentlich aufhören, Fremden diese Dinge aus ihrer Familie zu erzählen!

»Für Seeleute standen Uhren und Zeit schon immer in engem Zusammenhang«, sagte Jan und bog in den Müggenburger Weg ein. »Das war der Beginn der präzisen Navigation. Sie brauchten genau gehende Chronometer, um ihre Position auf dem Meer exakt zu bestimmen. Schon die Differenz einer Minute konnte sie in falsche Gewässer führen, und das war gefährlich.«

»Ich weiß. Die Zeit war immer Großvaters Thema.«

»Aber natürlich geht die Zeit alle Menschen etwas an. Und je älter man wird, desto bewusster wird es einem. So war es vermutlich bei deinem Großvater. Als ich jung war, dachte ich, ich kann beliebig oft von Neuem anfangen. Das glaube ich jetzt nicht mehr. Na, das stimmt nicht ganz. Anfangen kann man immer. Bloß es dann nicht mehr zu Ende bringen. Hier links?«, fragte Jan, als sie die Seestraße erreicht hatten.

»Ja. Das übernächste Grundstück.«

Jan hielt vor dem Haus und schaltete den Motor aus.

»Haus Zugvogel, das gefällt mir.« Er ließ den Blick über die rote Fassade und den Eisenkranich gleiten.

»Gestern und heute sind viele Kraniche übers Haus geflogen. Vom Meer her«, erinnerte sich Luisa.

»Das sind nicht die, die sich tagsüber auf den Maisfeldern satt futtern. Das sind die, die aus Skandinavien kommen. Sie warten für den Flug auf günstigen Wind. Und die letzten zwei Tage waren ideal.«

»Die Neuen also«, kommentierte sie.

Jan musterte noch immer das Haus. »Und hier hat dein Großvater gelebt?«

»Ja. Auch seine Vorfahren. Und jetzt ist es unser Ferienhaus. Schon seit dem frühen 19. Jahrhundert gehört es unserer Familie, nur zu DDR-Zeiten waren die Mewelts nicht hier. Früher habe ich jeden Sommer hier verbracht. Es ist lange her, dass ich das letzte Mal hier war.«

»Warum? Von so einem Haus träumt doch jeder. Tolle Lage, der Strand direkt hinterm Deich. Und von Berlin aus nicht weit.«

»Auch von Hamburg nicht, wo meine Verwandten wohnen. Aber mein Freund mag die Gegend hier nicht. Weder Zingst noch das Haus. Er findet es zu primitiv. Und weil ich gern mit ihm zusammen Urlaub mache ...« Sie zuckte mit den Schultern, ließ den Satz unbeendet.

Jan sah sie ungläubig an, dann lachte er auf, als hätte sie einen guten Scherz gemacht. »Zu primitiv? Was hat er denn für einen Maßstab? Das Hilton? Na gut. Das muss jeder selbst wissen.«

Manchmal meckerte Richard auch über das Hilton. Aber Luisa dachte nicht daran, das Jan zu sagen. Wer wochenlang am Blauen Nil kampierte, für den waren wahrscheinlich ein Plumpsklo und eine Nacht ohne Nilkrokodile vor dem Zelt Luxus.

»Es war sehr nett von dir, mich zu bringen«, sagte sie rasch und löste den Sicherheitsgurt. »Vielen Dank.«

»Gern geschehen.«

Sie lächelte unverbindlich und öffnete die Tür. »Fahr noch nicht los. Ich muss erst das Fahrrad rausholen.«

»Warte, ich helfe dir«, sagte er. Dann nahm er etwas aus dem Durcheinander auf der Ablage, griff nach ihrer Hand, öffnete sie und schloss sie wieder zu einer Faust. Es kitzelte in ihrer Handfläche. »Hier, für dich. Aber erst später ansehen, okay?«

Luisa widerstand der Versuchung, die Faust zu öffnen, während er ausstieg, um den Wagen herumkam und die Seitentür öffnete. Schwungvoll stellte er ihr Rad gegen den Zaun und half ihr dann aus dem Wagen. »Ich hoffe, man sieht sich, Luisa. Wo ich fast jeden Tag um fünf bin, weißt du ja jetzt. Falls du noch eine Frage zum Kranichtanz hast.« Er nickte ihr zu und stieg wieder ein.

Sie blieb stehen, als wartete sie noch auf etwas. Aber das Einzige, was geschah, war, dass sich der Transporter in Bewegung setzte.

Als er in die Birkenstraße abbog, um wieder in Richtung Ortsmitte zu fahren, rumpelte und krachte es im Inneren des Lieferwagens – wahrscheinlich war der Bretterstapel endgültig umgefallen. Wofür brauchte Jan wohl das viele Holz? Das hätte sie ihn fragen können. Und auch, ob er eine alte Dame kannte, die Mary hieß und die offenbar ihn kannte. Zu spät.

Sie winkte dem Wagen kurz hinterher, obwohl Jan das gar nicht mehr sehen konnte. Dann öffnete sie neugierig die Faust und lächelte. Es war ein kleiner Papierkranich, aus einer Restaurantrechnung gefaltet.

Nichts hatte sich in den zwei Stunden verändert, seit sie das Haus verlassen hatten. Trotzdem fühlte es sich für Luisa anders an, als sie aus dem Fenster spähte und eine Schar Kraniche kreischend übers Dach flog.

Ich sehe euch, ihr großen grauen Flattertiere, dachte sie. Ich erkenne euch, ich weiß jetzt, wer ihr seid, wie ihr ausseht und wohin ihr wollt. Auf die Insel Kirr, zu euren Schlafplätzen. Da fühlt ihr euch sicher, so sicher wie ich mich in diesem Haus fühle. Kaum Prädatoren, soweit euer scharfer Vogelblick reicht.

Ihr gefiel der Gedanke, dass Haus Zugvogel mit seinem Reetdach ein Richtungsweiser für die Kraniche sein könnte, der ihnen dabei half, ihre Insel zu finden.

Beim roten Haus mit dem Reetdach immer geradeaus!

So wie ein See oder ein Gebirge oder ein Flusslauf konnte das Haus für ihre Ortung etwas sein, das ewig Bestand haben würde. Das Generationen von Zugvögeln kannten, weil sie mit ihren Eltern genau diese Route genommen hatten.

»Weißt du, wo Großvaters Fernglas ist?«, fragte Luisa Emilia, als sie sich mit ihrem Handy in den Sessel kuschelte.

Dieses Mal hatte Emilia sie angerufen. Es war kurz nach acht, und entgegen der Regel ihres Großvaters hatte Luisa bereits die Leselampe neben dem Sessel angeknipst.

»Ja. In der Kleiderkammer unten im Flur, links im Regal. Wieso?«

»Weil ich die Kraniche beobachten will, die übers Haus fliegen.«

Emilia schwieg einen Moment, dann sagte sie: »Das ist ja lustig.«

»Was ist lustig?«

»Ich wollte dich fragen, ob es für dich okay wäre, wenn wir dich am Wochenende besuchen kämen.«

»Wer denn genau?«

»Die Mädchen und ich. Henrik nicht. Der will in Hamburg bleiben. Hat Karten für den St. Pauli.«

»Und was ist daran nun lustig?«

»Wir wollen mal die Kraniche beobachten. Das kennen die Mädchen noch nicht. Ich hab ihnen davon erzählt, und sie sind ganz begeistert. Neun ist doch ein prima Alter für so etwas, findest du nicht?«

»Ich hab nicht die leiseste Ahnung, wie Neunjährige sind. Uns beiden hätte das in dem Alter wahrscheinlich gefallen. Meinst du, Nina und Nike wollen überhaupt herkommen, wenn sie wissen, dass ich hier bin? Sie kennen mich doch kaum«, fragte sie dann zögernd. Emilia wollte nach Zingst kommen, und sie würde ihre Nichten wiedersehen … Luisa wusste nicht, was sie davon halten sollte. Das letzte Mal war schon so lange her. Sie hatte keine Verbindung mehr zu den Zwillingen, hatte eigentlich nie eine gehabt.

»Luisa, der Vorschlag kam von ihnen. Sie wollen Kraniche beobachten, aber sie sind auch ganz scharf darauf, ihre Tante zu besuchen. Besonders Nike. Arbeitest du gerade an etwas? Ich bin sicher, dass Nike sich das gern ansehen würde.«

»Ja, das tue ich. Ich sitze über Entwürfen, die mir sehr wichtig sind. Und ich zeige sie Nike sehr gern! Nina auch!« Plötzlich fühlte Luisa sich so leicht und unbeschwert, als ob jemand ein Fenster aufgestoßen hätte und frische Luft in ein Zimmer wehte, in dem es viel zu lange stickig gewesen war. Glücklich sagte sie: »Oh,

Mila, ich freu mich auf euch. Soll ich etwas vorbereiten? Für Nike, meine ich? Muss ich irgendetwas beachten?«

»Nein. Wir haben alles dabei, was sie braucht, und wir sind ja zusammen. Nina und ich achten auf sie. Und nun erzähl: Wie war dein Tag? Hast du meine Gummistiefel gebraucht?«

»Nein. Es hat nicht geregnet.«

»Aber am Aussichtspunkt warst du nicht?«

»Doch!«

Emilia klang erleichtert. »Das finde ich toll. Ich dachte schon, du kneifst vor der Natur. Und? Wie war es?«

»Interessant. Richtig faszinierend. Ich hab viel über Kraniche gelernt. Vielleicht radle ich auch mal zum Pramort. Da soll es einen sehr guten Ausguck geben. Kennst du den?«

»Natürlich kenne ich den!« Emilia schnaubte.

»Du, und noch was war heute. Ich hab dir doch von diesem Jan Sommerfeldt erzählt, weißt du noch?«

»Der arrogante Mistkerl, der dich genervt hat. Klar.«

»Er ist nicht arrogant, und schon gar kein Mistkerl. Er ist jemand, der sehr viel über Kraniche weiß und Führungen leitet. Ein Ranger. Und als ich vorhin einen Platten hatte, hat er mich nach Hause gefahren. In so einer alten zugemüllten Karre.«

Emilia kicherte. »Den will ich kennenlernen.«

»Das wird sich kaum vermeiden lassen, wenn ihr zu einer Kranichführung geht«, entgegnete Luisa. »Er leitet sie nämlich. Anscheinend ist das sein jährliches Septembervergnügen. Er hat sie studiert.«

»Lulu, wie machst du das bloß?«

»Was denn?«

»In so kurzer Zeit so viel herausfinden!«

Luisa zuckte mit den Achseln. Natürlich konnte Emilia das nicht sehen.

»Also, die Mädchen und ich fahren dann am Freitag nach der Schule los. Ich denke, wir sind so gegen vier Uhr bei dir. Ich freu mich!«

»Ich mich auch. Sehr sogar. Bis übermorgen«, sagte Luisa leise. Dann beendete sie das Gespräch.

Einen Moment sah sie in das dunkle Blau, dann stand sie auf und ging nach unten. Sie öffnete die Tür zur Kleiderkammer und tastete nach dem Lichtschalter. Das Licht einer einzelnen Glühbirne erstrahlte. Noch mehr Jacken hingen an einem Haken, Opa Max' Werkzeug war hier untergebracht, auf dem Boden lugte ein rot-weißer Rettungsring unter einer Decke hervor.

Links im Regal, hatte Emilia gesagt. In den unteren Fächern fand sie das Fernglas nicht, also stellte Luisa sich auf die Zehenspitzen und tastete weiter oben, bis sie einen großen, eckigen Gegenstand zu greifen bekam. Vorsichtig zog sie ihn bis vorn ans Regalbrett. Was sie suchte, war das nicht, aber ihre Neugier war geweckt. Mit beiden Händen hob sie das schwere Ding herunter.

Sie erkannte sofort, was es war. Großvater Max' Kiste aus glatt poliertem Holz, in der er alles verwahrt hatte, was er gesammelt hatte, alles, was ihm wichtig gewesen war. Manchmal hatten sie gemeinsam darin gestöbert, er hatte ihr etwas über die einzelnen Gegenstände erzählt, Luisa hatte sich gefreut, wenn eine Muschel, die sie am Strand aufgelesen hatte, schön genug für ihn gewesen war.

Es fühlte sich nicht richtig an, sie hier zu lassen, sie

gehörte nach oben, zu seinem Sessel, fand Luisa und stellte die Kiste ab. Sie tastete das Regalbrett weiter nach dem Fernglas ab, bis sie es gefunden hatte, dann nahm sie Kiste und Glas und ging damit nach oben.

Später, als sie schon im Bett lag, fiel ihr ein, dass sie eigentlich noch Richard anrufen wollte. Aber dafür war es nun viel zu spät.

11. Kapitel

Was macht man eigentlich, wenn man mehrere Tage freihat, fragte Luisa sich, als sie am nächsten Morgen erwachte. Sie räkelte sich und schaute vom Bett aus in den spätsommerlichen Himmel. Wie strukturiert man sich, wenn man Single ist und Urlaub hat? Wenn selbst gewählt offline ist und nichts hat, womit man sich ablenken kann?

Ein Urlaub ohne Partner, ohne Arbeit war ihr seltsam fremd. Wenn sie mit Richard verreiste, plante er schon Wochen im Voraus, was er sich ansehen wollte, und sie hatte stets alles mitgemacht. Warum auch nicht? Es war fast immer interessant.

In Zingst dagegen lagen lange unverplante Tage vor ihr, die darauf warteten, von ihren Ideen und Taten gefüllt zu werden. Sie konnte alles tun – schwimmen, Fahrrad fahren, spazieren gehen, schlafen. Sie konnte entwerfen oder auch nicht. Sie wollte Inspirationen suchen ... Sie war ja nach Zingst gekommen, um sich zu entscheiden. Aber nicht jetzt, nicht heute.

Nach dem Frühstück schob Luisa zuerst das kaputte Rad zum Fahrradverleih und erhielt anstandslos ein neues. Sie radelte nach Hause, dann ging sie an den Strand, lümmelte sich auf eine Decke, den Block nur einen Handgriff entfernt. Es war frisch, und sie hatte keine Lust zu schwimmen. Stattdessen ließ sie Wasser, Himmel, Sand und Sonne auf sich wirken.

Einmal versuchte sie, die Zwillinge aus der Erinnerung heraus zu zeichnen, aber die rundlichen Gestalten mit den kleinkindlichen Proportionen, die unter ihrem Stift entstanden, sahen so gar nicht wie Neunjährige aus. Sie würde Nina und Nike am Freitag sehen, dann konnte sie einen neuen Versuch starten, sie zu zeichnen.

Besser gefielen ihr die Skizzen vom Meer, die sie entwarf. Und als ein Schwarm Kraniche über sie hinwegflog, versuchte Luisa, die Phasen ihres Flugs in Einzelbildern festzuhalten. Das hatte zwar überhaupt nichts mit ihrem Entwurf für Bilbao zu tun. Aber es fühlte sich trotzdem gut an.

Am frühen Nachmittag packte sie ihre Sachen zusammen und schlenderte zurück zum Haus. Sie machte sich Tomaten mit Mozzarella, aß auf der Terrasse. Luisa fühlte sich unruhig, sehnte sich nach Gesellschaft und wollte trotzdem lieber allein sein. Was sie an Richard denken ließ, an eine Ehe, die ihr vielleicht genau das bescheren würde – viel allein zu sein und trotzdem mit einem Mann zusammenzuleben. Eigentlich perfekt.

Und dann reichte ihr die Einsamkeit.

Sie stellte das Geschirr ins Spülbecken, verließ das Haus und schwang sich aufs Rad.

Ziellos radelte sie in Richtung Seebrücke und bog dann zum Zentrum ab. Sie versuchte, sich an einzelne Restaurants zu erinnern, in die Touristen auf ein spätes Stück Kuchen oder ein frühes Abendessen strömten. Aber es war, als sähe sie sie allesamt zum ersten Mal.

Auf dem Postplatz bremste sie abrupt. Überdimensional große Naturaufnahmen waren hier ausgestellt. Sie stieg ab und schob das Rad, während sie sie betrachtete: Bäume, Pflanzen und Insekten, zum Teil mit dem Makro-Objektiv aufgenommen, sodass die Details phänomenal deutlich zu sehen waren. Die Adern der grünen Blätter, die durchscheinenden Flügel von Florfliegen, die Zeichnungen auf schillernden Schmetterlingsflügeln, der zirkelgenaue schwarze Punkt eines Marienkäfers ...

Farben und Formen inspirierten sie als Goldschmiedin sofort. Am liebsten wäre sie sofort nach Hause geradelt und hätte weiter an ihren Entwürfen gearbeitet. Doch sie radelte langsam weiter und kam unvermittelt zu einem Haus, das so ganz anders als die Bauten ringsherum aussah. Die Architektur – zwei graue Elemente und ein Anbau, der an gigantische, quer gelegte Bücher erinnerte – machte es zu einem Hingucker. MAX HÜNTEN HAUS ZINGST stand über dem Eingang.

Luisa war sicher, dass sie dieses Gebäude noch nie gesehen hatte. Sie fuhr langsamer, hielt, schloss das Fahrrad ab und betrat den modernen Bau. Es schien eine Galerie zu sein. Oder ein Begegnungszentrum. Überall hingen wunderbare Naturaufnahmen, ähnlich denen, die sie auf dem Platz bewundert hatte. Ein Katalog lag aus, den sie durchblätterte: ein Bär beim Fischen, ein Fuchs im Schnee, Kühe im Frost und Zugvögel, jede Menge Zugvögel. Einzeln, zu zweit, in einer Schar, als Nahaufnahme oder hoch oben am Himmel ... In roten Regalen befanden sich Fotobücher, an der Wand waren auf kleinen Podesten teure Kameras ausgestellt.

Luisa nahm eine von ihnen auf, blickte hindurch und

stellte sie dann vorsichtig zurück. Dieser Fotoapparat war definitiv außerhalb ihres Budgets, hier würde selbst Richard schlucken. Nicht dass er sich, im Gegensatz zu ihr, übermäßig fürs Fotografieren interessierte.

Fotoworkshops – Verleih von Fotoapparaten – Epson-Printstudio las sie auf verschiedenen Schildern in dem großen Raum. Ein Schild wies die Treppe hinauf in eine Bibliothek.

Falls sie sich jemals in Zingst langweilen würde, wäre sie selbst schuld. Sie könnte lesen, einen Fotokurs machen oder einfach herkommen, um sich die Fotos anzuschauen. So wie jetzt.

Von den Blicken der anderen Galeriebesucher abgeschirmt, befand sich mitten im Raum ein zweiter kleiner Raum, abgegrenzt von Stellwänden. Luisa ging hinein.

Das Licht hier drinnen war gedämpfter, eine Bank lud dazu ein, sich weitere Naturaufnahmen auf einem Monitor anzusehen. Luisa wollte sich setzen, die Fotografien in dem intimen Raum auf sich wirken lassen.

Aber auf der Bank saß bereits jemand.

»Hallo, Mary!«, sagte Luisa überrascht.

Mary schaute konzentriert auf das Foto eines Kranichs. Der Hintergrund war herbstlich golden und etwas verschwommen, der Vogel dagegen klar und mit größter Tiefenschärfe aufgenommen. Er spreizte das Gefieder, sodass man das Schwarz im Grau sehen konnte.

Mary strich sich mit einer Hand über die Wange, was bewirkte, dass ihre faltige Haut für einen Moment glatt aussah. Dann ließ sie die Hand sinken und blickte Luisa an.

»Luisa ... Komm, setz dich«, sagte sie und rutschte zur Seite. Es war eigentlich nicht nötig, weil ihre zierliche Gestalt so wenig Platz auf der Bank beanspruchte, dass für Luisa mehr als genug davon da war. »Sind es nicht die schönsten Vögel überhaupt, die Glücksvögel? Für mich persönlich sind sie es. Wenn ich sie sehe, bin ich glücklich. Sie erinnern mich an die schönste Zeit in meinem Leben.« Sie seufzte leise.

»Warum nennt man sie Glücksvögel?«, fragte Luisa und betrachtete das nächste Bild: eine Gruppe Kraniche im Nebel, diffus, verschwommen und trotzdem auf den ersten Blick erkennbar.

»Weil sie die Freiheit verkörpern. Den Tanz im Wind. Das Grenzenlose. Die Nähe zum Himmel. Die Natur. Tausend Kraniche muss man falten, um von den Göttern einen Wunsch gewährt zu bekommen, heißt es in Japan.« Sofort musste Luisa an den kleinen Kranich von Jan denken, den sie auf das Tischchen neben dem Lehnstuhl gesetzt hatte. Da fehlten nur noch neunhundertneunundneunzig ... »Magst du die Natur, Luisa?«

Luisa lehnte sich zurück. »Ja. Sehr. In Berlin hatte ich es ... vergessen. Aber seit ich hier bin, ist es, als ob eine Schicht abgefallen ist, die sich zwischen mir und dem Draußen aufgebaut hat. Selbst das Fahrradfahren bringt mich den Elementen wieder nah.«

»Man sollte seine eigene Nähe zur Natur besser nicht vergessen«, sagte Mary bestimmt. »Das hat Auswirkungen. Man wird sich selbst fremd, wenn man nicht mehr geerdet ist.«

»Ja, ich weiß. Aber mein Leben hat in den letzten Jahren eine ganz andere Richtung genommen. Mein

Freund Richard mag die Natur nicht. Sie ist ihm zu unberechenbar. Zu frei.«

Mary nickte abwesend. »Mein Mann hatte auch nicht das Geringste für die Natur übrig. Wir haben immer in Städten gewohnt, in eleganten Hochhäusern oder in Villen. Und in all unseren Gärten gab es nie etwas anderes als kurz geschorenen Golfrasen. Dafür haben die Gärtner gesorgt.« Sie nestelte an ihren Eheringen. Dass sie mit einem Blattmuster verziert waren, kam Luisa nun fast ironisch vor. »Manchmal habe ich es nicht mehr ausgehalten, all dieses fantasielose, abgestochene Grün«, fuhr Mary fort. »Ich bin oft für eine Stunde allein in einen Park gegangen, in einen Wald oder auf ein Feld, selbst auf ein freies Grundstück in der Stadt ... wo immer wir gerade wohnten. Ich hätte Ausflüge ins Umland machen können, aber das hätte er nicht gutgeheißen. Und ich habe mich gefügt.« Sie sah Luisa eindringlich an. »Wenn man jung ist, glaubt man, man kann beliebig oft mit beliebig vielen Menschen etwas Neues beginnen. Wenn man alt ist, sieht man das anders. Man kann so viel von der Natur lernen. Wenn man einen Partner hat, der das ablehnt, ist das allerdings nicht leicht.«

»Das hat Jan Sommerfeldt gestern auch gesagt. Fast im gleichen Wortlaut. Dass man im Alter nicht mehr alles neu beginnen kann, weil die Zeit, die einem bleibt, endlich ist.«

»Ach, hast du ihn kennengelernt?«

»Ja, Mary. Wusstest du, dass er die Kranichführungen macht?«

»Ich mag so etwas in dieser Art gehört haben.«

»Ah ...« Luisa war ein wenig irritiert, beschloss jedoch, nicht weiter nachzufragen.

In stiller Gemeinsamkeit betrachteten sie die Bilder auf dem Monitor. Kraniche in Gruppen. Kraniche allein. Kraniche im Flug. Kraniche beim Nisten, in großen sparrigen Nestern, von flachem Wasser umgeben. Porträts von Kranichen. Zwei Kraniche, die sich spiegelbildlich gegenüberstanden, sich mit den Schnabelspitzen berührten, mit der typischen Weißzeichnung an den geschwungenen Hälsen und der roten Kopfplatte.

Keine Jungvögel, dachte Luisa.

»Hat es dir auf der Aussichtsplattform gefallen?«, fragte Mary. Luisa nickte. »Und war es spannend, Jan Sommerfeldt zuzuhören?«

Wieder nickte Luisa. »Er hat faszinierend von den Vögeln erzählt. Er war sehr ... nett. Die ganze Gruppe hat für ihn geschwärmt.«

Mary lächelte. »Ihr seht euch bestimmt bald wieder«, sagte sie. »Manchen Menschen kann man nicht aus dem Weg gehen.« Als sie sich ihr weißes Haar hinters Ohr strich, zitterte ihre Hand leicht. »Kennst du Max Hüntens Lebensgeschichte?«, fragte sie.

Luisa verneinte. »Ist nach ihm dieses Haus hier benannt?«

»Ja. Er war ein Maler und Forschungsreisender, sein großes Vorbild war Alexander von Humboldt. Vier Jahre lang hat er die Welt bereist und dabei viel fotografiert. Menschen, Landschaften, Natur. 1936 ist er in Zingst gestorben.«

»Kanntest du ihn? Vielleicht als kleines Mädchen?«

Luisa fragte sich, ob das der Grund war, dass Mary ihr von Max Hünten erzählte. Was für ein Jahrgang sie wohl war? Sie schätzte sie auf Mitte achtzig.

Wie schon bei ihrem ersten Gespräch weckte die alte Dame auf unbestimmte Weise ihre Neugier. Aber sie schien vorsichtig mit dem zu sein, was sie von ihrer Vergangenheit preisgab. Das machte Luisa allerdings nur noch neugieriger.

Mary schüttelte den Kopf. »O nein, damals war ich noch nicht auf Fischland-Darß. Man hat vor gar nicht langer Zeit die alten Negative von Max Hüntens Fotos entdeckt, auf dem Dachboden des Heimatmuseums hier in Zingst. Was für ein Fund! Es muss eine Offenbarung gewesen sein. Sehr zu Recht wurde dieses Haus nach ihm benannt, wie ich finde. Ein Weltreisender, ein Fotograf, ein Naturliebhaber.«

»Ein bisschen wie Jan?«

»Ja. Vielleicht ein bisschen wie Jan Sommerfeldt. Neugierig auf die Welt, die Natur. Kompromisslos, wenn es darum geht, etwas für den Schutz der Natur zu tun. Voller Lebensweisheit durch die Kraft eigener Beobachtungen.«

»Woher kennst du Jan so gut?«

»Ich kenne ihn nicht sehr gut. Aber wer so für seine Sache brennt, muss doch so sein, oder?« Mary stand auf. Sie trug denselben Sommermantel, dieselben dunkelroten Lederstiefeletten, denselben Goldschmuck wie zwei Tage zuvor. »So, ich muss gehen.«

»Ich begleite dich«, bot Luisa an und erhob sich ebenfalls. »Mary ... am Freitag kommt meine Schwester mit ihren beiden Töchtern zu Besuch. Bist du dann noch in

Zingst? Möchtest du vielleicht nachmittags auf einen Tee vorbeikommen?«

Der Gedanke war spontan, aber es fühlte sich richtig an. Mary, Emilia und die Zwillinge – Luisa konnte es sich gut vorstellen. Mary war wie eine Großmutter, die sie nicht mehr hatten, und vielleicht würde ein gemeinsamer Nachmittag wenigstens für ein paar Stunden ihre Traurigkeit vertreiben.

Mary schüttelte den Kopf. »Deine Schwester ... Wie gern würde ich sie kennenlernen. Aber nein, Freitagnachmittag geht es leider nicht.«

»Dann vielleicht Freitag- oder Samstagabend. Komm einfach vorbei.«

Mary nickte kaum wahrnehmbar. »Vielleicht dann ...« Sie wandte sich zum Gehen, presste dabei eine ihrer schmalen Hände auf ihr Herz, als ob es leicht aus dem Rhythmus gekommen wäre.

»Wartest du einen Moment? Ich muss nur mal kurz verschwinden.« Luisa verließ den Raum und eilte zur Toilette.

»Verbann nicht die Natur aus deinem Leben. Du kannst von ihr lernen. Sie macht dich weise«, murmelte sie ihrem Spiegelbild zu, als sie sich die Hände gewaschen hatte. Hastig flocht sie sich das volle rotblonde Haar vor dem Spiegel zu einem losen Zopf. Der sich schon wieder aufzulösen drohte, als sie zurück in den Galerieraum kam.

Sie sah sich um.

Keine Mary. Sie sah in den kleinen Innenraum, aber auch da war sie nicht.

»Haben Sie gesehen, wohin die alte weißhaarige

Dame gegangen ist, die im Sommermantel?«, fragte sie die junge Frau hinter dem Verkaufstresen.

Die schüttelte den Kopf. »Nein, tut mir leid.«

»Aber sie war doch eben noch da.«

»Wer die Galerie verlässt, kann ich von hier aus nicht beobachten. Und eine alte Dame? Die ist mir wirklich nicht aufgefallen.«

Auch draußen auf dem Vorplatz des Max-Hünten-Hauses konnte Luisa Mary nicht entdecken. Unentschlossen blieb sie stehen, dann schloss sie ihr Fahrrad auf und radelte langsam in Richtung Deich. Vielleicht war die alte Dame vorgegangen.

Aber wohin Luisa auch blickte, in welche Nebenstraße sie auch während des Nachhausewegs schaute – von Mary keine Spur.

Das Gespräch hatte sie berührt. Sie hätte sich gern von ihr verabschiedet. Vielleicht hatte Emilia recht, und es gab zwischen ihnen doch entfernte familiäre Bande über irgendeinen Großgroßgroßcousin von Opa Max oder Oma Elise. Wenn Mary am Freitag- oder Samstagabend kam, konnte Emilia sie danach fragen. Ihre Schwester war gut darin, Menschen auszuhorchen, weil sie so erfrischend direkt und ehrlich war. Sie würden schon noch erfahren, wer die alte Dame in Wirklichkeit war und welche Erinnerungen sie nach Fischland-Darß-Zingst getrieben hatte.

12. Kapitel

Heute kommen sie, war Luisas erster Gedanke, als sie am nächsten Morgen erwachte. Heute sehe ich Emilia und die Zwillinge!

Es war erst ihr vierter Tag an der Ostsee. Aber es fühlte sich an, als ob sie schon viel länger da wäre. Die intensiven Telefonate mit Emilia, das Wiedersehen mit dem Haus, Mary, die Kraniche …

Ihr Herz war übervoll. Sie musste jemandem erzählen, wie es für sie war, in Zingst zu sein. Richard. Er würde sie verstehen.

Sie griff nach dem Handy, das auf dem Nachttisch lag. Es war kurz nach acht, da war Richard noch zu Hause. Wahrscheinlich frühstückte er gerade. Sie wählte die Festnetznummer. Endlos schien es zu klingeln, bis er endlich abhob.

»Ich bin's«, sagte sie. »Störe ich dich? Warst du noch unter der Dusche?«

»Hi, mein Schatz«, sagte Richard. Er klang etwas atemlos. »Nein, du störst nicht. Du störst nie! Ich freu mich doch, wenn du dich meldest! Ich war nur gerade in der Küche mit etwas beschäftigt und hab den Hörer nicht gleich gefunden. Warte, ich nehm dich mit. Schön, von dir zu hören. Wie geht's dir?«

Er klang so warm und vertraut, dass Luisa plötzlich

eine Welle der Sehnsucht überrollte. Sie vermisste Richard. Vermisste ihre Gespräche und seinen Körper, seine Zärtlichkeit und seine Großzügigkeit. Seine Stimme zu hören war fast so schön, wie neben ihm aufzuwachen.

»Gut, Richard, mir geht es richtig gut ... Manchmal fühle ich mich zwar ein bisschen einsam, aber das ist ja nicht verwunderlich. So wollte ich es schließlich, richtig?«

»Richtig«, sagte er. »Du wolltest eine Auszeit, um dich zu entscheiden.« Im Hintergrund schepperte etwas.

»Vorgestern war ich auf einer Kranichbeobachtungsplattform, das hab ich dir noch gar nicht erzählt«, fuhr Luisa fort. »Das war unglaublich. Die Kraniche fliegen abends auf der Großen Kirr ein, zurück von ihren Fressplätzen, wo sie den Tag verbracht haben. Wollen wir beide nicht auch mal einen Urlaub machen, bei dem wir Tiere beobachten? Meinst du, du könntest dich überwinden?«

Richard lachte. Wieder klirrte etwas. Wahrscheinlich machte er sich gerade an seinen geliebten Espresso und hantierte mit der sündhaft teuren Jura herum. Ihr Wasserspeicher war immer ausgerechnet dann leer, wenn man einen Espresso am dringendsten brauchte.

»Mal sehen, mein Schatz. Du bist ja richtig enthusiastisch! Vielleicht Südafrika? Es gibt dort traumhafte Lodges, da wird man von vorn bis hinten bedient. Ich check das mal. Ist gerade sehr angesagt, so eine Luxussafari. Marlona ist zurzeit mit ihrem Freund dort. Wenn es dich glücklich macht ... Warum nicht? Aber erst, wenn wir in London Fuß gefasst haben. Vorher wird das nichts.«

Das war nicht ganz das, was sie meinte. Ihr war auch völlig egal, dass Marlona, diese Teleskopfrau aus der Kanzlei, gerade dort war. Aber immerhin.

»Ja, Richard, mach das. Und hab ich dir von Mary erzählt?«

»Nein. Wer ist das?«

Sie begann, von dem ersten Abend zu berichten und von ihrem zweiten zufälligen Treffen im Max-Hünten-Haus. Die Ahs und Hms, mit denen Richard ihre Erzählung kommentierte, klangen etwas abwesend.

»Und dann bekomme ich übers Wochenende Besuch. Rate, von wem!«

»Keine Ahnung …« Plötzlich schnarrte es im Hintergrund.

»Was ist das für ein Geräusch? Ist die Jura kaputt?«, fragte Luisa.

»Die Jura ist okay«, beruhigte er sie. »Wenn eine Kaffeemaschine über tausend Tacken kostet, sollte sie wohl eine Weile halten. Nein, wir haben eine neue Küchenmitbewohnerin.«

»Wen denn?«, fragte sie.

In Richards Küche stritten sich die exklusiven Küchenmaschinen um den besten Platz. Luisa konnte sich nicht vorstellen, dass er noch eine freie Nische gefunden hatte. Richard hatte eine Schwäche für glänzendes, edles Design, auch wenn viele Geräte nur einmal im Jahr gebraucht wurden und in dem großen offenen Küchenregal einstaubten. Beziehungsweise von Patrycja, ihrer polnischen Putzhilfe, regelmäßig abgestaubt wurden.

»Was hier gerade schnurrt, mein hübsches Moppelchen, ist eine Vitamix Pro 750.« Er klang triumphierend.

»Wie bitte?«, fragte sie ärgerlich. Moppelchen? Das war neu. Und es gefiel ihr nicht.

»Eine Vitamix Pro 750. Das ist der beste Standmixer, den es im Moment auf dem Markt gibt. Hab ich gestern gekauft. Ich probier ihn gerade aus.«

»Wofür, Richard?« Luisa merkte, dass sie eine Spur zu laut sprach. Vielleicht, um das Schnarren zu übertönen, das aus der Berliner Einbauküche bis in ihr Zingster Schlafzimmer drang.

»Für Smoothies. Ich hab einen Bericht gelesen, wie unfassbar gesund die sind. Wie leicht es einem fällt, mit Gemüsemixgetränken abzunehmen. Ich mach mir gerade einen Obst-Smoothie. Banane, Pfirsich und Birne. Ich brauch ja keine Diät.« Das schnarrende Geräusch verstummte. »Und ich dachte, wenn du wieder da bist, wo du doch sicher zunimmst mit dem ganzen Räucherfisch an der Ostsee ... Mit deiner Disziplin ist es ja nicht so doll, und viel Sport machst du ja auch nicht in Zingst, wie ich dich kenne ...«

Er hatte wenigstens den Anstand, an dieser Stelle verlegen zu klingen und zu schweigen.

»Moment. Moment, Moment. Was willst du damit sagen? Findest du mich so dick, dass ich mich jetzt von grünen Smoothies ernähren soll?«, schnappte sie.

»Nein, Luisa. So meine ich das nicht! Du weißt doch, wie verrückt ich nach dir bin. Ich mag deine Kurven. Sie machen mich an. *Du* machst mich an.«

»Aber wovon redest du dann? Was soll ich denn davon halten? Es war schon ganz schön stark, mir Gemüsesticks einzutuppern, jetzt kaufst du einen Smoothiemaker, damit ich auf pürierte Mangolddiät gehe, wenn ich wieder in Berlin bin?«

»Schatz, du bist meine Traumfrau. Ich liebe dich, so wie du bist. Du bist wunderschön, wirklich, das bist du.« Luisa atmete aus. Das klang schon besser. Leider war Richard noch nicht fertig. »Aber ich hab nachgedacht. In London, da sind ja gerade die Damen der besseren, der einflussreichen Gesellschaft sehr, sehr schlank. Denk nur an Kate, die sieht doch wirklich toll aus. Und wenn wir zwei demnächst dort auf Feste gehen, möchte ich, dass wir gut rüberkommen. Aussehen ist in meinem Beruf nun mal wichtig. Ab November mehr denn je. Und du als meine Frau ... ich meine ... Hey, ich dachte, du freust dich. Ich kauf doch nicht einen Profimixer für achthundert Euro, um dich zu ärgern!«

»Nein«, sagte Luisa leise. »Aber um mich nach deinen Wünschen zu formen. Damit ich neben dir glänze. So, wie ich jetzt aussehe, reiche ich dir nicht.«

»Luisa«, versuchte Richard einzulenken. »Natürlich reichst du mir. Es ist auch nicht sooo wichtig. Ich dachte nur ... Alle trinken heute Smoothies. Gebündelter kannst du Vitamine und Ballaststoffe nicht zu dir nehmen. Wir können zusammen eine Smoothiekur machen, dann bekommen wir glattes, schönes Fell und kalte, nasse Nasen.« Er lachte. Luisa auch, wenn auch nur gegen den Kloß an, der sich in ihrem Hals gebildet hatte. »Es ist doch wichtig, dass wir zusammen so leistungsfähig und gesund wie möglich bleiben«, fuhr er fort. »Wir entgiften zusammen! Wir entschlacken!«

»Ach, Richard. Eigentlich fühl ich mich sehr wohl,

so wie ich bin. Überhaupt nicht giftig. Aber wenn du meinst ...« Sie dachte an das Frühstück, das sie sich gleich machen würde. »Wie geht's dir denn sonst so?«, wechselte sie das Thema.

»Gut, gut, alle sind wahnsinnig aufgeregt, dass ich diesen Job bekommen habe. Sie benehmen sich mir gegenüber ganz anders. Witzig ist das, allerdings gibt mir das Bestätigung.«

»Das versteh ich.«

»Nicht wahr? Schön ... Wer kommt denn nun zu Besuch?«

»Emilia. Und die Zwillinge.«

»Ach, das Muttertier. Na, da wünsch ich dir viel Spaß. Hoffentlich hat die Kleine keine Ausfälle. Halt eine Notnummer bereit!«

»Sei doch nicht gemein, Richard. Emilia ist kein Muttertier, und auf Nike werden wir schon aufpassen.«

»Das ist schwierig, weil du nichts über die Krankheit weißt. Vielleicht solltest du Emilia absagen, und ich komme am Wochenende hoch?«

»Das meinst du nicht im Ernst!«

»Doch. Ich vermisse dich. Das Bett ist so leer ohne dich. Ich brauche dich. Das weißt du doch.«

Luisa kuschelte sich an ihr Handy, als wäre es Richards warme Hand, die ihr über die Wange strich. »Das kann ich nicht machen. Ich hab sie so lange nicht gesehen. Und weißt du, Richard, ich freue mich auf meine Schwester. Früher waren wir uns so nah, und hier in dem Haus kommen die Erinnerungen wieder hoch. Weißt du noch ... Großvaters Uhren? Ich wollte dir erzählen, dass ich sie ...

Luisa hörte Richards Handy klingeln. »Schatz? Da muss ich rangehen.«

Geduldig lauschte sie, wie er erst mit jemandem lachte, dann ernst wurde und schließlich das Gespräch beendete. Dann war er wieder bei ihr. »Luisa, ich muss los. Der Staatssekretär will etwas mit mir besprechen. Ich soll so schnell wie möglich ins Ministerium kommen. Wir reden ein anderes Mal weiter, ja?«

»Ja, aber ich wollte ...«

»Heute Abend. Passt heute Abend? Nein, warte. Heute Abend bin ich unterwegs, das wird spät. Morgen Abend? Ich ruf dich morgen Abend an. Versprochen! Kuss!« Er unterbrach die Verbindung.

Luisa legte das Handy zurück auf den Nachttisch. Ihre Sehnsucht wich Ärger. Auch wenn Richard viel zu tun hatte, musste er doch spüren, wie wichtig es ihr war, ihm zu erzählen, was sie bewegte. Und dass er nur wollte, dass sie gesund blieb, glaubte sie ihm nicht. Sie passte nicht in das Bild, das er von einer repräsentativen Partnerin hatte. Er wollte sie superschlank. Es deprimierte sie, dass sein Job ihm so wichtig war, dass er sich nicht hinter sie stellte, so wie sie war. Würde wöchentliches Wiegen zum Eheprogramm gehören? Das konnte ja großartig werden!

Sie warf die Decke zurück und beschloss, erst mal schwimmen zu gehen. Das kalte Wasser würde ihr guttun. Nicht weil es Kalorien verbrannte, das nicht. Aber bestimmt würde es ihr dabei helfen, den Kopf freizubekommen.

Luisa fühlte sich besser, als sie zum Haus zurückging, aber ein Unbehagen begleitete sie den ganzen Tag. Telefonate wie das am Morgen waren der Grund, weshalb sie Richard nicht sofort mit einem glücklichen Ja um den Hals gefallen war, als er ihr den Heiratsantrag gemacht hatte.

Die Skizzen, die sie im Laufe des Tages anfertigte, gefielen ihr auch nicht. Sie hatten alle etwas Aggressives an sich, als würde sich ihre Stimmung darauf übertragen.

Sie zerriss sie und warf sie in den Kaminofen, der im Wohnzimmer zwischen den zwei abgewetzten Ledersofas stand. Noch war es zu warm, aber irgendwann in den nächsten Tagen, vielleicht mit den Zwillingen, würde sie sicher ein Feuer machen, und dann würden ihre misslungenen Entwürfe zu Recht in Rauch aufgehen und zu Asche zerfallen.

Übellaunig verbrachte sie ihre Mittagspause damit, auf einem Stuhl im Flur zu sitzen, ein Sandwich ohne Butter mit Salat und einer halben Tomate zu essen und den Uhren dabei zuzuschauen, wie die Zeiger sich langsam bewegten. Genau wie es der Großvater manchmal getan hatte. Im Sommer nach Elises Tod hatte er besonders häufig im Flur gesessen. Emilia und sie hatten ihm verständnislos dabei zugesehen.

Jetzt verstand Luisa. Es hatte etwas Beruhigendes zu wissen, dass immer eine Sekunde auf die andere folgte, dass die Zeit weiterging, egal, wie man sich selbst fühlte.

Morgen würde sie die Uhren des Großvaters wieder aufziehen müssen. Es war an ihr, sein Wissen darum weiterzugeben, und da sie keine eigenen Kinder hatte, würden Nina und Nike es eben lernen müssen.

Sie schrak zusammen, als sich der kleine weiße Tod auf der schwarzen Uhr knarrend in Bewegung setzte. Zweimal schwenkte er vernichtend seine Sense über einen unsichtbaren Körper, eine unsichtbare Seele, begleitet von zwei tiefen Gongschlägen. Obwohl Luisa die Mechanik bewunderte, bekam sie eine Gänsehaut.

Der zweite Gong war noch nicht ganz im Flur verhallt, als das Dodo-Chronometer schlug, gefolgt von der Niederländerin. Den Schluss bildete die schöne Französin. Schon immer ging sie einen Tick langsamer als die anderen drei. »Auf schöne Frauen lohnt es sich zu warten«, hatte der Großvater einmal gesagt.

Als alle Uhren wieder ruhig tickten, stand Luisa auf und ging in die Küche. Mit einem Knall stellte sie den Teller auf die Ablage, es klang fast wie ein Startschuss.

Um vier wollten sie da sein, hatte Emilia gesagt. Sie würde noch ins Dorf radeln, irgendeine Leckerei für das Abendessen holen, etwas zu trinken, irgendwie die zwei Stunden überbrücken, versuchen, ihre eigene Nervosität zu vergessen, die sie bei dem Gedanken an das Wiedersehen empfand ...

Luisa schreckte zusammen, als es an der Haustür klingelte. Konnte das schon Emilia sein? Sie hoffte nicht. Sie brauchte noch ein bisschen Zeit.

Rasch eilte sie zur Tür und öffnete. Ein älterer, schwarz livrierter Mann mit Schirmmütze und blank polierten schwarzen Schuhen sah sie an. Hinter ihm, auf der Straße vor dem Haus, parkte ein mitternachtsblauer Kombi mit einem hellblauen Schriftzug. Luisa konnte von der Tür aus nicht erkennen, was auf dem Wagen geschrieben stand.

»Ja, bitte?«, sagte sie.
»Sind Sie Frau Mewelt?«
»Die bin ich. Warum?«
»Ich habe eine Lieferung für Sie. Einen Moment bitte.«

Er ging zurück zum Wagen, öffnete die Seitentür und nahm etwas heraus. Als er wieder zum Haus kam, hatte er eine große silberne abgedeckte Platte in den Händen, die er behutsam vor sich hertrug. An seinem rechten Arm baumelte ein Körbchen mit zwei Weißweinflaschen.

»Das wurde heute Morgen telefonisch bei uns in Auftrag gegeben. Es war dem Auftraggeber wichtig, dass Sie es heute Mittag erhalten. Darf ich es Ihnen in die Küche bringen?«

Er folgte ihr, während sie verwirrt vorauslief. Auf dem Kieferntisch setzte er die Platte ab, stellte die beiden Weißweinflaschen daneben und zog vorsichtig die Alufolie ab. Die Klarsichtfolie darunter gab endlich den Blick auf das frei, was auf der Platte lag.

Luisa schnappte nach Luft.

Hier lagen zweifelsohne die raffiniertesten Fischhäppchen, die sie jemals gesehen hatte. Nicht mal auf dem Büfett beim Wellnessurlaub in Bali hatte es Ähnliches gegeben, und dort war das Essen schon erstklassig gewesen.

Sie beugte sich vor, um sie genauer zu betrachten. Jedes Einzelne sah wie ein kleines Gemälde aus, fast zu schade, um es zu essen. Knusprige Jakobsmuscheln auf grünem Spargel, Lachsröllchen mit Rucola und roter Pfeffersahne, Matjes mit winzigen Perlzwiebeln und ausgebackenem Dill, orangefarbenes Hummermus auf dunkelgrünen Gemüsechips, Zanderfilet auf Rote-Bete-Carpaccio, Räucheraal in einem Krabbenkranz – und war das roher, hauchdünner Thunfisch in Sternenform mit einem kleinen Wasabi-Mond verziert?

Ihr lief das Wasser im Mund zusammen.

In der Mitte der Platte stand eine dreigeteilte Schale, in jeder ein Dip – safrangelb, kräutergrün und sahnig weiß. Zweifelsohne zu den Häppchen passend, und da lag ein Briefumschlag.

»Scheel's, das Sterne-Restaurant in Stralsund, wünscht Ihnen und Ihren Gästen einen guten Appetit. Der Transport erfolgte gekühlt.« Der Bote hob die Hand an die Schirmmütze und verließ das Haus. Sanft zog er die Tür zu.

Luisa rannte ihm hinterher und riss die Tür wieder auf. »Warten Sie mal! Wer schickt mir das denn?«, rief sie.

Der livrierte Fahrer drehte sich um. »In dem Umschlag steckt eine Karte«, antwortete er, stieg in den Wagen und fuhr davon.

Luisa schloss die Tür und hastete zurück in die Küche. Sie griff nach dem Briefumschlag und riss ihn auf.

Mein Schatz, las sie, *ich liebe dich, so wie du bist. Das weißt du. Komm bald zurück! Guten Appetit und ein wunderschönes, beschwingtes Wochenende mit deiner Schwester wünscht dir dein Richard.*

Sie sank auf einen Küchenstuhl.

Das war so typisch für ihn.

Erst wollte er alles bestimmen, und wenn sie sich ärgerte, spürte er es und nahm ihr mit seiner Großzügigkeit den Wind aus den Segeln. Nicht im Traum konnte sie Nein sagen. Sie wollte es auch nicht.

Dieses unglaubliche Versöhnungsgeschenk, ein Beweis seiner Großherzigkeit, ließ nur eine Möglichkeit zu: dass sie so schnell wie möglich vergaß, wie sehr sie sich am Morgen über Richard aufgeregt hatte. Sie freute sich auf die gemeinsame Zukunft, die in zehn Tagen beginnen würde. Wo war ihr Handy?

Sie fand es neben ihrem Bett.

Danke, Liebster, schrieb sie. *Du bist so süß und so großzügig. Ich werde bei jedem köstlichen Bissen an dich denken. Immer deine Luisa.*

Sie war schon wieder auf dem Weg nach unten, als es erneut an der Tür klingelte. Irgendwer bummerte ungeduldig dagegen. Sie hörte lautes Lachen von zwei hellen Kinderstimmen, dazwischen eine ruhigere weibliche.

Als Luisa die Treppe hinunterstieg, schlug ihr Herz plötzlich schneller. Sechs Jahre haben wir uns nicht mehr gesehen, dachte sie.

Das war viel zu lange.

13. Kapitel

»Luisa!«

Bevor sie selbst irgendetwas sagen konnte, fiel ihr die Schwester um den Hals. Luisa roch das vertraute Parfüm, wunderte sich, dass Emilia es immer noch benutzte, und war zugleich unendlich froh, dass sie es tat. Manchmal war es beruhigend, wenn sich nichts änderte.

Emilia umarmte sie so fest, dass Luisa das Atmen schwer wurde. Dann gab sie sie unvermittelt frei.

Die braunen Augen ihrer Schwester, so ganz anders als ihre eigenen hellblauen, strahlten, und sie sah Luisa von oben bis unten an. »Ich freu mich so, dass das geklappt hat! Gut siehst du aus! Keine Highheels, ungeschminkt, so lässig. Du siehst jünger aus als beim letzten Mal, Lulu! Keinen Tag älter als achtunddreißig! Die Ostsee bekommt dir.«

Luisa grinste. »Und du erst mal! Keinen Tag älter als sechsunddreißig!« Was eine maßlose Untertreibung war. Mit ihrem wunderschönen kastanienroten Haar, das sie zu einem Pferdeschwanz zusammengebunden hatte, der über einem grünen Kapuzenshirt hin und her schwang, ihrem kurzen Jeansrock und den weißen Turnschuhen hätte Emilia auch Ende zwanzig sein können. Außerdem war sie so beneidenswert drahtig und schlank wie eh und je.

Sie war Luisa so vertraut. Nur ein leichter Schatten um die Augen und schwache Linien um die Mundwinkel zeigten, dass auch sie älter geworden und ihr Lebensweg nicht immer leicht gewesen war.

»Das liegt an dieser Bande hier. Die hält mich auf Trapp. Ich hab keine Chance, alt zu werden! Nike, Nina, sagt euer Tante Luisa Hallo!«

Eins der Mädchen trat kichernd vor. »Hallo, Tante Luisa«, sagte es.

»Untersteh dich, mich Tante zu nennen«, antwortete Luisa, worauf die Kleine übermütig lachte. Ihr langes Haar war kupferrot und wild gelockt wie Luisas, es war zu einem zotteligen französischen Zopf geflochten und mit einer bunten Schmetterlingsspange zusammengehalten. Sie war dünn und blass und ohne eine einzige Sommersprosse, die Ähnlichkeit zwischen Mutter und Tochter war unverkennbar. Sie hatten die gleiche schmale Nase, geschwungene Augenbrauen, samtbraune Augen. »Nike?«

»Nein, das ist Nina. Ich bin doch Nike«, sagte die andere. Zurückhaltend war sie stehen geblieben. Sie sah Luisa mit schräg gelegtem Kopf kritisch an. Auch sie ähnelte ihrer Mutter sehr. Aber wirklich frappierend war die Ähnlichkeit der Zwillinge zueinander. Der einzige Unterschied war, so wie Luisa es sah, dass Nike ihr Haar offen trug. Und dass die eine eine große Zahnlücke oben links hatte, bei der anderen war sie unten rechts.

»Ich hab euch noch nie auseinanderhalten können. Eigentlich hatte ich gehofft, dass es besser wird, wenn ihr größer seid, aber offenbar habt ihr die letzten Jahre damit verbracht, euch noch ähnlicher zu werden.« Luisa stöhnte.

»Manchmal verwechsle selbst ich sie«, sagte Emilia munter. »Aber wenn man sich mit ihnen unterhält, weiß man sofort, welche welche ist. Die Freche ist Nina. Stimmt's?« Sie zog Nina liebevoll am Zopf.

»Nicht immer«, protestierte Nina.

»Aber meistens. Los, ihr zwei Möhrchen, holt eure Taschen rein. Und die Flasche mit dem O-Saft.«

Dort, wo gerade noch Scheel's Wagen gestanden hatte, stand nun ein großer roter Familienvan. An der Hecktür waren an einem Fahrradhalter drei Fahrräder befestigt: zwei kleine, ein großes.

»Nenn uns nicht Möhrchen!«, beschwerte sich Nina. Alle drei lachten, und die Zwillinge spurteten los.

Emilia hakte sich bei Luisa ein. »Wir konnten früher kommen, weil bei den Mädchen die letzten beiden Stunden ausgefallen sind. Sie sind so aufgeregt. Wollen wir uns einen Tee machen?«

»Gern«, sagte Luisa, und sie gingen ins Haus.

In diesem Moment polterten auch die Mädchen in den Flur. »Mama! Die Uhren gehen ja alle wieder!«, quietschte eine der beiden. Mit zwei Taschen, die viel zu schwer für zwei so zierliche Kinder wirkten, rannten sie nach oben.

Emilia blickte zu den Uhren, dann zu Luisa.

»Was ist denn?«

»Die Uhren gehen ja wirklich wieder.«

»Ich hab sie aufgezogen«, erklärte Luisa. »Es war so still ohne das Ticken. Warum siehst du mich so komisch an?«

»Henrik und ich waren hier, als Großvater starb«, antwortete Emilia. »Als wir aus dem Krankenhaus zurück ins Haus kamen, standen alle Uhren still. So als ob sie ohne ihn nicht weitergehen wollten. Es war ein bisschen unheimlich. Wir haben sie so gelassen.«

»Aber unsere Lebenszeit geht doch weiter. Das sollten die Uhren anzeigen«, erwiderte Luisa. Sie hatte auf einmal das Gefühl, sich rechtfertigen zu müssen.

»Ja. Du hast recht … Zum Glück geht die Zeit weiter. Es ist gut, dass du sie aufgezogen hast.«

Gemeinsam gingen sie in die Küche, wo Luisa den Wasserkocher füllte. Emilia blieb am Tisch stehen.

»Wow«, sagte sie beeindruckt. »Diese Fischplatte sieht ja unglaublich aus! Kann ich mir was nehmen? Wir waren fast vier Stunden unterwegs. Freitag ist ein Höllenverkehr. Und jetzt hab ich einen Bärenhunger.«

»Na klar. Hau rein.«

Emilia griff nach dem Räucherfischhäppchen. »Köstlich! Hast du das etwa selbst gemacht?«, fragte sie kauend.

Luisa lachte und hantierte klappernd mit der Teekanne. »Bist du verrückt? Dann hätte ich ein Edelcatering und wäre nicht eine brotlose Künstlerin.«

»So brotlos bist du gar nicht.«

»Woher willst du das wissen?«

»Ich stalke dich im Internet, checke deine Website regelmäßig. Deine Schmuckstücke sind ganz schön teuer«, antwortete Emilia so direkt wie immer. »Von wem ist die Fischplatte?«

»Von Richard. Er hat sie in einem Sternerestaurant in Stralsund bestellt.«

»Was hat er verbrochen?«, fragte Emilia kauend.

»Schenkt dir Henrik auch etwas, wenn ihr gestritten habt? Als Versöhnungsgabe?«, fragte Luisa und goss Wasser in die Teekanne.

»Nein. Das würde ich mir verbieten. Das wäre ja wie bei den Katholiken. Man stellt etwas an, beichtet, betet einen Rosenkranz, und dann macht man weiter wie zuvor. Damit käme Henrik nicht weit bei mir! Zu Richard, zu dem passt das«, sagte Emilia und nahm ein weiteres Häppchen. »Hmmmh. Ich hoffe, ihr streitet bald wieder. Am besten, wenn wir noch hier sind.«

»Du bist unmöglich!«

Emilia winkte ab und leckte sich einen Klecks Kräuterdip vom Finger. »Ich weiß. War nur Spaß. Lass uns heute Abend reden.«

Vielleicht ist es nur auf diese unverblümte Emilia-Art als Spaß gemeint, aber sie kommt damit der Wahrheit sehr nah, dachte Luisa. Sie stellte die Teekanne und zwei Becher auf den Tisch, hörte die Mädchen die Treppe hinunterlaufen, dann stürmte das rothaarige Doppelprogramm auch schon in die Küche.

»Können wir auch was?«, fragte Nina. »Ich hab Hunger!«

»Ich auch«, sagte Nike und inspizierte jedes Häppchen eingehend.

»Klar, wir können gleich essen.« Luisa holte vier Teller, Besteck und für die Mädchen Gläser aus dem Küchenschrank und stellte das Geschirr auf den Tisch. Nina setzte sich sofort hin und sah wie ihre Schwester erwartungsvoll auf die Platte.

»Hast du schon gemessen?«, wollte Emilia wissen, an Nike gewandt.

»Nein. Ich hol mal.« Nike rannte aus der Küche.

»Wie ... macht ihr das denn so mit dem Essen?«, fragte Luisa unsicher, während Nina ein paar Krabben von einem Räucheraalhäppchen stibitzte.

»Wart's ab«, gab Emilia zurück.

Da war Nike auch schon wieder zurück. Sie wusch sich die Hände und setzte sich neben ihre Schwester. Dann nahm sie ein kleines Gerät und legte einen schmalen Streifen ein. Anschließend nahm sie einen Stift aus einem Etui, spannte ihn, hielt ihn an ihren Zeigefinger. Man hörte ein Klacken, und ein kleiner Blutstropfen trat aus, den sie an den Streifen hielt, der im Gerät steckte. Einen Moment später piepste es.

»183«, sagte Nike. »Zu hoch.«

Sie hob ihr orangefarbenes T-Shirt, und Luisa sah, dass ein Gerät an ihrem dünnen weißen Bauch befestigt war.

Emilia bemerkte ihren fragenden Blick. »Eine Insulinpumpe«, bemerkte sie. »Wie viele BEs willst du essen?«, fragte sie dann ihre Tochter.

Nike schaute sich erst die Fischplatte genau an und dann zu dem Orangensaft, das Nina sich gerade einschenkte. »Sechs«, entschied sie, drückte ein paarmal auf das Gerät. Dann zog sie das T-Shirt runter, packte alles in das Etui und nahm sich auch ein Glas.

»Das war's?«, fragte Luisa, die den Gleichmut ihrer Schwester bewunderte.

»Für jetzt, ja«, antwortete Emilia und legte einige Häppchen auf ihren Teller. »Guten Appetit, Mädels!«

Luisa lächelte. Das schien ihre Töchter und sie gleichermaßen einzuschließen.

»Wir wollen heute schon zu den Kranichen gehen, Mami!«, sagte Nina und stopfte sich einen Gemüsechip mit Hummermus in den Mund.

»Natürlich«, antwortete Emilia gelassen. »Deshalb sind wir ja hier.« Sie wandte sich Luisa zu. »Wenn wir das nicht heute machen, wird es ein unruhiger Abend«, erklärte sie. »Sie können unerbittlich sein, wenn sie sich etwas vorgenommen haben. Ich weiß wirklich nicht, von wem sie das haben.«

Luisa grinste. »Von wem bloß? Das frag ich mich auch.« Sie sah die Zwillinge an. »Wollt ihr zum Boddendeich fahren und selbst beobachten oder bei einer Führung dabei sein?«

»Na, wenn schon, dann das ganze Programm«, sagte Emilia. »Wann müssen wir da sein? Und du kommst doch mit, oder?«

»Die Kranichbeobachtung ist um fünf. Und ich weiß noch nicht, ob ich mitkomme.«

»Ich dachte, es hätte dir gefallen? Der Ranger hat dir gefallen, oder?«, erwiderte Emilia, nahm sich das allerletzte Häppchen (Thunfischstern mit Wasabi-Mond) und sah sie prüfend an. »Klang jedenfalls so.«

»Können wir jetzt an den Strand?«, unterbrach Nike, die gerade ihren letzten Schluck Orangensaft getrunken hatte, in diesem Moment ihr Gespräch. »Bitte!« Sie sprang auf, Nina folgte ihr.

Emilia sah auf die Uhr. »Klar. Wir haben ja noch Zeit.«

Luisa atmete erleichtert auf, dankbar für die Energie der Zwillinge. »Geht nur, ich komme später nach.«

»Die Kinder gehen allein. Ich bleib bei dir«, sagte Emilia mit einem listigen Lächeln, während die Zwillinge hinausstürmten. Bedächtiges Laufen schien für sie eine unbekannte Gangart zu sein.

Emilia stand auf, trug die Teller zur Spüle und begann abzuwaschen. Luisa blieb am Tisch sitzen und spielte abwesend mit einem sauberen Messer, das sie für das Essen nicht gebraucht hatten. Einen Moment beobachtete sie den schmalen Rücken ihrer Schwester, die Schultern, die angewinkelten Arme, den gesenkten Kopf. Dann holte sie tief Luft.

»Emilia, ich muss dir was sagen, und ich mache das lieber jetzt gleich, am Anfang des Wochenendes. Es tut mir leid, dass ich mich nicht um Nike gekümmert habe, seit sie die Diagnose bekommen hat.« Sie legte das Messer hin. »Dass ich mich um euch alle nicht mehr gekümmert habe. Es war für mich irgendwie unwirklich, dass meine kleine Nichte Diabetes hat. So als ob es nicht wahr wäre, wenn ich es nur lange genug ignorieren würde.«

Emilia trocknete sich die Hände am Geschirrtuch, dann setzte sie sich Luisa gegenüber. »Es war ein Schock, Luisa! Niemand in unserer Familie hat Diabetes Typ 1, und es war so dramatisch.«

»Das kann ich mir vorstellen«, murmelte Luisa. Sie fühlte sich schrecklich herzlos.

Emilia ging nicht auf ihre Bemerkung ein. »Sie war immer müde. Zuerst haben wir es auf die Weihnachtsfeierlichkeiten zurückgeführt, dann auf Silvester geschoben. Du weißt schon, bis Mitternacht wach bleiben und so ist ja anstrengend für so eine Lütte. Sie hat sehr viel geschlafen. Und sie hatte so großen Durst! Ständig hat sie Saft getrunken, was es nur noch schlimmer gemacht hat. Einmal hat Henrik ihr die Flasche einfach weggenommen, und sie hat so sehr geweint, weil sie ihren Durst kaum ertragen konnte. Wir wussten einfach nicht, was sie hat.« In Emilia Augen schimmerte es. »Stell dir mal ihre Qual vor! Tja. Und dann diese Diagnose. Wir mussten alle umdenken und ganz schnell lernen, wie wir damit umgehen.«

»Du wirkst so locker, so routiniert. So als ob das ganz normal wäre«, sagte Luisa.

»Ist es für uns ja mittlerweile auch. Die Krankheit gehört zu Nike. Sie muss damit leben, wir helfen ihr, so gut es geht. Das meiste macht sie selbstständig. Sie misst immer vor dem Essen, berechnet die Werte, stellt ihre Pumpe ein. Einen Vorteil hat diese doofe Krankheit: Nike ist richtig gut in Mathe. Besser als Nina.« Gedankenversunken trommelte Emilia mit den Fingern auf den Tisch. »Aber ich stelle mir schon auch Fragen: Wie viel Verantwortung bürden wir Nina auf? Sie soll ja nicht die Hüterin ihrer Schwester sein. Wir hatten sie extra in unterschiedliche Klassen eingeschult, damit sie sich individuell entwickeln. Nun wäre es vielleicht besser, wenn sie in einer wären. Und liebt man ein krankes Kind mehr als ein gesundes, weil es mehr Aufmerksamkeit bekommen muss? Ziehen wir Nike unbewusst vor? Darüber muss ich immer wieder nachdenken, weißt du. Mit Henrik rede ich natürlich, aber er ist eher pragmatisch. Bei so was fehlst du mir sehr.« Sie lächelte schief.

»Und Mama? Kannst du dich mit ihr austauschen?«

Emilia seufzte. »Sie ist in erster Linie eine hyperbesorgte Oma, würde Nike am liebsten in Watte einpacken. Egal, wie oft ich ihr sage, dass das nicht sinnvoll ist.«

»Aber alles in allem ist es doch kein Problem, oder?« Das wollte Luisa hören: dass alles kein Problem war.

»Wenn alles gut läuft, nicht. Aber als Mutter macht man sich immer Sorgen«, sagte Emilia. Zum ersten Mal klang sie traurig.

»Kann ich irgendetwas tun?«, fragte Luisa vorsichtig.

»Ein Auge auf sie haben. Lieb zu ihr sein. Wenn sie desorientiert wirkt oder irgendwie verändert, kann es sein, dass sie unterzuckert ist. Unterzuckerungen sind gefährlich. Wir haben immer Traubenzucker dabei. Weißt du, was ich lustig finde? Dass wir sie Nike genannt haben. Die Göttin des Sieges. Unsere kleine Tochter kämpft.« Sie schlug auf den Tisch. »So, genug davon. Wollen wir die Mädchen am Strand einfangen? Ich kann es nie erwarten, das Meer zu sehen.« Sie stand auf. »Die Ostsee ist für mich der schönste Platz der Welt.«

»Wahrscheinlich, weil dein Muschelbändchen ein halbes Jahr an deinem Fuß geblieben ist«, konnte Luisa sich nicht verkneifen zu sagen.

»Die Bändchen der Zwillinge sind am selben Tag abgefallen. Nach acht Wochen. Innerhalb einer Stunde«, sagte Emilia. »Als ob sie beide dieselbe Liebe zum Meer hätten …«

Am Strand entdeckten sie die Zwillinge sofort. Sie hatten sich die Hosenbeine hochgekrempelt und bauten an der Wasserkante etwas, das in der Größe einer neuen Deichanlage ähnelte. Mit Feuereifer schachteten sie feuchten Sand aus.

Luisa und Emilia setzten sich und schauten ihnen zu.

»So haben wir früher auch gebaut. In der Neustädter Bucht«, sagte Emilia.

»Ja, als wir nach Zingst kamen, waren wir dafür schon zu alt«, erwiderte Luisa. Sie nahm eine Handvoll von dem feinen weißen Sand und ließ ihn durch die Finger laufen. »Wir fühlten uns jedenfalls schon zu erwachsen für diesen Kinderkram. Deine beiden müssten eigentlich eine noch engere Bindung zur Halbinsel haben als wir. Weil sie von klein auf hier Urlaub gemacht haben.«

»Enger als ich? Das geht nicht«, meinte Emilia und ließ sich rückwärts in den Sand plumpsen. Einen Moment lang blieb sie liegen, dann setzte sie sich wieder auf und schirmte die Augen gegen die Sonne mit der Hand ab. »Oh, guck mal! Da kommen Kraniche geflogen! Das sind aber viele.«

Sie beobachteten beide, wie sie näher kamen, und Luisa musste Emilia recht geben – es war die größte Schar, die sie bis jetzt gesehen hatte. Als die Kraniche genau über ihnen waren, verdunkelte sich für einen Moment der Himmel, gerade als Nike kam und sich neben sie in den Sand setzte.

»Sie sehen hübsch aus. Ich würde sie gern malen«, sagte das Mädchen, als die Kraniche weiterflatterten.

»Genau das hab ich gestern getan. Willst du die Skizzen sehen?«, fragte Luisa.

»Au ja. Gleich?«

»Gern.«

Luisa stand auf und klopfte sich die Bermudas ab, dann stapften sie durch den tiefen Sand in Richtung Übergang. Luisa konnte sich nicht daran erinnern, dass sie jemals etwas mit ihrer Nichte allein gemacht hatte. Vielleicht hatte sie sie früher mal in ihrem Buggy geschoben, aber da waren sie und ihre Schwester noch so klein gewesen. Sie sah auf die roten Locken hinunter, den unordentlichen Scheitel, die mageren Schultern, von denen beim Spielen das Shirt gerutscht war, und spürte, wie sich ganz tief etwas in ihr regte. Sie legte Nike die Hand auf die nackten Schultern. Nike blickte hoch, grinste ein bisschen schüchtern. Die Schneidezähne wirkten noch zu groß für das schmale Gesicht. Dann schüttelte sie Luisas Hand ab. Aber nur um sie zu ergreifen und festzuhalten.

Als Luisa auf der Terrasse ihren Skizzenblock aufschlug, fuhr Nike mit ihrem Zeigefinger über das Bild der Kranichschar. »Schön«, sagte sie bewundernd. »So will ich auch mal zeichnen können.«

»Das schaffst du«, versicherte Luisa. »Weißt du, was am wichtigsten dabei ist?« Nike schüttelte den Kopf. »Man muss genau hingucken. Und ganz viel üben. Versuch mal, es abzuzeichnen.« Sie hielt der Kleinen einen Stift hin, und sie griff erwartungsvoll danach.

Als Emilia und Nina eine ganze Weile später auf die Terrasse traten, saß Nike immer noch über den Skizzenblock gebeugt, mindestens zehn Zeichnungen lagen auf dem Tisch verstreut. Ab und zu sah sie zu Luisa, die mit hochgelegten Füßen entspannt in die Kiefern schaute und nichts tat.

»Lässt du arbeiten?«, fragte Emilia und blickte ihrer Tochter über die Schulter. »Oh!«, sagte sie. »Du zeichnest mich, Nike? Das ist dir aber gut gelungen.«

»Nein. Das ist Luisa«, antwortete die Kleine und arbeitete ungerührt weiter. »Sie sagt, ich soll genau hinschauen. So sieht sie aus. Fast wie du. Aber doch irgendwie anders.« Sie blickte kritisch auf das Bild, dann machte sie noch ein paar wilde rot-gelbe Striche um den Kopf herum. »So. Fertig.«

Luisa lachte und nahm die Füße vom Stuhl. »Nike kommt nach mir. Du hättest niemals diese Geduld zum Malen gehabt. Wollen wir zum Boddendeich radeln oder den Wagen nehmen?«

»Radeln«, entschied Emilia.

»Dann müssen wir los.«

»Du kommst also doch mit?«, fragte Emilia, und da war wieder dieser listige Ausdruck in ihren dunklen Augen.

»Wenn ihr schon mal da seid, muss ich hier ja nicht allein rumsitzen. Die Kraniche sind ja schon etwas ganz Besonderes«, gab Luisa zurück.

Sie hoffte sehr, dass ihre Stimme nichts preisgab. Nämlich dass sie sich darauf freute, Jan Sommerfeldt wiederzusehen.

»Klar ... Die Kraniche ...«, sagte Emilia.

14. Kapitel

Die Energie der Zwillinge schien grenzenlos zu sein. Während Luisa und Emilia gemächlich den Deich entlangradelten, fuhren die beiden vor, wendeten, radelten wieder zurück und umrundeten Mutter und Tante in gewagten Manövern, sodass sie mindestens das Doppelte der Strecke zurückgelegt hatten, als sie ihr Ziel erreichten. Luisa fühlte sich schon vom Zuschauen erschöpft.

Emilia hatte sich das Fernglas umgehängt. »Opa Max hat die Kraniche auch immer beobachtet, weißt du noch?«, fragte sie und strampelte gegen den auffrischenden Wind an.

Vom Festland wehte er über den Bodden zu ihnen herüber, weiter über die Wiesen- und Reetlandschaft, zauste die Baumgipfel im Osterwald, um sich dann auf die Ostsee zu stürzen und dort für weiße Wellenkämme zu sorgen.

»Nein, das weiß ich nicht. Ich war nie im Herbst da. Wenn ich an ihn denke, erinnere ich mich nur daran, wie sehr er das Wasser geliebt hat. Ich denke an seine Uhren, die Zeit, die er sorgfältig betreut hat, als wäre er ihr Wächter. Und an meine blauen Stunden mit ihm.«

Emilia fuhr langsamer. »Wenn du das so sagst, sehe ich euch beide direkt vor mir.«

»Übrigens hab ich Mary, die alte Dame, von der ich dir am Telefon erzählt habe, zu uns eingeladen. Ich würde sie dir gern vorstellen. Ich finde, sie hat Ähnlichkeit mit Oma Elise. Mal sehen, ob du meiner Meinung bist.«

»Der Aussichtspunkt da drüben ist es?«, wollte Emilia wissen, als sie die Seitenstraße hinter sich gelassen hatten, in der vor ein paar Tagen der weiße Lieferwagen gestanden hatte. Unauffällig hatte Luisa nach dem Wagen Ausschau gehalten, aber ihn nicht entdecken können.

Luisa nickte und warf einen Blick auf ihr Handy. »In einer Viertelstunde geht es los.«

Aber sie schaute nicht in die Richtung, in die Emilia wies, nicht zu den Zwillingen, die schon wieder hundert Meter vorgeprescht waren und verärgerte Rufe der Fußgänger ernteten, wenn sie zwischen ihnen hindurchkurvten. Sie wandte sich noch einmal um. Eine seltsame Unruhe überkam sie bei dem Gedanken, dass sie gleich Jan sehen würde.

Wieder stand ein Grüppchen interessierter Naturliebhaber unterhalb des Strandes. Luisa und Emilia gesellten sich zu ihnen und warteten, dass es fünf wurde, während die Zwillinge schon oben auf der Aussichtsplattform waren, sich gefährlich weit aus der Luke beugten, zu ihnen nach unten winkten, die Holzklappen auf- und zumachten und gelegentlich von den anderen mit bösen Blicken bedacht wurden.

»Da kommt jemand auf dem Fahrrad«, sagte Emilia.

Luisa kniff die Augen zusammen. Da kam jemand in dunkelgrünem Outfit, ja. Und mit einem Rucksack, das musste …

Sie stutzte – da stimmte etwas überhaupt nicht.

Der Fremde stieg von seinem Rad. Er hatte dunkelblondes schütteres Haar und war klein und untersetzt. Offenbar informierte heute ein anderer Naturschützer die Touristen über die Glücksvögel.

»Das ist er nicht«, sagte Luisa, unsicher, ob sie erleichtert oder enttäuscht sein sollte. Ihr Blick fiel auf ihre Schwester. »Warum siehst du mich so an, Mila?«, blaffte sie. »Lass das! Hört sofort auf, meine Gedanken zu lesen.«

Emilia grinste und tätschelte beruhigend ihren Arm. Dann schaute sie nach oben: »Mädels! Runter mit euch! Es geht los!«

»Ich hab Hunger!«

»Ich auch!«

Zuerst hatten die Zwillinge den Ausführungen des Rangers interessiert zugehört, aber nach einer Weile war es ihnen langweilig geworden. Sie hatten sich damit beschäftigt, die Zuhörer kichernd durch die falsche Seite des Fernglases anzuschauen, dann waren sie um die Wette die Treppenstufen hinuntergesprungen.

Luisa fand auch, dass der Mann längst nicht so interessant erzählt hatte wie Jan. Sie war froh, als sie sich wieder auf den Rückweg machen konnten.

»Was wollt ihr essen?«, fragte Emilia.

»Pizza!«, riefen beide.

»Na gut, dann gehen wir doch zum Hafen in unsere Lieblingspizzeria.« Sie schwangen sich alle vier auf die Räder und radelten los, begleitet von den fernen Rufen der Kraniche.

Die Sonne stand schon tief am Horizont, die blaue Stunde war nicht mehr weit. Die Stunde der Kraniche könnte man sie auch nennen, dachte Luisa.

»Schau, da liegt sie. Immer wieder schön, sie zu sehen«, bemerkte Emilia, als sie an einem Anleger vorbeikamen.

»Was liegt da?«

»Na, Großvaters Boot.«

Luisa bremste und hielt sich am Zaun fest. »Haben wir das immer noch? Das wusste ich gar nicht.« Sie lugte durch den Zaun und erkannte die *Vineta* sofort.

»Klar. Onkel Walter würde es nie verkaufen. Dazu schippert er viel zu gern durch die Ostsee, wenn er hier ist. Er hat doch als junger Mann Segeln als Leistungssport betrieben. Erinnerst du dich?«

»Ich war so lange nicht mehr auf der *Vineta*«, murmelte Luisa und betrachte das schöne alte Folkeboot, das zwischen zwei schneeweißen Motorjachten lag. Ihr Großvater hatte es mit einer Leidenschaft gepflegt und geliebt, die eigentlich nur einer Frau zustand. Der Rumpf war aus geklinkertem Holz, der Mast oben leicht gebogen. Es war einfach zu segeln, robust auch bei unruhigem Wetter. Plötzlich erinnerte Luisa sich an lange Sommerabende mit dem Großvater auf der *Vineta*, an Sonnenuntergänge über Zingst vom Wasser aus, an die Stille, die nur von dem leisen Wellenschlag gegen das Schiff, vom Springen eines silbrigen Fisches am Schilfrand und dem Platschen, wenn er zurückfiel, unterbrochen worden war. Sie schüttelte über sich selbst den Kopf, darüber, dass sie so lange nicht mehr daran gedacht hatte. »Wer kümmert sich denn um die *Vineta*?«, fragte sie.

»Oh, das machen wir gemeinsam. Die ganze Familie. Wir treffen uns oft hier und verbringen ein Wochenende zusammen«, antwortete Emilia eine Spur zu fröhlich. »Im Herbst slippen wir sie raus und kärchern sie, im Frühjahr schleifen und lackieren wir sie und bringen sie wieder zu Wasser. Im Oktober ist es wieder so weit, dieses Jahr machen die Zwillinge zum ersten Mal mit. Das Haus ist dann rappelvoll. Wir kochen zusammen, manchmal grillen wir auch am Strand ...«

Luisa sah ihre Schwester so betroffen an, dass diese verstummte. »Mich habt ihr noch nie gefragt«, sagte sie.

Sie fühlte sich ausgeschlossen, auch wenn sie genau wusste, dass sie es ja war, die über lange Zeit kein Interesse an Familienaktivitäten gezeigt hatte.

»Wärst du denn gekommen? Sicher nicht. Und wenn, dann mit Richard, der die ganze Zeit rummault, mit seinem Porsche angibt und mit seinen goldenen Kreditkarten jongliert, während die anderen für ihn die Drecksarbeit machen. Aber wir wollen zusammen sein und Spaß haben«, gab Emilia zurück. Luisa schwieg nachdenklich. »Weißt du, was wir morgen machen?«, fragte Emilia dann, als ob sie spürte, dass ihre Worte die Schwester verletzt hatten. »Wir gehen segeln! Wir fahren mit der *Vineta* auf den Bodden raus! Was hältst du davon, Lulu?«

»Traust du dir das zu?«, fragte Luisa unsicher. Sie hatten beide den Segelschein, aber sie war so lange nicht mehr gesegelt.

»Ach, klar. Das bekommen wir schon hin. Wir nehmen ein Picknick mit und bleiben den ganzen Tag draußen«, sagte Emilia unbesorgt. »Und jetzt lasst uns weiterfahren! Leckere Pizza wartet!«

Als sie Haus Zugvogel erreichten, lag es schon im Dunkeln. Das Meer rauschte von jenseits des Deiches, aber sie achteten nicht darauf, während sie die Fahrräder den Plattenweg zum Haus entlangschoben. Hinter Luisa gähnte eins der Mädchen laut und vernehmlich.

»Ihr beide macht euch gleich bettfertig«, entschied Emilia, als Luisa die Haustür aufschloss. »Das war ein langer Tag. Und wir wollen auch mal ein bisschen Ruhe haben«, flüsterte sie Luisa zu, bevor sie ihren murrenden Töchtern nach oben folgte.

Luisa setzte sich mit einem Glas Wein in die Küche und wartete. Sie lauschte auf die Geräusche, die von oben nach unten drangen, hörte Lachen, den protestierenden Ausruf eines der Mädchen, eine Tür, die laut zuschlug, dann Stille. Eine familiäre akustische Patchworkdecke, unter der die Zwillinge warm und beschützt schliefen.

Sie konnte sich nicht mehr daran erinnern, aber ganz sicher hatte es eine solche Abenduntermalung auch bei ihr und Emilia früher gegeben. So etwas würde sie mit Richard wohl nie erleben. Kein Kichern, keine zusammengeknüllten Pyjamas auf dem Bett, keine abgewetzten Kuscheltiere, kein ausgelassenes Kinderlachen, kein Wasserwettspucken ins Waschbecken, keine Reste von Zahnpasta in den Mundwinkeln, keine wackelnden Zähne, keine Gutenachtgeschichte, kein »Ich will aber noch was trinken«.

Allenfalls leise klassische Musik im ordentlich aufgeräumten Schlafzimmer, während sie sich bettfertig machten, das Klirren eines Glases oder eine späte Nachrichtensendung vom Bett aus, weil Richard keine politische Information verpassen wollte, die wichtig für seinen Job sein konnte. So würde es sein, ihr Luxusleben.

Abwesend schaute sie aus dem Fenster, als sie plötzlich eine Gestalt wahrnahm. Nur einen Moment war sie in Luisas Blickfeld, schien im tiefen Abendschatten zu stehen und in das erleuchtete Küchenfenster zu schauen. Wie lange wohl schon? Als ob sie Luisas Blick spürte, löste sie sich und verschwand hinter der Hausecke.

Luisa sprang auf, lief zur Tür hinaus und eilte zur Gartenpforte, spähte in die Finsternis.

»Mary? Geh nicht weg! Komm doch rein!«, rief sie in die Dunkelheit, aber nur der Wind in den Kiefern antwortete ihr.

»Was brüllst du denn da im Garten herum?«, fragte Emilia. Sie stand im Türrahmen, ihre Silhouette hob sich schwarz gegen den erleuchteten Flur ab.

»Ich dachte, ich hätte Mary gesehen. Ich war mir ganz sicher, dass sie da stand. Sie hat ins Fenster geblickt. Vielleicht wollte sie uns besuchen. Ich hatte sie doch eingeladen, am Abend vorbeizukommen. Aber jetzt sehe ich sie nicht mehr ...«, sagte Luisa. Sie ging zurück ins Haus.

»Du hast dich bestimmt getäuscht. Warum sollte sie nur da herumstehen und reinschauen? Und dann weglaufen?«

»Sie scheint gern im Dunkeln unterwegs zu sein«, antwortete Luisa und schloss die Tür. »Sie verhält sich ein bisschen ... ungewöhnlich. Aber sie hat bestimmte Lebensansichten, die mir gefallen. Was sie von früher erzählt, ist eindrucksvoll, wenn es auch eher resigniert als glücklich klingt. Ich wünschte, du würdest sie kennenlernen.«

»Vielleicht kommt sie ja morgen«, meinte Emilia. »So, der Kindertag ist vorbei. Der Erwachsenenabend beginnt«, sagte sie dann aufatmend und ließ sich auf einen Stuhl fallen.

»Du machst einen Superjob«, bemerkte Luisa. »Die Mädchen können froh sein, so eine tolle Mama zu haben.«

»Umgekehrt wird ein Schuh draus. Wir können froh sein, dass wir sie haben«, sagte Emilia. »Sie sind eindeutig das Beste, was Henrik und ich jemals zustande gebracht haben. Und wie sieht's bei dir an der Kinderfront aus? Wenn du noch Nachwuchs haben willst, musst du dich langsam ranhalten. Schnell heiraten, schnell Babys machen. Richard ist doch eher ein traditioneller Typ. Was will er? Natürlich einen Stammhalter, oder? Und dass du zu Hause bleibst?«

»Ganz schlechtes Thema«, sagte Luisa. »Wie wär's mit einem Wein?« Sie hob die Flasche hoch.

Emilia nickte und schwieg, bis Luisa auch ihr eingeschenkt hatte. »Wie ist es für dich, wieder in Zingst zu sein?«, fragte sie dann und nahm einen Schluck.

»Gut. Vertraut. Und trotzdem neu«, antwortete Luisa. »Ein bisschen, als ob ich alles zum ersten Mal sähe.«

Emilia blickte sie an, als hätte sie diese Antwort erwartet. »Die Spuren der Vergangenheit verblassen, je weiter die Gegenwart zur Zukunft wird. Aber an unsere gemeinsamen Urlaube erinnere ich mich trotzdem, als wäre es gestern gewesen.« Quer über den Tisch hinweg griff sie nach Luisas Hand und hielt sie fest.

»Sag mal, muss ich mir Sorgen um dich machen, große Schwester?«

»Nein. Wieso denn?«

»Erst mal ist es ungewöhnlich, dass du auf einmal nach Zingst kommst. Auch noch allein! Du bist nie die Frau für Singleurlaube gewesen. Und was hat es nun mit Richards Antrag auf sich? Wir haben uns in Hamburg alle gefragt, wann ihr endlich heiratet. Er ist ja nicht mein Lieblingskandidat, aber wenn du mit ihm glücklich bist, dann verstehe ich nicht, warum du nicht gleich Ja gesagt hast.«

»Ich bin mir nicht sicher, ob er der Richtige für ein ganzes Leben ist.«

Emilia lachte leise. »Ihr probt doch schon ein paar Jahre. Und die Garantie, dass es für immer ist, gibt es sowieso nicht. Allenfalls Hoffnung.«

»Aber sollte man nicht wenigstens am Anfang sicher sein? Auch wenn es sich im Laufe der Zeit verändert?«, fragte Luisa.

»Ja, das sollte man unbedingt. Ich meine ja nur, je länger man vor der Ehe zusammen ist, desto realistischer sieht man sich, allerdings wird das uneingeschränkte Ja auch fragwürdiger. Finde ich jedenfalls.« Emilia stieß mit Luisa an, und es klirrte leise.

»So siehst du das?«

»Ja. Ich bin froh, dass Henrik und ich spontan geheiratet haben. Bevor das Rosarot unserer Brillen eine Chance hatte zu verschwinden. Wer weiß, ob wir das später noch getan hätten.«

»Läuft eure Ehe nicht gut?«

Jetzt nahm Emilia auch ihre andere Hand. Sie beugte sich vor, sodass ihr schönes rotes Haar auf den Kieferntisch fiel. »Doch, das tut sie. Weil sie gut verankert ist. Aber ich mache manchmal etwas, ohne allzu lange abzuwägen, und dann ist es doppelt großartig, wenn es funktioniert.«

»So hast du es immer gehalten. Du bist viel spontaner als ich.« Luisa dachte an das ewige Für und Wider, das Einerseits und Andererseits, mit dem sie sich so häufig das Leben schwer machte.

»Ich bin dankbar, dass wir alle Krisen bewältigt haben«, gab Emilia zu. »Als die Kinder klein waren, war es sehr anstrengend. Nikes Diagnose hat uns dann dermaßen erschüttert, dass es sich auf unsere Ehe hätte auswirken können. Wie haben es aber geschafft.« Emilia klang, als ob sie sich nachträglich darüber wunderte.

»Was willst du mir damit sagen, Mila? Soll ich schnell Richards Antrag annehmen, bevor ich noch weiter darüber grüble?«

»O nein«, rief Emilia erschrocken. »Ich sag ja nur, dass es bei mir schnell ging. Das muss jeder für sich selbst entscheiden. Was für mich richtig war, kann für dich falsch sein. Das Leben hat eine ganz seltsame Art, einem immer das zu servieren, was man am meisten befürchtet. Ist dir das noch nie aufgefallen? Ich glaube, dass bei dir diese Angst viel ausgeprägter ist als bei mir und du dich deshalb mit endlosen Erwägungen versuchst abzusichern. Was befürchtest du denn am meisten?«

Luisa drehte gedankenverloren ihr Glas. Der Rotwein schwappte hoch und hinterließ eine blassrosa Wellenspur an der Glasinnenwand. »Meine größte Angst ist, dass ich mich falsch entscheide«, versuchte sie zu erklären, was sie beschäftigte. »Deshalb würde ich mich am liebsten gar nicht entscheiden. Und schon gar nicht will ich Konsequenzen ziehen, wenn ich mich falsch entschieden habe. Denn dann muss ich mich schon wieder umentscheiden. Ich mag Konflikte mit anderen Menschen nicht gern und mit mir selbst noch viel weniger. Ach, es ist grässlich! Kennst du das nicht, Mila?«

»Nein. Aber ich kenne dich. Du bist zu harmoniebedürftig, Luisa.«

»Was würdest du an meiner Stelle tun? Einfach alle Überlegungen vergessen und Richard heiraten?«

Emilia nahm einen großen Schluck Wein, dann schien sie sich einen Ruck zu geben. »Er hat es uns schwer gemacht, ihn kennenzulernen, und noch schwerer, ihn gern zu haben. Die ganze Familie lastet es ihm an, dass wir dich so wenig sehen. Besonders Mama, obwohl sie es nie sagen würde. Seit Papa auf und davon ist, leidet sie unter Verlustangst.«

Die Ehe ihrer Eltern war durchschnittlich gewesen, bis ihr Vater sich gegen die Familie und für seine Sekretärin entschieden hatte. Luisa und Emilia waren nicht allzu erstaunt gewesen. Ihr Vater hatte für seinen Beruf als Marketingleiter für eine amerikanische Firma gelebt, war mehr auf Reisen als zu Hause gewesen. Ihre Mutter hatte ihnen leidgetan, sie war noch so jung gewesen, aber die Schwestern hatten einander gehabt – und die Großeltern.

»Aber das ist doch schon über fünfzehn Jahre her«, unterbrach Luisa Emilias Erklärungen.

»Trotzdem ... Sie hat nie wieder einen anderen Mann gehabt. Jedenfalls glauben wir, dass Richard uns nicht mag, uns nicht gut genug findet. Wir genügen seinen Ansprüchen nicht. Bis zu deinem Anruf dachte ich, wir beide hätten uns verloren. Aber wir sind davon ausgegangen, dass du mit ihm glücklich bist, und wir haben deine Entscheidung respektiert«, sagte sie offen.

Luisa nickte. Sie war sich dessen immer bewusst gewesen, aber noch nie hatte Emilia es ihr so direkt gesagt. »Ganz fair ist das Richard gegenüber nicht«, verteidigte sie ihren Freund jetzt. »Ich bin ja diejenige, die sich so wenig gemeldet hat. Aber es stimmt, es hat etwas mit ihm zu tun. O mein Gott, was soll ich nur machen? Je länger ich in Zingst bleibe, desto schwerer fällt es mir, wieder zurückzufahren und mich zu entscheiden.«

»Vielleicht dauert es noch ein bisschen, aber dann wirst du genau das Richtige tun. Vielleicht erst im allerletzten Moment. Du wirst die perfekte Lebensentscheidung treffen und glücklich sein.« Emilia ließ ihre Hände los und blies einen Kuss über den Tisch.

Luisa zweifelte keine Sekunde daran, was Emilia für das Richtige hielt.

15. Kapitel

Der Picknickkorb war gepackt und im Wagen verstaut, Nina saß bereits angeschnallt auf dem Rücksitz, Luisa auf dem Beifahrersitz. Nur Nike fehlte.

»Nike, wo bleibst du? Wir wollen los!«, rief Emilia ungeduldig über den Deich hinweg der kleinen Gestalt zu, die am Rand des Strandübergangs hockte und weiß Gott was tat.

Da kam sie endlich angerannt und kletterte auf den Kindersitz neben ihre Schwester. »Ich hab für Uropi Blumen gepflückt«, sagte sie und schwenkte einen kleinen Strauß fast verblühter Strandrosen hin und her. »Wir werfen doch immer Blumen ins Wasser.«

»Das stimmt«, sagte Emilia und schloss die Seitentür. »Toll, dass du daran gedacht hast.«

Da erst fiel Luisa wieder ein, dass der Großvater nicht nur gern auf dem Bodden gesegelt hatte, sondern dass dort auch seine Urne beigesetzt worden war.

Es war ein perfekter Tag, Sonne, Wölkchen, leichter Wind. Sie parkten vor dem Anleger, packten alles aus und trugen es zum Steg. Die Zwillinge warteten, bis Luisa und Emilia die Abdeckung zusammengelegt und unter Deck verstaut hatten. Dann gingen auch sie an Bord. Emilia übernahm wie selbstverständlich das Kommando.

»Lasst uns erst mal rausfahren«, sagte sie und senkte den Außenborder ab. Sie checkte das Benzin und mühte sich dann redlich, den Motor anzuwerfen. Endlich begann er zu knattern. Es stank ein bisschen nach Benzin, doch der frische Septemberwind verwehte die Abgase. »Wir können in Richtung Meiningenbrücke segeln.« Emilia zeigte zu der stählernen Trägerbrücke, die die Halbinsel mit dem Festland verband.

Sie legten ab, und Luisa steuerte in den Wind, während Emilia das Großsegel hochzog und das Fall, wie man das Tauwerk nannte, befestigte. Sie hatten beschlossen, es vorerst bei einem Segel zu belassen. Auf dem Zingster Strom war es deutlich frischer als an Land, also zogen sie sich alle vier die Jacken an.

»Ihr braucht eure Schwimmwesten«, wies Emilia ihre Töchter an, die neben Luisa in der Plicht saßen. »Holt sie euch. Sie müssen in dem Schrank hinter der Tür sein.«

Die beiden verschwanden unter Deck, der Wind fuhr ins Segel, und die *Vineta* bekam leichte Schräglage.

Luisa beobachtete den Verklicker oben auf dem Mast, der angab, aus welcher Richtung der Wind kam.

»Manche Dinge verlernt man nicht, was?«, rief Emilia ihr zu. »Wir müssen gegen den Wind ankreuzen. Klarmachen zur Wende.«

»Okay.« Emilia legte das Ruder um, sie änderten den Kurs, das Segel schwenkte herum, Luisa setzte sich auf die andere Bank. Vergeblich versuchte sie, eine Haarsträhne hinters Ohr zu klemmen, die ihr ständig ins Gesicht wehte. Wenn sie wieder in Berlin war, würde sie erst mal zum Friseur gehen müssen. Der Wind und das Salzwasser taten ihrem gepflegten Haar nicht gut, ließen es mit jedem Tag ein bisschen wilder und lockiger werden. Sie konnte sich den entsetzten Ausruf des kleinen Maurice am Gendarmenmarkt lebhaft vorstellen. »*Oh là là, Madame, quel bordel* ...« Welche Unordnung! Sie grinste. »Ich weiß genau, wie ich es machen muss. Wie Opa Max es mir gezeigt hat. Lass mich mal an die Pinne, Mila.« Sie stand auf.

Zögerlich rückte Emilia zur Seite. »Ihr wart oft zu zweit unterwegs, du und der alte Seebär«, sagte sie. Es klang fast ein bisschen neidisch.

In diesem Moment schaute Nina aus der Kajüte zu ihnen hoch. »Unsere Schwimmwesten sind nicht da, Mami. Wir haben überall nachgesehen«, beschwerte sie sich.

Emilia überlegte einen Moment, dann schlug sie sich mit der Hand gegen die Stirn. »Stimmt, Onkel Walter hat sie am Ende der Sommerferien mitgenommen! Er wollte sie überprüfen.« Sie sah zweifelnd auf die beiden Mädchen, die jetzt beide durch die Luke blickten. »Ich hab kein gutes Gefühl dabei, euch ohne Schwimmwesten hier rumturnen zu lassen. Eigentlich müssten wir umkehren.«

»Oh, bitte nicht! Nein, Mami! Wir passen auch auf, versprochen!«

Emilia sah unentschlossen aus.

»Wir sind doch zu zweit«, beruhigte Luisa sie. »Wenn sie vorsichtig sind, werden sie schon nicht über Bord gehen. Und selbst wenn ... Sie können doch schwimmen, oder?«

»Na klar können wir schwimmen! Schon lange, und richtig gut!«, rief Nike. Nina nickte eifrig.

»Na gut. Aber kein Rumgekaspere an Bord, okay?

Kein Klettern in den Wanten, kein Wasserplanschen bei Schräglage!«

»Nein! Versprochen!«

Nike und Nina hielten Wort. Sie blieben für ihre Verhältnisse geradezu beängstigend ruhig sitzen, während Luisa und Emilia das Boot abwechselnd hinaus auf den Barther Bodden steuerten. Hier war das Wasser offener, die Dünung stärker, der Wind blies kräftiger, aber Luisa hatte keine Sekunde lang das Gefühl, dass sie etwas Riskantes taten.

Sie segelten an der Schilfkante der Großen Kirr entlang. Dahinter erstreckten sich über die gesamte Insel ausgedehnte Wiesenflächen, ein Rastplatz für die verschiedensten Seevögel. Kraniche, große Gruppen von Graugänsen, Schwäne und sogar einen Seeadler entdeckte Luisa, als sie durch das Fernglas schaute und es dann an die Mädchen weitergab.

Irgendwann warf Nike den Strandrosenstrauß für ihren Urgroßvater so schwungvoll über Bord, dass sie ins Straucheln kam und beinahe selbst ins Wasser gefallen wäre, doch Emilia und Luisa waren zur Stelle und hielten sie fest. Als sie an den Blumen, die eine Welle auf- und niederhüpfen ließ, vorbei waren, saß Nike längst wieder entspannt neben ihrer Schwester.

»Tschüs, alter Seemann«, sagte Luisa leise und winkte. »Tut mir leid, die Verspätung. Aber ich hab dich nicht vergessen.«

Schließlich packten sie den Picknickkorb aus und machten sich über die belegten Brote her. Nur Nike hielt sich den Magen. »Mir ist so komisch im Bauch«, jammerte sie und trank nur einen Schluck Orangensaft.

»Du wirst seekrank sein«, mutmaßte Emilia. »Autofahren verträgst du auch nicht gut. Wisst ihr was? Ich glaube, wir sind für heute genug gesegelt. Lasst uns umkehren.«

Die anderen nickten, und da auf dem Rückweg der Wind von achtern kam, glitten sie mit weit geöffnetem Segel zurück in den Zingster Strom.

»So, Mädels, wir legen gleich an«, sagte Emilia, als sie sich im Schneckentempo und mit bereits heruntergenommenem Segel dem Steg näherten. Sie stand an der Pinne und sah konzentriert nach vorn. »Das könnte ein bisschen schwierig werden, da brauche ich eure Hilfe. Nina, du gehst zum Bug, die Leine liegt noch dort. Kannst du auf den Steg springen und sie festmachen, wenn wir ihn erreicht haben? Halt dich fest, bis wir ganz nah am Steg sind!« Nina nickte und ging nach vorn. »Nike, du bleibst bei mir hinten. Wir beide haken die Seitenleinen ein. Luisa, schnapp dir den Bootshaken. Du führst uns damit die Begrenzungsleinen entlang zur nächsten Box, okay? Wir wollen nicht gegen die Jacht nebenan knallen.«

Luisa sprang auf, aber ihr Blick galt nicht dem Bootshaken und den Seitenleinen, sondern Nike, die langsam aufgestanden war. Sie kam Luisa plötzlich auffallend blass vor. Und statt hinten bei ihrer Mutter zu bleiben, lief sie schwankend ihrer Schwester hinterher.

Luisa sah Nike verwundert nach. Wo wollte sie denn hin?

»Nike! Bleib doch hier«, bat Emilia. »Ich brauch dich hinten, hab ich gesagt.«

Die Kleine schien sie nicht zu hören, und Emilia runzelte die Stirn.

»Sie wirkt so merkwürdig. Sie ist ganz verschwitzt. Ist ihr nicht gut?«, raunte Luisa Emilia zu. Sie verstand nicht, was ihre Nichte auf einmal hatte.

Emilia dagegen schien sofort zu verstehen. »Nike, halt dich fest«, rief sie alarmiert, gerade in dem Moment, als ihre Tochter auf dem Mittschiff ins Taumeln geriet.

Nike wollte sich festhalten, griff jedoch ins Leere. Und dann stolperte sie, konnte sich nicht fangen. Im nächsten Augenblick stürzte sie wie ein Marionette, der man die Fäden gekappt hatte, ins Hafenbecken.

Sie ging sofort unter, schlug mit den Armen um sich. Ihr Haar schwamm einen Moment lang wie eine groteske menschliche Seerose auf der Wasseroberfläche. Dann tauchte sie wieder auf, die dunklen Augen weit aufgerissen vor Angst, während das Schiff bedächtig näher trieb.

»Hoch, komm hoch!« Emilia, die die Pinne losgelassen und sich über die Bordwand gebeugt hatte, entfuhr ein Schluchzen. Sie erwischte Nike am Träger ihrer Latzhose und hielt sie fest. »Diese Scheißunterzuckerungen, wie ich sie hasse!«

Das Mädchen hing mit geschlossenen Augen kraftlos im Griff seiner Mutter, und es schien nur eine Frage der Zeit zu sein, bis Emilia Nike nicht mehr halten konnte.

Luisa stand eine Sekunde wie erstarrt da. Dann schnappte sie sich die Pinne, um die *Vineta* auf Stegkurs zu halten, bevor sie Nike unter sich begrub.

»Was soll ich tun, Emilia?«, schrie sie, aber ihre Schwester antwortete nicht.

Sie sah zu Nina, die weinend mit dem Seilende in der Hand am Bug stand, unfähig zu verhindern, dass das Schiff an den Steg rumste.

In diesem Augenblick platschte es zum zweiten Mal. Jemand war vom Steg aus ins Wasser gesprungen, mit wenigen kräftigen Schwimmstößen war er bei Nike, nahm die Kleine in den Rettungsgriff, hielt ihren Kopf über Wasser.

»Ich hab sie. Lass sie los. Ich bringe sie an Land«, hörte Luisa eine tiefe Stimme, und Emilia lockerte den Griff.

Der Mann schwamm in Rückenlage auf das Ufer zu, er hielt die reglose Nike so, dass sie kein Wasser schlucken konnte. »Macht das Schiff fest, Luisa!«, rief er ihnen zu. »Bevor ihr weg vom Steg treibt.«

»O mein Gott.« Emilia sank weinend auf die Bank.

Luisa stieß sie sacht an. »Emilia, schnell. Hilf Nina. Ich kümmere mich hier hinten.« Sie beugte sich vor, um die Steuerbordleine festzumachen.

Emilia nahm all ihre Kraft zusammen und wankte nach vorn. Sie nahm Nina, die immer noch schluchzend dastand, das Tau aus der Hand und machte die *Vineta* an einem Poller fest. Dann sprangen die beiden vom Boot auf den Steg und rannten zum Ufer, das der Mann mit Nike inzwischen erreicht hatte.

Während sie die Backbordleine befestigte, sah Luisa, wie er Nike zu einer kleinen sandigen Stelle am Reetgürtel trug und sie vorsichtig hinlegte. Eilig ging auch sie von Bord und lief zu den anderen. Emilia kauerte jetzt neben Nike, hob ihren Kopf an und steckte ihr etwas in den Mund.

»Nike ist Diabetikerin«, hörte sie ihre Schwester zu

dem tropfenden Retter sagen. »Sie ist unterzuckert. Komm Schatz, iss noch ein Stück Traubenzucker. Gleich geht's dir wieder besser.« Emilia zog Nina zu sich herunter und umarmte sie ganz fest. »Alles gut, meine Große, alles gut«, sagte sie. »Nike ist gleich wieder okay. Das war schlimm dieses Mal.« Nina nickte und streichelte ihrer Schwester übers Haar. »Luisa ...« Luisa erwachte aus ihrer Starre. Emilia sah sie fragend an. »Woher kennt der Mann deinen Namen?«

»Weil ...« Jan ... war das wirklich Jan? »Weil *das* Jan ist, Jan Sommerfeldt, Mila. Der Kranichranger, von dem ich dir erzählt hab«, erklärte sie und wandte sich an Nikes Retter. »Dich hat der Himmel geschickt«, sagte sie mit bebender Stimme. »Ich weiß nicht, was wir ohne dich gemacht hätten. Das werde ich dir nie vergessen.« Sie lächelte verlegen. »Danke.«

Er strich sich die klatschnassen Locken aus dem Gesicht. Ein kleines Wasserrinnsal lief von seinen Augenbrauen seine Schläfen entlang in Richtung Koteletten, die er etwas länger trug, von dort hinein in seinen Dreitagebart. Von seiner Nase tropfte es. Sein grünes Rangerhemd klebte an seinem Oberkörper, die Hosenbeine schmiegten sich schwer an seine Beine, um seine Socken hatten sich zwei kleine Pfützen gebildet, die noch nicht im Sand versickert waren. Offenbar war er so geistesgegenwärtig gewesen, ohne Schuhe ins Wasser zu springen.

Aber er lächelte zurück, als wäre es die schönste Überraschung des Tages, unverhofft Luisa zu sehen. Sie hielt ihm die Hand hin, die er ergriff. So standen sie einen Moment da, bis Emilia sich hochrappelte und Jan um den Hals fiel.

»Danke. Oh, danke, danke, danke. Sie haben meiner Tochter das Leben gerettet«, flüsterte sie und fing erneut an zu weinen.

Etwas unbeholfen stand Jan da und tätschelte ihr beruhigend den Rücken. »Gern. Das hab ich sehr, sehr gern gemacht.«

Der Traubenzucker wirkte schnell. Nass und zitternd vor Kälte, aber unversehrt, setzte Nike sich einen Moment später auf. Völlig erschöpft sah sie aus, immer noch blass um die Nase, doch ihr Blick war klar. Sie sah erst ihre Mutter an, dann Nina und schließlich den ihr fremden Mann.

»Geht's dir wieder besser, mein Schatz?«, fragte Emilia.

Nike nickte. »Plötzlich war ich weg«, sagte sie.

»Das haben wir gemerkt. Das Segeln war zu viel für dich, weil du zu wenig gegessen hast. Möchtest du noch ein Stück Traubenzucker?«

Nike schüttelte den Kopf. »Lieber ein Brot. Kann ich eins haben? Mit Käse.«

Nina rannte zum Boot. Sie kam mit dem Picknickkorb zurück und gab Nike ein Sandwich, in das diese gleich herzhaft hineinbiss. Sie kaute, schluckte und lächelte ihren Retter an.

»Wir sind beide krass nass«, sagte sie zu Jan.

Er hockte sich neben sie in den feuchten Sand. »Ja, das sind wir«, bestätigte er ernsthaft und strich ihr vorsichtig über das nasse Haar. »Das ist immer dasselbe Problem, wenn man mit Kleidern ins Wasser springt. Ich versuche es ständig, aber es gelingt mir nur sehr selten, dabei trocken zu bleiben. Ich glaube, du musst auch noch mehr üben.« Er blinzelte Nike zu, und die Zwillinge kicherten. »Dann werd ich mal schnell nach Hause fahren und mir was Trockenes anziehen. Sonst verwechseln mich die Besucher gleich noch mit einem nassen Kranich! Und du brauchst auch was Warmes.« Dann suchte er wieder Luisas Blick.

Doch es war Emilia, die nach seinem Arm griff, wie um ihn davon abzuhalten zu gehen. »Das bekommt sie, Herr …«

»Ich bin Jan. Einfach Jan.«

»Jan, ich würde mich gern bei dir bedanken. Können wir dich heute Abend zum Essen einladen? Es ist ein bisschen kurzfristig, ich weiß. Aber wir fahren leider morgen schon zurück nach Hamburg.«

Luisa sah sie überrascht an. Emilia hätte das ruhig mit mir absprechen können, dachte sie. Das ist mal wieder typisch.

Jan nickte. »Das ist nett. Danke. Ich komme gern.«

»Dann nachher bei uns im Haus. Wir wohnen in Zingst, im Haus Zugvogel, in der Seestraße …«

Er winkte ab. »Ich weiß, wo ihr wohnt.«

»Ach? Na, dann sagen wir um sieben.«

Jan nickte. »Ich bin um sieben da. Soll ich was mitbringen?«

»Auf keinen Fall«, entgegnete Emilia bestimmt.

Sie war schon wieder ganz die Alte.

»Wir haben nicht viel zu essen da«, sagte Luisa, als Emilia den Wagen zügig durch die Straßen steuerte. Nina hatte Nike das nasse Oberteil ausgezogen und ihr behutsam alle vier Jacken übergelegt. Sie sah aus, als ob sie gleich zu dampfen anfangen würde.

»Wir halten kurz bei Edeka. Ich hole Spaghetti und Tomatensoße und mache dazu einen Salat. Das reicht doch. Jan sieht nicht so aus, als ob er besonders anspruchsvoll wäre, was Essen anbelangt«, sagte Emilia selbstsicher. »Diese Sorte Männer kenne ich. Die klatschen sich Ketchup auf die Nudeln, und gut is'. Oder sie essen lauwarme Ravioli aus der Büchse. Wein sollten wir noch kaufen. Oder haben wir noch einen da?«

»Richard hat zwei Flaschen Weißen mit der Fischplatte liefern lassen. Aber ich glaube, dass Jan lieber Rotwein trinkt. Im Übrigen täuschst du dich, wenn du meinst, dass er keine gute Küche kennt ...«

Luisa wollte gerade etwas über Jans Limettenbuletten im Zug erzählen und von seiner Vorliebe für guten Syrah, da hielt Emilia schon vor dem Lebensmittelladen. »Ich geh schnell allein, bin gleich wieder da.« Zehn Minuten später kam sie mit einer vollen Tüte heraus. Sie drückte sie Luisa in den Arm, fuhr wieder los und hielt kurz darauf vor dem Haus.

»Nimm ein heißes Bad, Nike, und du, Nina, trag bitte die Jacken rein und häng sie auf«, wies sie die Kinder an. An Luisa gewandt fügte sie hinzu: »Ich koche. Ich hab ihn schließlich eingeladen.«

»Ich helfe dir!«, rief Nina.

16. Kapitel

Punkt sieben klingelte es, genau in dem Moment, als alle vier Standuhren siebenmal schlugen. Mitten in einer Kakophonie von metallenen Tönen öffnete Luisa die Haustür.

»Hallo, komm rein, Jan«, sagte sie und machte eine einladende Handbewegung. »Wenn man pünktlich zu Mewelts kommt, kann es schon mal ein bisschen laut sein.«

Gut sah er aus. Trocken. Frisch rasiert und in Freizeitklamotten, in ausgewaschenen, nicht zerrissenen Jeans, in einem dunkelblauen Hemd und blauen Stoffturnschuhen. Er strahlte sie an.

Luisa hatte lange überlegt, was sie anziehen sollte, und sich schließlich für das orangefarbene Etuikleid aus Rohseide entschieden, sich etwas geschminkt und aus ihren Haaren den Ostseewind herausgeföhnt. In sanften Wellen fiel es ihr über die Schultern.

Weshalb ihr der überraschte Blick sehr zusagte, mit dem er sie jetzt musterte.

»Hey«, sagte er. »Du siehst noch hübscher aus als sonst, Luisa. Richtig elegant.«

Er hielt ihr einen Strauß entgegen, der verdächtig so wirkte, als hätte er auf dem Weg zu ihnen in ein paar Vorgärten haltgemacht: gelbes Mädchenauge, ein paar

Gräser, zwei Stängel Fette Henne. Sie nahm ihm die Blumen ab, als auch schon die Zwillinge die Treppen herunterpolterten und auf ihn zustürmten, als wäre er ein verloren geglaubter, endlich wiedergefundener Freund der Familie. Sie zerrten ihn den Flur entlang.

»Jan, guck mal. Das sind die Uhren von unserem Uropi«, sagte Nike und zeigte auf die Chronometer, die inzwischen zum normalen Ticken übergegangen waren. Nikes Schüchternheit schien verflogen. Vielleicht spürte sie aber auch ein spezielles Band zwischen sich und dem Mann, der ihr das Leben gerettet hatte. »Er ist tot«, fuhr sie fort. »Seine Asche ist in der Ostsee. Wir haben heute beim Segeln Blumen für ihn ins Wasser geworfen. Luisa hat mir vorhin gezeigt, wie man die Uhren aufzieht. Ganz vorsichtig. Sie sind wertvoll. Sie weiß, wie man das macht. Sie ist Goldschmiedin.«

Jan sah über die beiden rot gelockten Köpfe hinweg sichtlich verwirrt über die Wortflut zu Luisa, die sich ein Grinsen verkniff.

»Wer ist Goldschmiedin?«, fragte er im Versuch, sich einen Reim auf das Gesagte zu machen.

»Ich bin Goldschmiedin. Aber wie man die Uhren aufzieht, hat damit nichts zu tun. Das weiß ich von Opa Max«, gab Luisa zurück.

Zwischen ihr und Emilia hatte es eine stumme Übereinkunft gegeben, als sie ins Haus gekommen waren: Kümmere dich um Nike. Lass sie nicht allein. Das war schlimm für sie eben. Also hatte Luisa ihr Wasser für ein Bad eingelassen und ihr beim Anziehen geholfen, dann hatte sie ihr gezeigt, wie man die Uhren aufzog.

»Ich hab ihr das gerade erklärt. Wir haben über die Zeit gesprochen«, sagte Luisa.

Da kam auch schon Emilia aus der Küche, eine Küchenschürze mit Fischländermuster um die Taille gebunden. Mit weit geöffneten Armen ging sie auf Jan zu. Auch sie hatte sich nett zurechtgemacht.

Luisa schmunzelte in sich hinein. Kaum betrat ein Mann das Haus, benahmen sich die Frauen anders. Selbst die Neunjährigen.

Nein. Das stimmte nicht. Wenn Richard das Haus betreten hätte, wäre wahrscheinlich überhaupt nichts passiert.

»Unser Retter. Der Mann des Tages«, rief Emilia, umarmte Jan und küsste ihn links und rechts auf die Wangen. »Herzlich willkommen in Haus Zugvogel!«

Manchmal beneidete Luisa ihre Schwester um ihre Unbekümmertheit.

»Danke für die Einladung«, gab Jan zurück.

»Jan ist *mein* Retter«, korrigierte Nike und griff nach seiner Hand. Nina schnappte sich die andere, und so gingen sie zu dritt in die Küche.

Luisa wusste nicht, wie er das machte, aber anscheinend flogen ihm die Herzen ihrer Familienmitglieder zu. So ähnlich war es schon beim Vortrag auf der Aussichtsplattform gewesen. Seine Zuhörer hatten ihm fasziniert gelauscht.

Und bei ihr, wie war es bei ihr?

Mit dem struppigen Blumenstrauß in der Hand folgte sie den anderen in die Küche. Sie nahm ein Einmachglas aus dem Küchenschrank, arrangierte den Strauß und stellte ihn neben Brotkorb und Salatschüssel auf den Tisch, den vermutlich Nina so hübsch gedeckt und mit rosa Muschelschalen dekoriert hatte. Luisa war froh, dass sie auf Sand verzichtet hatte.

»Das Essen ist fertig!«, sagte Emilia.

Stühle scharrten, als sich alle an den Tisch setzten. Jan nahm neben Luisa Platz. Luisa hatte auf einen Aperitif gehofft, den es wohl nicht gab. Aber vielleicht eine kleine Vorspeise? Sie hatten schließlich etwas zu feiern.

Doch Emilia nahm einen kleinen Topf vom Herd, steckte einen Schöpflöffel hinein und stellte ihn ohne weitere Umstände auf den Tisch. Dann goss sie aus einem größeren Topf, der brodelnd auf dem Herd gestanden hatte, das trübe Nudelwasser ab und brachte ihn ebenfalls zum Tisch.

Schließlich setzte sie sich und sah alle erwartungsvoll an. »Jan, gib mir deinen Teller, bitte. Du bist der Ehrengast. Ich gebe dir auf.«

Als Luisa die Nudeln sah, unterdrückte sie ein Seufzen.

Sie hatte vergessen, dass Emilia nicht kochen konnte.

Oder vielleicht hatte sie unterbewusst gehofft, sie hätte es inzwischen gelernt.

Aber Mann, hatte sie sich da getäuscht.

Die gesamte Familie hatte über die Jahre hinweg eine Art kulinarischen Schutzwall gegen Emilias vergebliche Bemühungen aufgebaut. Bei den Familienfesten hatten die Mutter, Tanten oder Onkel gekocht, aber niemals Emilia! Niemand bat sie, ein Dessert, eine Vorspeise zuzubereiten, selbst wenn alle anderen etwas mitbrachten. Es war eine Frage des Überstehens, wenn sie es doch tat. Die Mewelts waren Meister verschiedener Taktiken geworden – heimliches Verbergen unter großen Servietten, zufälliges Fallenlassen, leise lockend nach dem Hund rufen. Allerdings hatte selbst Rintintin, Onkel Walters Basset, skeptisch geschnüffelt, wenn etwas unter dem Tisch gelandet war, das aus Emilias Küche stammte. Bei belegten Broten hörte Emilias Kochkunst auf. Kein Wunder, dass alle Mitglieder der Familie Posny so dünn waren.

Luisa entging nicht Jans ungläubiger Blick, als er sah, was er essen sollte. Aber das war das Los, das er nun zu ertragen hatte. Wenigstens teilte er es mit allen anderen am Tisch.

Emilia hatte offenbar zu wenig Tomatensoße gekauft, weshalb sie sie mit Wasser verlängert und in die kochende Flüssigkeit Mehl eingerührt hatte. Helle Klümpchen dümpelten wie Sago in der blassroten Flüssigkeit.

Die Spaghetti waren zerkocht, im Topf befand sich ein zusammengepappter, weißlicher Haufen Nudelmatsch. Was Emilia nicht daran hinderte, Jan als Ehrengast des Abends eine Riesenportion aufzugeben und das Elend mit der »Soße« zu übergießen.

»Möchtest du auch Salat?«, fragte sie und gab ihm den Teller zurück.

Das hier war eindeutig Jans Bewährungsprobe in ihrer Familie.

Auf einmal musste Luisa daran denken, dass Richard es in einem Jahr nicht mal bis zu dem Punkt geschafft hatte, den Jan bereits am ersten Abend erreichte. Sie hatte sich vor der Kritik ihres Freundes geschützt, indem sie den Kontakt zu ihrer Familie abbrach. Plötzlich verabscheute Luisa sich dafür.

Jan warf einen Blick in die Salatschale, in der Eisbergsalat und ein paar grob geschnittene Gurkenscheiben in viel wässriger Soße auf seine Esser wartete. Er runzelte die Stirn, dann nickte er tapfer.

»Ich probier mal«, sagte er.

Dieses Mal gab Luisa ihm auf – vorsichtshalber nicht sehr viel – und nahm sich dann selbst. Argwöhnisch kostete sie eine Gabel, und sofort traten ihr die Tränen in die Augen. Sie begann zu husten. Jan klopfte ihr auf den Rücken.

»Der Essig?«, fragte Emilia unsicher. »Ich bin mir nie sicher, wie viel ich nehmen soll. Wir haben hier auch keinen Balsamico, sondern nur Essigessenz. Ich dachte, eine halbe Tasse ... War das zu viel?«

»Vielleicht eine Spur«, antwortete Luisa keuchend und fächelte sich mit der Serviette Luft zu. Die Säure zog ihr Zahnfleisch zusammen und drohte, ihren Mundraum zu verätzen. Schnell nahm sie einen großen Schluck Wasser.

»Schmeckt genauso schrecklich wie immer«, bemerkte Nina uncharmant und piekte lustlos ein paar grüne Blätter auf. Nike zog die Nase kraus, und beide angelten sich ein Stück Baguette aus dem Brotkorb, der schon fast leer war.

Jan schmunzelte und steckte sich tapfer eine Gabel voll Salat in den Mund. Dann machte er allerdings ein bedrohlich gurgelndes Geräusch. Als er wieder Luft bekam, legte er die Gabel vorsichtig zur Seite, stürzte sein Wasser hinunter, kommentierte den Salat aber nicht weiter, was Luisa ihm hoch anrechnete.

Emilia war die schlechteste Köchin der Welt, keine Frage. Aber man musste es ihr ja nicht sagen, was sie selbst wusste. Und wer nicht zur Familie gehörte, durfte das erst recht nicht tun.

Der Rotwein, den sie viel zu schnell tranken, um die Spaghettipampe hinunterzuspülen, war dafür sehr gut.

Während der ersten Flasche erzählte Jan etwas über Kraniche. Er tat es so gekonnt, dass auch die Kinder ihn gut verstanden. Er nahm sie ernst, übertrieb es jedoch nicht. Ob er Kinder hatte? Vielleicht erinnerte er sich auch an seine eigene Kindheit, wusste noch, wie peinlich es war, wenn Erwachsene nicht normal, sondern bemüht kindlich mit einem sprachen. Luisa dachte zurück. Ja, die meisten Erwachsenen hatten diese Angewohnheit und merkten nicht, dass sie dadurch unglaubwürdig wirkten.

»Kranichmütter legen oft zwei Eier, die Küken schlüpfen in der Regel an unterschiedlichen Tagen, dennoch sind es Zwillinge.«

»Wie wir!«, sagte Nike verzückt und stieß Nina an.

»Die Kleinen brauchen keine Tarnung in ihrer moorigen Umgebung. Ihr Federflaum ist braun. Wollt ihr mal sehen?«

Die Mädchen nickten begeistert, und er suchte in seinem Smartphone nach einem passenden Videoclip. »Hier. Und hier erkennt man auch, was die Eltern machen, um sich vor Raubvögeln zu tarnen. Es sind übrigens ganz wunderbare Eltern. Sie passen sehr auf ihre Kleinen auf.«

»Sie beschmeißen sich mit Dreck«, sagte Nike verwundert.

»Genau. Sie bewerfen sich mit Torf, damit ihr graues Federkleid von oben bräunlich aussieht.«

Nike und Nina fanden die Kranichfamilien süß. Luisa war sicher, dass sie das Verhalten der Eltern am nächsten Tag am Strand nachspielen wollten.

Um neun schickte Emilia die Kinder nach oben, dann öffnete sie die zweite Flasche und räumte den Tisch ab.

»Sehr viel habt ihr ja nicht gegessen«, kommentierte sie die Reste, aber entsorgte sie dann unbekümmert, als wäre sie schlechte Esser gewohnt, im Mülleimer.

Luisa sah verstohlen zu Jan. Er fing ihren Blick auf und erwiderte ihn mit hochgezogenen Augenbrauen. Sie musste sich mit aller Macht ein Lachen verbeißen.

Emilia nahm einen großen Schluck Wein, dann sprang sie auf. »Ich brauch gute Musik«, verkündete sie und hantierte ungeduldig an der kleinen Anlage, die in der Küche stand. Erst als der Sprecher des NDR einen alten Konzertmitschnitt der Rolling Stones ankündigte, setzte sie sich wieder zufrieden an den Tisch. Aber nur, um einen Augenblick später erneut aufzuspringen. »Ich seh noch mal nach den Mädchen«, sagte sie. »Wenn Nike unterzuckert war, schießt ihr Wert danach immer in die Höhe. Das will ich noch mal überprüfen.« Sie verschwand.

»Ein bisschen hektisch, deine Schwester.« Jan schaute Emilia hinterher. »Ganz anders als du.«

Luisa nickte. »Immer schon. Sie ist eine Ruhelose, eine Schnelle. Beim Laufen, beim Radfahren, vor allem im Entscheiden. Im günstigsten Fall ergänzen wir uns. Im schlechtesten Fall bewegen wir uns voneinander weg. Selbst wenn wir mal dasselbe Ziel haben, was auch nicht oft passiert. Hast du Geschwister?« Sie merkte, wie heiß ihre Wangen waren, und hob die Haare an, um sich Luft in den Nacken zu fächeln.

»Nein. Was ich schade finde. Ich mag große Familien.«

In diesem Moment erklangen die ersten Gitarrenklänge von *Angie* durch die Küche. Sie schufen eine unerwartete Intimität, auf die Jan sofort reagierte. Er stand auf und hielt Luisa die Hand hin.

»Möchtest du tanzen?«, fragte er, höflich wie ein Tanzstundenschüler.

Und zum ersten Mal seit langer Zeit zauderte Luisa keine Sekunde. »Gern«, antwortete sie, stand auf und nahm seine Hand.

Er hielt sie sanft, sie spürte seinen Körper an ihrem. Nicht aufdringlich, sondern locker und entspannt, die Schrittfolge stimmte mit dem Rhythmus überein. Seine Hand am Rücken war leicht wie eine zarte Schwinge, die sich dem Wind fügte. Wog fast nichts, lenkte in die richtige Richtung. Ergänzte.

Die Küche passte nicht zu ihrer Stimmung.

Das Licht auch nicht.

Aber die Musik passte.

Und Jan passte auch.

Ein unerklärliches Déjà-vu überkam sie. Es fühlte sich an, als ob sie genau diesen Tanz mit ihm schon einmal erlebt hätte. In einem anderen Leben ... vielleicht.

»Spürst du das auch?«, fragte er dicht an ihrem Ohr, und sie nickte.

Sie tanzten weiter durch Mick Jaggers sehnsuchtsvollen Gesang hindurch wie durch eine Wolke, die sie spürten, die sie aber nicht aufhalten konnten.

»Warum muss ich jetzt an den Tanz der Kraniche denken?«, fragte Luisa.

Er lachte, nahm ihre Hand fester und drehte sie einmal um sich selbst. »Das weiß ich nicht. Dann müsste ich jetzt laut trompetend hochspringen. Die Arme schwingen. Oder mir Stöckchen und Steine auf den Rücken werfen.«

»Oh, bitte nicht.«

Er zog sie wieder an sich heran, näher dieses Mal. »Ich denke an etwas ganz anderes«, flüsterte er in ihr Ohr. Sie spürte seinen Atem an ihrem Hals.

»An was?« Sie nahm irritiert wahr, dass ihre Stimme ganz rau klang.

»Dass ich schrecklichen Hunger habe. In Wirklichkeit ist das nicht Mick Jaggers Stimme, die du hörst. Das ist mein Magen, der melodisch knurrt. Was hältst du davon, wenn ich dich …«

»Hey, ich störe wohl«, hörte Luisa Emilia, als der Song noch längst nicht zu Ende war. Ihre Schwester sah neugierig von ihr zu Jan.

Ja, du störst, dachte Luisa. Geh wieder weg. Er wollte gerade etwas sagen. Er wollte mich … Es klang wichtig.

»Nein, natürlich nicht«, sagte sie stattdessen und setzte das unverbindliche Lächeln auf, das sie perfektioniert hatte – wenn sie zum Beispiel auf einer Party jemandem aus Richards Dunstkreis vorgestellt wurde.

Jan lächelte entrückt, dann ließ er sich auf den Küchenstuhl fallen.

»Alles okay mit Nike«, erklärte Emilia. Dann forderte sie: »Wein! Wo waren wir stehen geblieben?«

Luisa setzte sich, machte mit den Füßen unter dem Sitz noch probehalber zwei Tanzschritte, die ins Leere führten, und füllte ihre drei Gläser erneut. »Bei Kranichfamilien. Bei Kindern.«

Sie spürte den Alkohol deutlich. Ihre Wangen glühten, in ihrem Kopf flitzten die Gedanken umher, ohne sich greifen zu lassen. Sie musste langsamer trinken.

»Seit wann hat deine Tochter Diabetes?«, fragte Jan.

»Anfang des Jahres haben wir die Diagnose bekommen. Es ist noch neu für uns alle.«

Er nickte. »Mir tut es immer besonders leid, wenn Kinder es haben. Der Kollege, mit dem ich in Äthiopien war, hat auch Diabetes, und er hat es vor uns geheim gehalten. Wahrscheinlich glaubte er, dass wir ihn nicht mehr zu Exkursionen mitnehmen würden, wenn wir es erführen. Vielleicht fand er es auch unmännlich, davon zu erzählen, was weiß ich. Jedenfalls hatte er auf einer Wanderung zum Tana See eine Unterzuckerung und nichts dabei. Es war dramatisch. Seine Gesichtszüge entglitten, er sah aus wie ein Zombie. Am schlimmsten war, dass wir nicht wussten, was er hatte! Zum Glück kamen wir an einem Mangobaum vorbei. Er hat eine Frucht heruntergerissen und sie in sich hineingestopft. Danach ging es ihm besser.«

»Glück gehabt«, sagte Emilia mitfühlend.

»Und, nehmt ihr ihn auf die nächste Exkursion mit?«, fragte Luisa.

Ich bin betrunken, dachte sie, und hielt sich an der Tischkante fest, weil der Raum gerade leicht in Schieflage geriet.

Jan und Emilia sahen sie an. »Natürlich«, antwortete Jan. »Warum denn nicht? Er ist ein wunderbarer Wissenschaftler, ein toller Mitreisender, ein guter Kollege.«

Luisa zuckte mit den Schultern. »Na, vielleicht weil euch das Risiko mit einem Kranken zu groß ist.«

Jan lachte. »Wenn wir das Risiko kennen, ist das kein Problem. Sein Fehler war nur, dass er es uns nicht gesagt hat. Würden wir ihn ausschließen, wäre das doch Mobbing. Im Gegenteil, er hat uns hinterher erklärt, wie wir uns verhalten müssen, wenn so etwas noch einmal passiert. In Zukunft haben bestimmt alle Traubenzucker dabei.«

»Was ist denn das für eine dumme Frage, Luisa? Wie kommst du auf den Gedanken, jemanden, der mit Leidenschaft einer Sache nachgeht, auszuschließen, nur weil er Diabetiker ist?«, fragte Emilia. Ihre Stimme klang angespannt.

Luisa hätte gewarnt sein müssen. Aber der Rotwein hatte ihre Sinne getrübt, ihre Zunge gelockert, und ihr Gehirn funktionierte viel, viel zu langsam. Sie hörte nicht auf den Unterton, bemerkte nicht, wie entgeistert die Schwester sie ansah. Sie war wie ein kleines Kind, das immer weiter in die Ostsee hinauswatete. Ungeachtet trügerischer Strömung, die es vom sicheren flachen Wasser ins Tiefe zog, ohne einen Gedanken daran, dass es nicht schwimmen konnte.

»Richard sagt ...«, plapperte sie drauflos, »... Diabetes ist richtig teuer für den Staat. Braucht volkswirtschaftlich gesehen kein Mensch. Was hättest du gemacht, wenn du in der Schwangerschaft gewusst hättest, dass Nike krank wird? Ich meine, vor zehn Jahren.« Sie hickste und hielt sich die Hand vor den Mund. Das Schweigen, das herrschte, war ihr unangenehm, weshalb sie weitersprach. »Richard will ja keine Kinder. Und ein behindertes schon gar nicht. Schon dass theoretisch die Möglichkeit besteht, ein krankes Kind zu zeugen, reicht ihm, sich dagegen zu entscheiden. Wenn sich herausstellen würde, dass da ein defektes Gen in unserer Familie ist ...« Sie zuckte erschrocken zusammen, als Emilia mit der flachen Hand auf den Tisch schlug und aufsprang.

»Luisa«, zischte Emilia. Ihr Gesichtsausdruck war steinern, aber aus ihren Augen schossen Blitze. »Was meinst du, was ich gemacht hätte? Glaubst du, ich hätte abgetrieben deshalb, oder was? Du redest von Nikes Erkrankung, als wäre sie eine Riesenbelastung für die Umwelt und ihre Familie. Du tust so, als wäre es besser, wenn sie nie geboren worden wäre. Du weißt nicht, was du sagst. Du bist Richards Papagei, plapperst seine menschenfeindlichen Thesen nach. Das ist unglaublich! Ich dachte, du hättest sie lieb! Sie ist ein wunderbares Mädchen. Sie ist so perfekt wie ihre Schwester. Ich will sie genau so, wie sie ist! Merk dir das, und sag es am besten gleich deinem idiotischen Freund!«

Sie rauschte aus der Küche, stürmte die Treppe hoch, dann knallte oben eine Tür zu.

Plötzlich nüchtern, sah Luisa Jan bestürzt an. »O Gott, das hätte ich nicht sagen sollen! Das habe ich komplett anders gemeint.« Sie stand auf. »Ich muss ihr das erklären!«

Er nickte. »Ja. Das musst du wohl.« Er erhob sich ebenfalls. Kurz zog er sie an sich, gab ihr einen Kuss auf die Wange. »Schade um den Abend. Trotzdem danke. Ich melde mich bei dir.« Dann ging er.

Luisa stand einen Moment lang mit hängenden Armen wie verloren da. Das Gefühl, das der Kuss auf ihrer Wange hinterlassen hatte, stand gegen die Aufgabe, die Worte, die sie so unbedacht gesagt hatte, zurückzunehmen. Warum kann man die Zeit nicht einfach zurückdrehen?, fragte sie sich. Nur fünf Minuten, das würde mir schon reichen. Dann wäre alles gut. Dann hätte ich noch nicht diese schlimmen Sachen zu Emilia gesagt.

Aber das war unmöglich.

Also ging sie die Treppe hoch, holte tief Luft und klopfte an die Tür des Schlafzimmers, das Emilia in Beschlag genommen hatte.

»Darf ich reinkommen?« Emilia antwortete nicht, und Luisa drückte vorsichtig die Klinke runter. Die Tür schwang auf. Emilia trug bereits ihren Schlafanzug, auf dem Bett stand ihre Reisetasche, in der sie herumkramte. Sie kehrte Luisa den Rücken zu, als wäre sie nicht gerade hereingekommen, als wäre sie Luft.

»Es tut mir leid«, sagte Luisa und setzte sich aufs Bett. »Ich muss dir das erklären.«

Emilia ging mit einem Paar Schuhe in der Hand um sie herum.

»Was gibt es denn da zu erklären? Dass du mit einem kinderfeindlichen, intoleranten Egomanen liiert bist und seine Thesen kritiklos in dein eigenes Weltbild einbaust? Danke. Ich verzichte«, gab Emilia scharf zurück.

»Ich gebe zu, dass Richard verbohrt ist«, antwortete Luisa, »aber davon abgesehen hätte ich das nicht sagen dürfen. Es ist nämlich so, dass wir uns genau darüber auch schrecklich gestritten haben. Dass er kein Mitleid kennt, wenn die betriebswirtschaftlichen Zahlen nicht stimmen. Dass ihm eine positive Bilanz wichtiger ist als Glück ... als Kinderglück ...« Als sie es aussprach, wurde Luisa klar, dass sie tatsächlich so von Richard dachte, wenn es um die Familienfrage ging.

»Dann sag mir doch mal eins, Luisa«, erwiderte Emilia und ließ die Schuhe achtlos auf den Fußboden fallen. »Wie kannst du dann überhaupt in Erwägung ziehen, ihn zu heiraten?«

Luisa zuckte mit den Schultern. »Ich denke, weil wir schon so lange zusammen sind. Die Zeit mit ihm ist ja nicht immer schlecht, er kann sehr lieb sein ...« Ihre Worte klangen hilfloser, als sie sich fühlte.

»Und ich denke, wir beide sollten aufhören zu reden, bis du dich endgültig entschieden hast«, meinte Emilia verbissen. »Ich will jetzt schlafen. Wir fahren morgen so früh wie möglich zurück.«

17. Kapitel

Luisa schreckte aus dem Tiefschlaf hoch. Bis tief in die Nacht waren ihre Gedanken um den Streit mit Emilia gekreist. Erst gegen Morgen war sie eingeschlafen. Und jetzt polterte irgendjemand die Treppe hinunter.

Einen Moment lang fühlte Luisa sich desorientiert. Draußen war es noch nicht einmal richtig hell. War das möglich? Sie stützte sich auf, um aus dem Fenster zu sehen. Es war grau und neblig, von der Sonne keine Spur, der Blick zum Deich verhangen.

Sie griff nach ihrem Handy – kurz nach acht. Stöhnend sank sie zurück aufs Kopfkissen. Das pelzige Gefühl auf der Zunge und ein leichtes Kopfweh erinnerten sie daran, dass sie am Abend zuvor ein Glas Rotwein zu viel gehabt hatte. Oder drei.

Draußen polterte es wieder. Dann hörte sie eine Kinderstimme. »Drängel nicht so, du schubst mich runter! Ich trag doch die Tasche!«

Nun war Luisa wirklich wach.

Dass die Zwillinge Taschen die Treppe hinuntertrugen, konnte nur eines bedeuten: Emilia machte ihre Drohung wahr und fuhr ab. Nicht einmal ein gemeinsames Frühstück schien sie nach dem gestrigen Abend mehr zu wollen.

Luisa schwang sich aus dem Bett, suchte nach ihren

Flip-Flops und schlurfte zur Tür. Ihre Augen brannten, sie brauchte dringend eine Dusche, dann einen Kaffee. Doch zuallererst brauchte sie Emilia.

Im Flur lief ihr Nike in die Arme. »Ich brauch nur noch das Etui mit meinem Messgerät«, erklärte sie Luisa, »dann hab ich alles.« Sie wischte an ihr vorbei ins Schlafzimmer, in dem sie und Nina übernachtet hatten.

Luisa warf einen raschen Blick in Emilias Zimmer. Das Bett war abgezogen, der Schrank ausgeräumt.

Sie ging die Treppen hinunter. Die Haustür stand offen. Sie trat in die diesige Morgenluft, schlug die Arme um sich, aber die feuchte Kälte drang durch ihr Schlafshirt auf ihre Haut und von dort ohne Umwege direkt in ihre Seele.

Emilia befestigte gerade das zweite Kinderfahrrad an der Heckhalterung. Nina, die bereits auf ihrem Sitz saß, winkte Luisa zu, Nike rannte an ihr vorbei und stieg ebenfalls in den Wagen.

»Emilia«, sagte Luisa bittend und lief zu ihrer Schwester. »Fahr doch noch nicht. Lass uns wenigstens zusammen frühstücken. So ein Abschied ist schrecklich.«

Nur dass Emilia zusammenzuckte, bewies Luisa, dass sie überrascht war. Sie richtete sich auf und musterte Luisa. Hätte sie sie wütend angesehen, wäre es vielleicht nicht so schlimm gewesen. Aber das traurige Lächeln, mit dem Emilia sie bedachte, schnitt Luisa direkt ins Herz.

»Nein. Wir müssen weg«, sagte sie leise. Von dir, hieß das. »So kann ich das nicht, Luisa. Du machst zu viele Kompromisse in deinem Leben, und jetzt auch noch zulasten meiner Tochter. Das geht nicht.«

»Ich hab dir doch erklärt, wie ich das meinte. Es war ein Missverständnis. Mein Gott, ich war so betrunken ...«, versuchte Luisa sich zu rechtfertigen, aber selbst in ihren eigenen Ohren klang es unglaubwürdig.

»Ich glaube dir. Aber das reicht nicht. Du musst etwas tun, musst dein Leben ändern«, entgegnete Emilia. »Ich meine, was ich gestern sagte. Bis du dich entschieden hast, will ich keinen Kontakt mehr.«

»Und die Zwillinge?«, fragte Luisa. »Dieses Wochenende war so schön mit ihnen. Mit euch dreien.« Emilia wies schweigend auf die Rückbank des Wagens, wo die Mädchen inzwischen beide auf ihren Sitzen saßen. Luisa ging zu der offenen Seitentür. »Tschüs, ihr zwei«, sagte sie, bemüht, ihre Stimme munter klingen zu lassen. »Es war toll mit euch. Ich kann kaum erwarten, euch wiederzusehen!«

»Kann ich dich mal in Berlin besuchen, Luisa?«, fragte Nike und machte sich von ihrem Sitz los.

»Natürlich! Dann machen wir es uns zusammen schön«, versicherte Luisa. »Ich zeig dir mein Atelier.«

Wenn ich dann überhaupt noch in Berlin bin, fügte sie im Stillen hinzu.

Wenn deine Mutter dich lässt.

Nike umarmte sie stürmisch. »Ich will nicht weg, aber Mama sagt, wir müssen. Du bist meine liebste Lieblingstante«, flüsterte sie Luisa ins Ohr. »Wenn ich groß bin, will ich so sein wie du.«

Definitiv der falsche Wunsch, dachte Luisa und gab ihrer Nichte ein Abschiedsküsschen auf die weiche Wange. »Pass auf dich auf, versprich mir das, ja? Keine Unterzuckerungen mehr.«

Nike nickte, aber ihre braunen Augen schwammen in Tränen, als sie zurück auf den Sitz kletterte.

Einen Moment später erklang Emilias müde Stimme. »Schnall dich wieder an, Möhrchen. Wir fahren los.«

Luisa ging zurück in den Vorgarten. Fröstelnd beobachtete sie, wie Emilia einstieg, den Wagen startete und ausparkte. Kurz bevor er um die Ecke bog, hob sie zum Abschied die Hand. Aber sie war sich sicher, dass das keiner der drei mehr gesehen hatte.

»Fahrt vorsichtig«, sagte sie leise.

Was ihr merkwürdigerweise am meisten wehtat, war, dass Emilia sich nicht mal von der Ostsee verabschiedet hatte. Früher hatten sie das zusammen zelebriert, waren meist schweigend und immer barfuß an den Strand gegangen, um einen letzten langen Blick auf das Meer zu werfen.

Emilia hatte keine Sekunde länger als nötig in ihrer Gesellschaft verbringen wollen. Dafür hatte sie sogar auf den Abschied von ihrer geliebten Ostsee verzichtet.

Der Kaffee, den Luisa nach dem Duschen trank, schmeckte bitter. Sie nahm angewidert ein paar Schlucke und goss den Rest weg. Sie zog sich an, verließ das Haus, schwang sich aufs Fahrrad ... wie auf Autopilot.

Der Himmel war immer noch grau, was hervorragend zu ihrer Stimmung passte. Es war still – kein Kranich war zu sehen oder zu hören. Jan würde ihr erklären können, warum, wahrscheinlich stimmte irgendetwas nicht mit der Windrichtung, dem Wetter, der Thermik, der Sonne oder dem Mond.

Aber dazu musste sie ihn fragen, und das erschien ihr nach dem gestrigen Abend unmöglich.

Luisa radelte nicht auf dem Deich, nicht die Seestraße entlang, wollte dem Meer fernbleiben. Es war an diesem Morgen nicht ihr Freund. Ziellos kurvte sie durch den Ort, fuhr durch den Martha-Müller-Grählert-Park und fand sich unvermittelt auf dem Kirchweg wieder.

Langsam schob sie das Rad durch das offen stehende schmiedeeiserne Friedhofstor unter dem Backsteinbogen. Sie ließ es an der Kirchmauer stehen. Früher war sie manchmal mit ihrem Großvater in der Kirche gewesen, hatte den Altarraum mit der hellblauen Decke bewundert und den offenen Dachstuhl mit dem reich verzierten Holzgebälk, hatte dem eindrucksvollen Klang der alten Orgel gelauscht, der durch das Kirchenschiff geklungen war. Jetzt warf sie nur einen flüchtigen Blick auf die neugotisch anmutenden Fenster, dann begann sie, zwischen den Gräbern hindurchzuschlendern. Blumen, keine Blumen, gepflegt, geharkt, verwildert, alte Grabsteine, neue Grabsteine. Die Inschriften sagten ihr, wer da begraben lag – Kapitäne, Fischer, Väter, Mütter, Kinder … Luisa beschloss, das Grab ihrer Großmutter zu suchen. Lange war sie nicht mehr dort gewesen, aber sie war sich sicher, dass sie im richtigen Gang war.

Sie schaute links und rechts, aber konnte die Ruhestätte ihrer Oma Elise nirgends entdecken. Am Ende des Wegs waren gerade zwei Männer dabei, ein neues Grab auszuheben, obwohl Sonntag war. Ein Hügel frischer Erde erhob sich zu ihrer Linken, der mit jeder Schaufel voll höher wurde.

Einer der Männer kletterte aus der Grube. Er lehnte die Schaufel gegen den Hügel und wischte sich mit einem Taschentuch über die Stirn.

»Na, junge Frau, was gibt's?«, fragte er. »Suchen Sie wen?«

Luisa lächelte. »Ja, schon. Das Grab meiner Großmutter – Elise Mewelt. Wissen Sie zufällig, wo es liegt?«

Der Mann, er war schon recht alt, wies auf ein Grab, das direkt hinter dem Erdhügel lag. »Aber ja. Da ist es. Ah, Elises Enkelin sind Sie? Ich hab Ihre Großmutter gut gekannt, sie war mit meiner Mutter befreundet. Die beiden haben gern zusammen Karten gespielt, Elise Mewelt war öfter bei uns zu Hause. Und den Max kannte ich auch.« Er musterte sie. »Sie haben große Ähnlichkeit mit Elise.«

»Das sagt meine Mutter auch immer, dass ich nach meiner Oma komme.« Es freute Luisa, dass jemand sich an ihre Großeltern erinnerte.

»Und für wen ist dieses Grab?«, fragte sie dann. »Das ist ja so nah dran, als würde es zu unserer Familie gehören.«

Noch während sie es sagte, spürte sie eine vage Unruhe. Weil es stimmte, was sie sagte: Es sah aus, als würde jemand direkt neben ihrer Großmutter Elise beigesetzt. Jemand, der ihr so nah wie ihr eigener Mann war. Oder ihre Tochter. Oder ihr Sohn.

»Das Grab hier ist für … Moment, das sag ich Ihnen gleich …« Der Mann griff in die Tasche seines Blaumanns und zog ein Stück Papier hervor. Er hielt es linksrum, er hielt es rechtsrum, wendete es, dann schaute er verwirrt hoch. »Marko, komm mal her«, sagte er, und in seiner Stimmung schwang auf einmal tiefe Verunsicherung mit.

Der andere kletterte ebenfalls aus der Grube. »Was ist denn, Georg?«

Sein älterer Kollege hielt ihm das Stück Papier vor die Nase. »Hier steht nicht, für wen das Grab ist. Hat niemand den Namen aufgeschrieben?« Hilflos drehte er das Blatt erneut.

»Doch, bin sicher, dass ich ihn irgendwo gelesen habe. Etwas mit … mit … Es war ein Männername, oder? Und weißt du noch … Du hast gesagt: Eigentümlich, dass jemand am selben Tag Geburtstag- und Todestag hat.« Marko schnipste mit den Fingern, aber das schien weder seiner noch Georgs Erinnerung auf die Sprünge zu helfen.

Luisa sah neugierig von einem zum anderen. »*Müssen* Sie denn wissen, für wen das Grab ist, wenn Sie es ausheben?«, fragte sie.

Georg schüttelte den Kopf. »Nicht unbedingt. Aber ich weiß es gern. Oft kenne ich die Leute. Bin ja aus Zingst. Und hier, direkt neben Elise Mewelt …«, er schüttelte den Kopf. »Das lässt mir keine Ruhe. Ich guck noch mal nach. Nicht dass wir hier an der falschen Ecke zugange sind.« Er sah Luisa nachdenklich an. »Oder ist in Ihrer Familie gerade jemand gestorben? Weil das Grab hier angelegt werden soll, meine ich.«

»Um Gottes willen, nein!«, erwiderte Luisa erschrocken und rieb sich die Arme. Trotz der Fleecejacke überlief sie ein kalter Schauer.

»Also kein Mewelt. Der Name war es auch nicht. Das wüsste ich. Das hätte ich mir auf jeden Fall gemerkt.

Sehr befremdlich, das Ganze.« Er nickte Luisa zu, dann ging er den Weg entlang, der an der Kirche vorbei zu einem zweiten Ausgang führte.

Während Marko hinter ihr die Gelegenheit nutzte, eine Zigarettenpause zu machen, betrachtete Luisa Elises Grab. Geburts- und Todesdaten waren in schlichten, groben Stein eingemeißelt.

3. März 1927 – 18. Juni 1998

Elise Marie Mewelt

Unvergessen

Elise lag hier allein. Schon zu Lebzeiten hatte sie die Wasserliebe ihres Mannes nicht geteilt, eine Seebestattung war für sie nicht infrage gekommen. Das Grab war gepflegt, irgendwer hatte eine Herbstaster und drei Erika gesetzt, jemand kümmerte sich offenbar darum. Sie würde Emilia fragen, wer das war.

Nein. Sie konnte Emilia nicht fragen. Sie hatten keinen Kontakt mehr.

Der Gedanke tat weh.

Luisa wandte sich ab. Es war nicht der richtige Tag für weitere Abschiede. Entschuldigend lächelte sie Marko zu.

»Ich geh dann mal. Hoffentlich finden Sie den Namen noch heraus.« Aus reiner Neugier hätte sie ihn auch gern gewusst.

Marko nickte und ließ die Zigarettenkippe fallen. Mit dem Absatz seines Schuhs trat er sie aus, dann nahm er sie wieder hoch und steckte sie in Hosentasche.

Luisa ging, bevor Georg zurückgekehrt war.

Auf dem Rückweg zum Haus radelte sie den Deich entlang. Die Luftfeuchtigkeit war so hoch, dass sie sich mehrmals über das nasse Gesicht wischen musste. Sie kam an einzelnen Spaziergängern in wetterfesten Jacken vorbei, die sich von dem nieseligen Wetter nicht abschrecken ließen.

Am Übergang 6a bog sie ab. Das Meer konnte schließlich nichts für ihr Desaster mit Emilia, das war allein ihre Schuld, und solange sie hier war, fühlte es sich einfach falsch an, nicht jeden Tag mindestens einmal am Strand zu sein und die Nase in die Meerluft zu halten.

Sie fuhr auf dem Holzweg durch die Dünen, soweit es ging. Dann stieg sie vom Rad und schob es durch den tiefen Sand. Es war anstrengend, und ihr war warm, aber sie brauchte diese Anstrengung. Sie kämpfte gegen ihren Frust und ihre Trauer an, lief immer weiter über den menschenleeren Strand, hörte nur ihr eigenes Keuchen, keine anderen Stimmen, kein Hundegebell. Die Wellen der bleigrauen Ostsee schwappten heute leise wie bei einem Binnensee an Land. Wo war ein Sturm, wenn man ihn brauchte? Tosende Wogen, peitschender Regen?

Auf dem Holzpfad des nächsten Übergangs erschien eine einzelne Person. Einen Moment lang war Luisa ungehalten, dass jemand ihre Einsamkeit zwischen Himmel, Meer und Dünen störte. Sie beschloss, sie zu ignorieren, weiter so zu tun, als wäre sie allein.

Bis sie sah, dass es Mary war.

Die alte Dame stand am Rand des Holzwegs, mit einer Hand schirmte sie die Augen ab, als schiene die Sonne. Wahrscheinlich wollte sie genauer erkennen, was Luisa tat.

So wartete sie, bis Luisa ihr Fahrrad zu ihr geschoben hatte.

»Hallo, Luisa«, sagte sie, als wäre es inzwischen das Selbstverständlichste auf der Welt, dass sie sich immer überraschend trafen. Vielleicht war es das ja auch ... für Mary.

»Mary«, antwortete Luisa außer Atem, »bist du vorgestern Abend an unserem Haus vorbeigegangen? Warst du das?«

Mary lächelte nur, aber auch das kannte Luisa bereits von ihr. Wenn sie nicht antworten wollte, tat sie es nicht. »Wenn ja, ist es schade, dass du nicht reingekommen bist. Du hättest meine Schwester Emilia und die Zwillinge kennenlernen können. Sie sind neun, zwei unfassbar süße Mädchen. Zwei kleine Pippi Langstrümpfe, Emilia nennt sie Möhrchen. Wir hatten eine so wunderbare Zeit zusammen.«

Und dann brach Luisa unvermittelt in Tränen aus. Sie weinte so heftig, dass sie kaum noch den Lenker ihres Fahrrads halten konnte. Der Schmerz, der sich seit dem Morgen in ihrer Seele festgekrallt hatte, kam mit einer Wucht aus ihr heraus, dass es ihr den Atem nahm.

»Hier, mein Kind ...«

Ihr wurde ein zartes weißes Stofftaschentuch in die Hand gedrückt, mit dem sie versuchte, ihre Tränen wegzuwischen. Ein schwacher, vage vertrauter Duft ging davon aus, etwas Exklusives, ähnlich dem ihres eigenen Parfüms.

Luisa tupfte sich die Augen, schnäuzte sich die Nase. Mary schwieg und sah sie traurig an.

»Danke, Mary«, sagte Luisa mit zittriger Stimme. »Es

ist nur so ... Emilia und ich, wir ... wir hatten uns auseinandergelebt und ... und vor Kurzem haben wir uns wiedergefunden. Das hat mich glücklich gemacht. Aber gestern Abend hatten wir einen heftigen Streit und ... und heute Morgen war Emilia so entsetzlich kalt. Sie ist ganz früh mit den Kindern weggefahren.« Sie schniefte und lehnte das Fahrrad gegen das Geländer am Holzweg.

»Ich hatte auch mal eine Schwester. Ich habe sie sehr geliebt.« Mary tätschelte ihr behutsam den Unterarm. »Und dann war es eines Tages vorbei. Jung war ich damals und dumm. Ich habe das, was zwischen uns stand, stehen lassen, nicht mal versucht, es aus der Welt zu räumen. Ich habe sie nie wieder gesehen, und irgendwann war es zu spät. Von allen Dingen, die ich in meinem Leben falsch gemacht habe, bedaure ich das wohl am meisten. Ich habe sie jeden einzelnen Tag vermisst. Worüber habt ihr gestritten?«

Plötzlich war Luisa sicher, dass Mary ihre Schwester auf dem Friedhof besucht hatte. »Warum war es vorbei? Ist sie gestorben, deine Schwester?«, fragte sie.

Mary schüttelte nur den Kopf. »Das kann ich dir nicht sagen. Das führt viel zu weit in mein Leben. Aber nein, soweit ich weiß, lebt sie noch. Erzähl du von dir.«

»Wir haben über Richard gestritten, meinen Freund in Berlin. Wir wollen eigentlich heiraten. Er will keine Kinder, das weiß ich schon lange, und im Grunde ist das zwischen uns geklärt. Unter anderem auch, weil Emilias Tochter Nike Diabetes hat. Aber vielleicht ist die Krankheit meiner Nichte auch nur eine Ausrede. Das hab ich Emilia gesagt. Das heißt, ich hab gesagt, dass Richard ... dass er nicht damit leben kann, Kinder zu zeugen, die nicht gesund sind. Ich bin so dumm. Ich hab zu viel getrunken. Und jetzt will Emilia den Kontakt zu mir wieder abbrechen. Sie sagt, ich soll mich entscheiden zwischen ... zwischen ihr und Richard. Ich glaube, sie möchte, dass ich mich von ihm trenne.«

»Komm, wir gehen zum Wasser«, schlug Mary vor. Luisa schloss das Fahrrad am Geländer an, und langsam schlenderten sie zum Wasser. Sie schwiegen, bis der Sand feucht und fest unter ihren Füßen war und vor ihnen nichts als die Ostsee lag. »Es war nicht schlau, das deiner Schwester zu sagen. Aber was jetzt weiter passiert, hängt nur von dir ab. Ob deine Schwester weiß, wie dein Freund über ein krankes Kind denkt, oder ob sie es nicht weiß, ändert nichts an deinem eigentlichen Problem, oder?« Luisa wollte etwas Heftiges erwidern, aber da legte Mary ihr die Hand auf den Unterarm. Wieder nahm Luisa wahr, dass ihre Haut wie transparentes Papier war. Das Leben hatte blassblaue Linien darauf gezeichnet. »Die Frage ist doch«, fuhr sie fort, »bist du seiner Meinung, oder nicht? Hast du deiner Schwester das gesagt, weil du auch daran glaubst, was er denkt, oder weil es leichter war, seine Meinung zu übernehmen? Hast du ihm aus Bequemlichkeit zugestimmt?«

Luisa konnte den Blick nicht von der Hand nehmen. Heute trug Mary einen ausnehmend schönen Ring mit einem Amethyst. Die Fassung hob den Schliff des lilafarbenen Steins hervor. Wie die Eheringe war auch dieser Ring etwas zu weit für ihre dünnen Finger, aber das war es nicht, was Luisa ins Auge fiel. Es war etwas anderes. Das Schmuckstück ähnelte verblüffend dem Versöhnungsring, mit dem Richard sich damals für seinen

Seitensprung entschuldigt hatte. Dasselbe funkelnde Feuer, derselbe Schliff, derselbe Farbton: ein Zwillingsstein, wie Luisa mit dem scharfen Blick der Goldschmiedin feststellte, wenn auch die Fassung anders war. Mary fing ihren Blick auf und zog die Hand zurück.

»Ich habe die Fassung selbst gemacht. Vor vielen Jahren«, erklärte sie, führte das aber nicht weiter aus. Sie legte die andere Hand auf den Ring, wie um ihn vor Luisas neugierigem Blick zu schützen.

Luisa hätte ihn gern genauer betrachtet, stattdessen sagte sie: »Nein, natürlich bin ich nicht seiner Meinung. Es ist unmenschlich, was er gesagt hat. Oh, was gäbe ich darum, eine so tolle Tochter zu haben.«

»Ich will dir etwas erzählen«, begann Mary. Sie schaute aufs Meer hinaus. Irgendwo am Horizont, wo sich das graue Wasser und der graue Himmel trafen, konnte man eine dunkle Silhouette ausmachen. Sicher ein Frachtschiff, das unterwegs zu einem Hafen war. »Mein Mann und ich haben lange im Ausland gelebt«, fuhr sie fort, »das hab ich dir ja schon neulich gesagt. Er wollte auch keine Kinder, und ich habe mich dem gefügt.«

»Warum?«, fragte Luisa, irritiert darüber, wie schwach ihre Stimme klang.

»Er hat es mir von Anfang an gesagt. Ich wusste, worauf ich mich einlasse. Dafür hat er mir viel anderes geboten. Aber schon als junge Frau habe ich eine leise Sehnsucht verspürt, die ich mir nicht eingestanden habe. Also habe ich sie verdrängt und mich stattdessen, wo immer uns sein Beruf hingeführt hat, um fremde Kinder in Not gekümmert. Meinen Job konnte ich wegen der vielen Umzüge nicht mehr ausüben, und Kinderheime und

Waisenhäuser gibt es schließlich auf der ganzen Welt. Es war schön, sich für die Kinder dort zu engagieren. Ich hoffe, dass ich Spuren hinterlassen habe.«

So etwas kann ich auch machen, wenn ich mit Richard zusammenbleibe, dachte Luisa und verspürte plötzlich Hoffnung. Er hat mir vorgeschlagen, Wohltätigkeitsarbeit zu tun ... Doch Mary war noch nicht fertig. »Aber wir blieben selten lang an einem Ort, nie länger als ein, zwei Jahre. Und jedes Mal, wenn wir woanders hinzogen, ließ ich ein Stück von meinem Herzen zurück. Es ist ein Unterschied, ob man ein Kind nur ein, zwei Jahre begleitet, oder ob man es aufwachsen sieht. Irgendwann habe ich es verstanden, hab weitergemacht, jedoch Distanz gewahrt, um mich zu schützen. Bei eigenen Kindern braucht man diese Distanz nicht. Im Gegenteil.«

»Und auch nicht bei Nichten«, murmelte Luisa.

Sie musste daran denken, wie klein und warm sich Nikes Hand in ihrer angefühlt hatte, wie tapfer sie nach der Unterzuckerung gewesen war. Wie nah sie sich Nike gefühlt hatte beim Zeichnen. Nur ihr hatte sie vom Geheimnis der Uhren ihres Großvaters erzählen wollen, dieser kleinen Nachfolgerin ihres Wissens um die Zeit der Mewelts. Und Nikes Umarmung beim Abschied bewies, dass sie Luisas Gefühle erwiderte.

»Ich weiß nicht, ob ich auf eigene Kinder verzichten kann. Oder auf meine Nichten. Selbst wenn ich keine Kinder bekomme, könnten sie wie meine Töchter sein. Aber Richard wird das nicht zulassen«, sagte Luisa.

Der Frachter war ein Stückchen weitergekommen. Luisa sah ihm nachdenklich hinterher.

»Du wirst dich entscheiden müssen«, erwiderte Mary. »Bald.« Sie sah zum Himmel, wo ein lautes Rufen erklang. »Die Kraniche kommen. Der Nachmittag nimmt seinen Lauf, der Abend ist nicht mehr fern.« Sie lächelte.

»Wann sehe ich dich wieder, Mary?«, fragte Luisa.

Die alte Dame sah sie versonnen an. »Morgen. Vielleicht übermorgen. Es hängt davon ab.«

Längst fragte sie nicht mehr, wovon es abhängen würde. »Besuchst du mich zur blauen Stunde?«

»Oder wann anders. Welchen Tag haben wir heute?«

»Sonntag«, antwortete Luisa. »Wieso? Ist dein Urlaub zu Ende? Kannst du nicht noch ein paar Tage bleiben? Du kannst bei mir wohnen, wenn du möchtest.« Sie sagte das spontan, aber als sie es ausgesprochen hatte, fragte sie sich, warum sie das nicht schon früher vorgeschlagen hatte.

Mary sah sie überrascht an. »Nein, das möchte ich auf keinen Fall. Ich lebe dort, wo ich bin, sehr gut. Noch fünf Tage bleibe ich. Dann ist Äquinoktium.« Sie sagte es leise, wie zu sich selbst, und hielt dann Luisas Hand fest. »Dir bleibt nicht mehr viel Zeit, Luisa«, flüsterte sie.

»Wozu denn, Mary?«

Aber auch das wollte sie anscheinend nicht näher erklären. Sie sah den Strand hinunter. Zwei Gestalten kamen auf sie zu.

»Ich muss los, Luisa.«

Abrupt ließ Mary ihre Hand los, drehte sich um und strebte hastig dem Übergang zu.

»Warte doch«, rief Luisa und eilte ihr hinterher.

Überraschend schnell und leichtfüßig lief Mary, fast als flöge sie.

Sie hatte schon den halben Holzpfad hinter sich gebracht, als Luisa ihn erst erreichte, und bevor sie das eigensinnige Schloss ihres Fahrrads aufgeschlossen hatte, mit klammen Fingern, war Mary bereits in Richtung Deich verschwunden. Luisa schwang sich auf das Rad. Am Deich schaute sie in die Richtung, die Mary eingeschlagen hatte, aber sie sah sie nicht mehr. Eine Frau mit einem störrischen Dackel marschierte an ihr vorbei.

»Entschuldigung, haben Sie eine alte Dame in einem hellen Sommermantel gesehen?«

»Nein. Bestimmt nicht. Ich bin niemandem begegnet. Außer Ihnen jetzt.«

Und auch das nicht gern, drückte die Mimik der Spaziergängerin aus. Dann zerrte sie ihren mürrischen Dackel auch schon weiter.

Kopfschüttelnd stellte Luisa kurz darauf das Fahrrad hinter dem Haus ab. Sofort griff sie nach ihrem Handy und gab »Äquinoktium« ein. Während die Seite aufgerufen wurde, setzte sie sich in den Strandkorb.

Tagundnachtgleiche las sie. Damit bezeichnete man je einen Tag im Frühling und im Herbst, der genauso lang war wie die Nacht. Genauer gesagt war es der Zeitpunkt, an dem die Sonne den Himmelsäquator passierte. Die Tage lagen um den 21. März und um den 22. September herum. Bald würde die Nacht also länger als der Tag sein. Fast wie die blaue Stunde, dachte Luisa. Nur in einem größeren Maßstab der Zeit.

Bis zum Äquinoktium blieb Mary. Aber was hatte sie gemeint, als sie sagte, ihr bliebe nicht mehr viel Zeit?

Die zwei Wochen, die sie mit Richard ausgehandelt hatte, waren ja noch nicht rum.

Diese alte Dame war wirklich mysteriös. Vielleicht war sie auch ein bisschen verwirrt, nicht mehr ganz klar. Oder sie verklärte Dinge, die in der Vergangenheit lagen. Obwohl ... Wenn sie von ihrem Leben erzählte, von früher, von ihrer Ehe, dann kam sie Luisa kein bisschen verwirrt vor.

Sie musste Mary unbedingt fragen, welche Bedeutung für sie das Äquinoktium hatte. Sicher verband sie es mit einer der vielen Geschichten, die ihr Leben geprägt hatten.

Unvermittelt überlegte Luisa, zu Jan zu radeln. Aber nein, das war distanzlos. Die Erinnerung an ihren kleinen Tanz in der Küche erfüllte sie mit einer Unruhe, der sie nicht auf den Grund gehen wollte. Sicher, sie waren beschwipst gewesen. Aber das war nicht Erklärung genug.

Sie checkte noch, ob Richard ihr eine Nachricht geschickt hatte – hatte er nicht – oder ob sich gar Emilia gemeldet hatte, dass sie gut in Hamburg angekommen waren. Natürlich nicht. Schließlich steckte sie das Handy zurück in die Jackentasche.

Als sie die Tür aufschloss, sah sie, dass ein zusammengefalteter Zettel im Briefkasten klemmte. Werbung? Am Sonntagmorgen?

Sie zog ihn heraus und faltete ihn auseinander.

In einer ihr unbekannten Handschrift stand darauf:

Luisa, ich möchte heute Abend gern für dich kochen. Revanche für gestern. Sagen wir um sieben bei mir? Bitte, ruf nicht an, um zu sagen, dass du keine Zeit oder keine Lust hast. Ich erwarte dich! Jan

Darunter stand eine Handynummer, daneben war ein Kranich mit leicht angehobenen Schwingen gezeichnet, der sie anblickte. Irgendwie erwartungsvoll sah er aus, neugierig, ein bisschen frech, ganz natürlich. Wie sein Zeichner.

Sorgfältig legte Luisa den Zettel wieder zusammen und ging lächelnd ins Haus. Offenbar war sie nicht die Einzige, der der kleine Tanz unter die Haut gegangen war.

18. Kapitel

Sie legte sich hin und schlief sofort tief und fest ein.

Als sie zum zweiten Mal an diesem Tag erwachte, war es später Nachmittag. Luisa räkelte sich, sie fühlte sich erstaunlich gut. Der Kater war zum Glück überwunden. Irgendwo in den Dünen der Halbinsel abgetaucht und hoffentlich auf dem Weg nach Schweden.

Ein Blick aus dem Fenster sagte ihr, dass die Sonne es an diesem Tag nicht geschafft hatte, die Regenwolken zu durchdringen. Es war noch düsterer draußen als am Morgen – richtiges Herbstwetter.

Sie beschloss, ein Bad zu nehmen. Eine gute Stunde Zeit hatte sie noch, um sich fertig zu machen für … was eigentlich? Für eine Rechtfertigung gegenüber Jan, was sie am Abend zuvor gesagt hatte? Für einen privaten Kranichinfoabend? Vielleicht hatte er ja noch mehr Leute eingeladen. Für ein … Date? Dann hatte er sicher nicht mehr Leute eingeladen.

Irgendwann stand sie vor dem Kleiderschrank. Sie entschied sich für ihre weißen Jeans, den schwarzen Wollpullover. Die Haare flocht sie zu einem losen Zopf, dazu passten gut ihre kleinen Perlenstecker. Oder war das schon zu schick? Luisa beschloss, dass es nicht zu schick war, und schminkte sich … ein bisschen.

Zufrieden mit dem Ergebnis überlegte sie, ob sie

Richard anrufen sollte. Er wusste noch gar nichts über ihren Streit mit Emilia, aber ihm zu erklären, was vorgefallen war, würde ihr schwerfallen. Sie hält dich für einen Idioten, Richard, weil du ihre Tochter ablehnst, konnte sie ja schlecht sagen. Und schon gar nicht wollte sie ihm erzählen, dass sie bei Jan zum Essen eingeladen war. Apropos ... Wollte Richard nicht schon am Freitagabend noch einmal angerufen haben, nachdem sie durch einen geschäftlichen Anruf unterbrochen worden waren?

Wenn er sich nicht meldet, muss ich das auch nicht tun, beschwichtigte Luisa ihr schlechtes Gewissen. Wer weiß, was er gerade macht. Wahrscheinlich amüsiert er sich bestens mit seinen Freunden.

Draußen dämmerte es schon, als sie nach einer Flasche Rotwein griff, sich eine der wärmeren Jacken überzog, die an der Garderobe hingen, und das Haus verließ.

Der Zug der Kraniche zurück zu ihren Schlafplätzen war noch längst nicht vorbei, und mit jedem Meter, den sie dem Boddendeich entgegen radelte, wurde es lauter. In V-Formation näherten sich die Vögel vom Festland her. Deutlich hoben sie sich vor dem Abendhimmel ab, der in Orange, Magentarot und Violett leuchtete, während auf der Erde die Grenzen zwischen Ried, Weg, Deich und Wiesen in Tintendunkel verschwammen.

Würde man das malen, wäre es kitschig, dachte Luisa. Aber die Natur konnte nicht kitschig sein, weil keine menschliche Emotion sie färbte, und wie der Betrachter sie empfand, war ihr egal. Sie wollte nicht beeinflussen, spekulierte nicht auf Wirksamkeit. Sie *war* einfach.

Luisa verfolgte vom Fahrrad aus eine große Kranichschar, und auf einmal verstand sie, warum man diese Vögel auch Himmelsboten nannte. Sie kannten ihre Pfade in der Luft, und ganz sicher konnte man ihnen auf ihrem Weg in Richtung Himmel auch etwas mitgeben. Erinnerungen an Verstorbene, Wünsche für Menschen, deren Seelen noch darauf warteten, geboren zu werden.

Sie bedauerte zutiefst, dass sie das Fernglas nicht dabeihatte, als sie anhielt, um die Scharen besser beobachten zu können. Zunächst sah man sie als kleine Pünktchen in der Ferne, dann als auf und ab wippende Schnüre und Linien wie ein sich ständig veränderndes grafisches Himmelsmuster, bis sie schließlich als schreiende und rufende Schwärme einflogen, die tiefer schwebten, je näher sie ihrem Schlafplatz kamen, um schließlich zur Erde zu taumeln.

Es schien kein Ende zu nehmen, es waren noch mehr als zwei Tage zuvor, viel mehr.

Luisa musste sich von dem Anblick lösen und weiterfahren, wenn sie halbwegs pünktlich bei Jan sein wollte. Andererseits – wenn Jan kein Verständnis für eine durch Kranichbeobachtung erfolgte Verspätung hatte, wer dann?

Kurz nach sieben stand sie vor dem Gartentor des Hauses, das sie schon kannte. Sie wollte es öffnen, aber es war abgeschlossen. Hinter dem Fenster mit den altmodischen Gardinen brannte allerdings Licht. Zögernd drückte sie den Klingelknopf, und einen Moment später wurde die Haustür aufgerissen. Eine kleine, rundliche Frau trat heraus und spähte in ihre Richtung.

»Hallo? Wer ist da? Wollen Sie zu uns?«, fragte sie.

»Eigentlich möchte ich zu Jan Sommerfeldt«, rief Luisa.

Die Frau verschwand wieder, und Luisa befürchtete schon, dass ihr Abend mit Jan ein vorzeitiges Ende finden würde, da trat sie jedoch aus dem Haus und eilte zum Tor.

»Entschuldigung, Entschuldigung«, rief sie und schloss schnaufend das Gartentor auf. Aus der Nähe wirkte sie nicht ganz so rundlich – sie trug nur einen weiten Wollpullover. Die glatten grauen Haare hatte sie hinters Ohr gestrichen. Luisa fand, dass sie asiatisch aussah. Auf jeden Fall erkannte sie, dass es die Frau war, die Jan zusammen mit einem älteren Mann am Bahnhof in Barth abgeholt hatte. »Ich bin Gabriele Sönken, ich wusste nicht, dass Jan heute noch Besuch erwartet, deshalb habe ich vorhin zugeschlossen. Es wird jetzt schon so früh dunkel. Normalerweise hätten Sie einfach nach hinten durchgehen können …«

Sie stutzte, ihr Blick blieb an Luisas Gesicht hängen. Erstaunt hielt sie die Hand vor den Mund. »Mein Gott! Sie erinnern mich an eine alte Freundin, die schon vor langer Zeit verstorben ist. Elise Mewelt hieß sie! Sie haben große Ähnlichkeit mit ihr – dieselben rotblonden Locken, dieselben blauen Augen. Dasselbe schmale Gesicht. Sind Sie mit Elise verwandt?«

»Ich bin Luisa Mewelt. Sie kannten meine Großmutter, Frau Sönken?«

Gabriele Sönken nickte enthusiastisch. »Ach, nennen Sie mich doch Gabriele. Und ja, ich kannte sie sehr gut. Wir haben viel miteinander unternommen. Nach ihrem Tod haben mein Mann und ich uns gelegentlich um Max gekümmert.« Luisa strich sich eine Strähne aus dem Gesicht, und die ältere Frau lächelte. »Selbst in Ihren Bewegungen erinnern Sie mich an Elise. Max hat gelegentlich von Ihnen erzählt. Sie sind die Schwester von Emilia, richtig? Emilia kennen wir, aber Sie … Wir haben uns wohl noch nie gesehen in all den Jahren.« Sie schüttelte den Kopf, als wäre sie erstaunt darüber. »Kommen Sie, ich bringe Sie zu Jan.« Luisa folgte ihr und hörte sie murmeln. »Diese Ähnlichkeit mit Elise, unglaublich …« Und dann standen sie vor einem Eisenbahnwaggon, der auf Schienen stand. Natürlich dienten die Schienen nur dem Zweck, dass er sicher stand, nicht dazu, dass der Waggon irgendwohin fuhr. Das fliegende Klassenzimmer, dachte Luisa. Lebte da nicht auch jemand in einem Eisenbahnwaggon? Gabriele klopfte. »Jan, du hast Besuch.«

Die Tür wurde aufgestoßen. Eine Dampfwolke, die würzig duftete, wehte in die kühle Luft hinaus – Zimt, Chili, Anis – und inmitten der Wolke stand Jan. Er war barfuß, trug nur ein enges schwarzes kurzärmliges T-Shirt zu dunklen Jeans. Das Tattoo an seinem Oberarm war deutlich sichtbar – tatsächlich eine Vogelschwinge, wie Luisa nun erkannte. Wahrscheinlich die eines Kranichs.

In der Hand hielt er einen Kochlöffel, in den Hosenbund hatte er sich ein rot-weißes Küchenhandtuch gesteckt. Ausgesprochen vergnügt sah er aus, ungekämmt und unrasiert, irgendwie verwegen.

Luisa atmete tief den warmen, aromatischen Duft ein. Wie einladend … Sie musste plötzlich an Indien denken, wieder ein Ort, dem Richard ungläubige Ablehnung entgegenbrachte.

»Oh, Gabriele, danke. Hallo, Luisa, du kommst zur blauen Stunde – das hast du mit den Kranichen gemein.«

»Luisa, Sie Glückliche! Er kocht für Sie! Wir haben das Vergnügen immer, bevor Jan wieder abfährt.« Gabriele klang schwärmerisch.

»Du übertreibst.« Jan winkte mit dem Kochlöffel ab.

»Tu ich nicht. Dann viel Spaß und guten Appetit! Und wenn Sie mal wieder mit Ihrer Schwester sprechen …« Wohl eher nicht, dachte Luisa und warf Jan einen flüchtigen Blick zu, den er nicht erwiderte, »… grüßen Sie sie herzlich von mir! Ich wünsche euch einen schönen Abend.«

Winkend ging Gabriele zurück zu ihrem Haus. Da erst fiel Luisa ein, dass sie sie nach Mary hätte fragen können. Sie kannte sicherlich viele Zingster von früher.

Jan reichte Luisa die Hand, und sie sprang hoch, direkt in einen kleinen, warm erleuchteten Raum, tauchte ganz in den himmlischen Duft ein. Sie hörte leise Jazzmusik.

»Hallo, Jan. Vielen Dank für die Einladung! Das war eine schöne Überraschung.« Sie reichte ihm den Wein. »Ich fürchte, es ist schon wieder Montepulciano.«

»Oh, kauf nur, was dir schmeckt. Hoffentlich kam die Einladung nicht zu überraschend. Aber nach dem gestrigen Abend wollte ich nicht lange warten, bis ich dich wiedersehe«, erwiderte er gelassen. »Magst du deine Jacke ablegen?« Er wies auf eine improvisierte Garderobe neben der Tür. »Ich bin gerade in der heißen Kochphase. Bin gleich bei dir.«

Luisa schlüpfte aus der Jacke und hängte sie auf. Neugierig sah sie sich um.

So wohnte der Kranichranger also. In einem alten Waggon, sodass er sich fühlen konnte, als ob er auf einer seiner Exkursionen war, selbst wenn er sich an einem festen Ort befand. Unkonventionell, beengt, aber auch charmant. Im hinteren Ende des Waggons war ein breites Bett eingebaut, auf dem eine bunte Ethnodecke lag. Vielleicht vom Blauen Nil mitgebracht? Darüber hing ein Regal voller Bücher, von denen viele recht zerlesen aussahen. Es reichte bis zur Waggondecke. Auch das Radio, aus dem die Musik erklang, stand darin. Es war holzfurniert und hatte silberne Drehknöpfe. Sicher eine kleine Antiquität.

Von einem der Regalbretter strahlte das Licht einer Leselampe herunter. Der Schein fiel auf ein Buch, das aufgeschlagen und mit dem Rücken nach oben da lag, als hätte Jan bis zum allerletzten Moment gelesen, bevor er mit dem Kochen begonnen hatte.

Sie warf einen Blick auf den Titel, verrenkte sich fast den Hals, weil er auf dem Kopf stand, sie das Buch aber nicht umdrehen wollte.

»Richard Powers. *Das Echo der Erinnerung*«, erklang Jans Stimme hinter ihr. »Faszinierend. Er thematisiert den Zug der Kanadakraniche durch Nebraska in Richtung Alaska. Die Kraniche stehen für etwas Unverfälschtes, Archaisches, das allmählich durch den Menschen in Gefahr gerät, weil er in die Umwelt eingreift. So ähnlich, wie ich es in Afrika erlebt habe. Parallel geht es um die neurologische Erkrankung eines Mannes nach einem Unfall. Er glaubt, dass die Menschen, die ihn umgeben, allesamt Doppelgänger sind. Eine unheimliche Vorstellung.«

Luisa wandte sich um, aber er rührte schon wieder in einem Topf. Sie fragte sich, ob er sie die ganze Zeit beobachtet hatte.

In diesem Moment brummte ihr Handy. Eine SMS von Richard. *Bin zu Hause, nachher* Tatort. *Ruf mal an. Hab Sehnsucht.*

Sie tickerte schnell zurück: *Bin unterwegs. Melde mich später, Küsse* und drückte auf Senden. Dann steckte sie das Handy in ihre Jackentasche zurück und schaute sich weiter um.

Unter dem Fenster stand ein kleiner Schreibtisch mit einem edlen Computer, der von zwei bedrohlich hohen Papierstapeln flankiert wurde. Wozu diente das Papier wohl? Faltete er damit Papierkraniche? Wohl kaum. Die Blätter waren allesamt beschrieben, das sah sie jetzt.

Im Anschluss daran befand sich die offene Miniküche, in der Jan mit dem Rücken zu ihr werkelte. Auf der anderen Seite des Waggons stand ein Tisch mit einer alten weißgrauen Marmorplatte, an dem gemütlich zwei Leute, zur Not auch vier sitzen konnten. Jan hatte bereits gedeckt: weißes Geschirr, dunkelblaue Servietten, Gläser. Eine Tür führte in einen weiteren Raum, vermutlich das Bad.

Das war's. Sie hatte alles gesehen.

Bis auf die Fotos an den Wänden.

»So, jetzt bin ich erst mal fertig. Das kann noch einen Moment vor sich hinschmurgeln.« Jan wischte sich die Hände an dem Küchenhandtuch ab, dann griff er nach einer Flasche Rotwein, die auf dem kleinen Küchentresen stand. Er entkorkte die Flasche, schenkte zwei Gläser ein, reichte eins Luisa und stieß mit seinem ganz re in seiner Schar waren hellgrau, hatten die typischen schiefergrauen Hand- und Armschwingen, eine dunkle Halszeichnung und ebenfalls dunkle Schwanzfedern. Doch dieser Vogel passte nicht ins Bild. Er war schwarz.

»Es ist mir ein Rätsel. Ich hab das Foto letzte Woche aufgenommen, und ich versteh's nicht. Es kann eigentlich nicht sein. Gelegentlich kommt es vor, dass ein Kranich heller oder dunkler ist. Aber rein schwarz? Nein.« Jan schüttelte den Kopf, kniff die Augen zusammen.

»Gibt es keine schwarzen Kraniche?«

»Doch. Der Schwarzhals-Kronenkranich ist sehr dunkel, aber er hat auch eine weiße Zeichnung an den Flügelseiten und eine büschelförmige Federkrone. Und er kommt nur in Afrika vor.«

»Kann es nicht ein ungewöhnlich dunkler Kronenkranich sein, der vom Weg abgekommen ist?«

»Dann ist er aber weit vom Weg abgekommen. Die Silhouette von dem hier sieht auch genau aus wie die des Eurasischen Kranichs. Seit ich ihn das erste Mal gesehen habe, halte ich nach ihm Ausschau. Wenn er hier zwischengelandet ist, werde ich ihn früher oder später entdecken. Ein paar Wochen bleiben sie ja normalerweise.«

»Wohin ziehen die afrikanischen Kronenkraniche denn?«

»Es sind keine Zugvögel. Nur wenn sie nichts zu fressen finden, wechseln sie das Gebiet in sogenannten Fressgemeinschaften. Aber sie fliegen nie sehr weit. Apropos Fressgemeinschaft. Das Essen ist fertig.« Jan ging zum Herd. »Setz dich! Mach's dir bequem!«

Luisa lachte. »Moment!«, sagte sie dann, holte ihr Handy wieder aus der Jackentasche und fotografierte die Aufnahme mit dem schwarzen Kranich ab. Sie wollte sich das Foto später noch mal genau anschauen.

Dann nahm sie am Tisch Platz, schenkte ihnen beiden Wasser ein, während sie beobachtete, wie Jan eine Auflaufform aus dem Backofen nahm. Er stellte sie auf den Tisch, es dampfte appetitlich.

»Der erste Gang. Gebackene Kürbis-Wedges mit Zitronendip.« Jan holte noch schnell ein blaues Schälchen von der Anrichte. »Eine Milchallergie hast du hoffentlich nicht?«

Luisa lachte wieder und dachte an ihren erhitzten Schlagabtausch im Zug. »Nein, auch das nicht. Das sieht köstlich aus!«

»Guten Appetit, nimm dir.«

Luisa nahm sich zwei Kürbisschnitze, dazu einen Löffel Zitronendip. Sie kostete, kaute, schluckte und spürte dem Geschmack nach. »Oh, ist das lecker! Wie hast du das gemacht?«

»Ich hab einen Hokkaido-Kürbis in Scheiben geschnitten, mit weicher Honigbutter bestrichen, Fleur de Sel und frischen Pfeffer draufgebröselt und vierzig Minuten gebacken. Dann ist er innen schön mürbe und außen ein bisschen kross. Die kleinen Krümel hier ...«, Jan zeigte mit der Gabel auf ein Kürbisstück, »... das sind Lavendelblüten. Gabriele hat Lavendel im Garten. Und den Dip mache ich mit abgeriebener Zitronenschale, nicht nur mit Zitronensaft. Wenn es geht, nimm Crème double. Man braucht ja nicht einen ganzen Becher, aber der Geschmack ist einfach besser.« Er langte zu, während sie ihn stumm anschaute. »Was ist? Fehlt was? Brauchst du noch etwas Meersalz?«

Sie schüttelte den Kopf. »Nein. Es ist perfekt. Aber du klingst wie ein Profikoch!«

Er machte sich über ein weiteres Stück her. »Ich esse gern. Und warum sollte ich etwas Simples essen, wenn es was Besonderes sein kann? Ich bin gern kreativ. Das macht mir einfach Spaß. Es ist kein Wunderwerk, aber ich habe Respekt vor den Zutaten. Dass das, was herkömmlich nicht unbedingt zusammenpasst, in Verbindung etwas Wunderbares ergibt. Möchtest du nachnehmen?«

»Du hast gesagt, es ist der erste Gang. Dann hör ich lieber auf.«

Er nickte und aß weiter. »Auf meinen Reisen komme ich manchmal ein bisschen zu kurz. Aber ich bringe gern Rezepte mit.«

»Bist du viel unterwegs?«

»In letzter Zeit schon. Bald nicht mehr.« Er legte die Gabel beiseite. »Bereit für den zweiten Gang?«

Sie nickte. Jan räumte die Teller weg, dann stellte er zwei kleine Schüsseln und eine etwas größere auf den Tisch. »Das ist Rote-Bete-Salat mit Schafskäse, gerösteten Pinienkernen und Basilikum. Den gibt es dazu.«

Meine Güte, der Mann fuhr ja alles auf. »Wozu denn?«

»Moment, Moment ...« Der Topfdeckel klapperte. »Zu dieser Fischcurrysuppe. Keine Angst, das ist nicht alles Sahne. Ich habe sie mit Kokosmilch gemacht.« Er setzte sich wieder, legte ihnen auf, nahm einen ersten Löffel voll. »Hm. Ist gut geworden. Mit Sternanis und Zitronengras. Magst du Sternanis?«

»Vermutlich ...«

Luisa begann zu essen, hingerissen von dem Feuerwerk der unterschiedlichen Nuancen, die sie herausschmeckte. Sie hatte noch nie einen Mann kennengelernt, der so gut kochen konnte. Der sich so viele Gedanken darum machte. Richard ging sehr häufig essen, er legte keinen Wert darauf, zu Hause gut zu kochen – trotz der vielen Küchenmaschinen. Er wollte mitreden können, welche Restaurants gerade angesagt waren. Und dann war da natürlich sein leidiges Schlankheitsbild, an dem sie sich messen musste, was ihr das Kochen nicht gerade erleichterte.

»Für mich ist Kochen und Essen etwas Lustvolles. Wenn ich es mit jemandem teilen kann, umso schöner«, unterbrach Jan ihr Schweigen, als hätte er ihre Gedanken gelesen, und sah sie über den Tisch hinweg an. »Etwas, das Menschen verbindet und vereint. Etwas Essenzielles im menschlichen Miteinander. Es zieht sich durch alle Kulturen, die ich kennenlernen durfte.«

Luisa grinste. »Emilias Essen muss ein Schock gewesen sein.«

Er nickte. »Stimmt. Es war nicht genießbar.«

»Sie kann nicht kochen. Konnte es nie. Aber es war ihre Art, sich bei dir für Nikes Rettung zu bedanken.«

»So hab ich es gesehen, auch wenn ich mir ein Brot machen musste, als ich nach Hause kam. Und trotzdem war es ein sehr schöner Abend.« Jan aß schweigend weiter, doch Luisa war sicher, dass er, genau wie sie selbst, an ihren Tanz dachte. »Bis zum Schluss«, fuhr er jetzt fort. »Der war heftig. Es tat mir leid, dass ihr gestritten habt. Wie ging es mit deiner Schwester weiter, wie war die Stimmung zwischen euch heute? Deine Nichten sind übrigens süß. Haben mir beide gut gefallen.«

»Es ging nicht gut weiter. Emilia ist heute in aller Frühe abgefahren. Sie will erst wieder mit mir sprechen, wenn ...«

Nein. Das ging Jan nichts an. Sie senkte rasch den Kopf. Aber nicht rasch genug.

»Luisa, das tut mir leid.« Er hob den Arm, als wollte er sie berühren, vielleicht trösten, zog ihn dann aber wieder zurück.

»Es hat nicht nur etwas mit meiner Schwester zu tun, sondern auch mit Kindern«, sagte sie, immer noch mit gesenktem Kopf. »Ich muss mich entscheiden. Und darin bin ich so entsetzlich schlecht.«

Sie piekte mit der Gabel in eine weiche Rote-Bete-Scheibe, und es war ein bisschen, als ob sich etwas Spitzes in ihr Herz bohrte.

»Weißt du, wie das bei den Kranichen ist?«, fragte Jan vorsichtig.

Sie schüttelte den Kopf, und dieses Mal traute sie sich zu, ihn wieder anzusehen.

»Wenn sie einen Partner gefunden haben, bleiben sie ein Leben lang zusammen. Aber nur unter einer Bedingung: dass sie bereits im ersten Jahr ihres Zusammenseins Nachwuchs bekommen.«

»Und wenn nicht?«

»Dann trennen sie sich und suchen sich einen anderen Partner. Die Natur muss in erster Linie für ihren Fortbestand sorgen. Dem ordnen sich die Tiere unter.«

Luisa schluckte ein Stück Fischfilet herunter,

schmeckte etwas, das wahrscheinlich Sternanis war, nahm noch einen Löffel. »Wir Menschen nicht. Zum Glück nicht, sonst hätten ja Partnerschaften ohne Kinder keinen Bestand.«

»Stimmt. Da ist das humanistische Denken dem Animalischen übergeordnet. Wir sind nicht so absolut. Möchtest du noch etwas Suppe?«

Sie legte den Löffel zur Seite, unsicher wegen der Richtung, die das Gespräch einschlug. »Nein, danke. Ich kann nicht mehr.«

»Ich habe noch einen Nachtisch. Für später, wenn du magst. Aber Luisa … ich … ich muss dich etwas fragen …« Jans Stimme klang auf einmal entschlossener, weniger weich.

»Ja?«

»Es ist so: Ich werde bis Anfang Oktober hier sein, also noch knapp zwei Wochen. Und ich habe ein Projekt übernommen. Ich baue eine weitere Aussichtsplattform. Die Genehmigung zu bekommen war schwierig, weil der Aussichtspunkt im Nationalpark liegt, da sind die Auflagen sehr hoch. Der Bauvorgang darf nur mit leichten Maschinen durchgeführt werden, in Handarbeit, da kann man keinen Bautrupp hinschicken. Das verbieten die Umweltvorschriften.«

Luisa verstand nicht, worauf er hinauswollte. »Hattest du deshalb den Wagen voller Holz?«

»Genau. Es ist schon sehr viel weniger geworden. Hubert und ich haben angefangen zu bauen, aber nun haben wir ein Problem. Er hat so schreckliche Rückenschmerzen, dass er nicht mehr helfen kann.«

Luisa erinnerte sich daran, wie steif der alte Mann gelaufen war, als er Jan vom Bahnhof abgeholt hatte. Dass er überhaupt mitgemacht hatte, war erstaunlich.

»Das tut mir leid für Hubert, unbekannterweise.«

Jan sah sie eindringlich an. »Luisa, ich brauche dringend jemanden, der mir hilft. Es ist keine schwere Arbeit. Ein Großteil ist bereits geschafft, aber es wäre gut, wenn mir jemand Werkzeug anreichen würde, Verbindungsstücke, gelegentlich einen Balken arretieren, wenn ich schraube … So was halt.«

»Es kann doch nicht so schwer sein, jemanden zu finden, der dir stundenweise zur Hand geht«, sagte sie vorsichtig. Langsam dämmerte es ihr. Das Zögern, bis er antwortete, gab ihrer Vermutung recht.

»Doch, das ist es allerdings. Es ist nur ein kleiner Job für ein paar Tage, aber alle Leute, die ich bisher gefragt habe, sind ausgebucht.«

»Und?«

Er holte tief Luft. »Könntest du mir helfen? Du hast Urlaub, ich weiß, und wahrscheinlich musst du dich von deinem Job erholen und hast überhaupt keine Lust, morgens mit klammen Fingern Bretter anzureichen. Ich verstehe wirklich, wenn du Nein sagst, aber ich dachte, ich frage dich wenigstens. Wenn du magst, koche ich jeden Tag für dich …« Er fuhr sich mit der Hand durchs Haar.

»Stopp, Jan.« Luisa hob die Hand, um seinen Wortschwall zu unterbrechen. »Ich habe Lust. Ich helfe dir. Gern sogar.«

»Im Ernst?«

»Ja. Mache ich natürlich nur wegen deiner hervorragenden Kochkünste.« Sie lächelte. »Nein, das stimmt nicht. Eigentlich wollte ich mich um ein paar Skizzen kümmern, mit denen ich mich für eine Ausschreibung bewerben will. Aber ich komme nicht voran. Wenn ich viel zu tun hab, hab ich bessere Ideen. Meine Kreativität wird durch Arbeit gefördert, nicht durch Nichtstun.« Sie zuckte mit den Schultern. »Verstehst du, was ich meine?«

»Ich denke schon. Wenn man viel tut, schafft man noch mehr. Wenn man wenig tut, schafft man das wenige kaum.« Er nahm sich noch eine Portion Fischcurry.

Er weiß, wie ich das meine, dachte sie erleichtert. »Es wird mir guttun, das Arbeiten im Freien. Etwas Grobmotorisches.«

»Wann ist dein Urlaub vorbei?«, wollte Jan wissen.

»Noch ungefähr eine Woche werde ich bleiben, das hab ich zumindest angekündigt.«

»Und dann ... geht es zurück zu deinem Freund?« Die Frage klang nachdrücklich. Luisa nickte.

»Gut, dann könntest du mir vielleicht ein oder zwei Tage helfen. Da schaffen wir einiges. Ich wollte längst fertig sein, aber irgendwie ist in dieser Baustelle der Wurm drin. Ich bin nicht ungeschickt und bestimmt nicht abergläubisch, aber es ist, als ob sich irgendetwas gegen den Fortgang sperren würde.«

Luisa fragte sich, ob das der Grund war, aus dem er sie eingeladen hatte. Das wäre beruhigend. Und enttäuschend zugleich.

Ihr missfielen ihre eigenen Gedanken. Es war höchste Zeit für einen Themenwechsel.

»Also abgemacht. Ich bin dabei.«

Endlich schien auch Jan genug gegessen zu haben. Er

legte das Besteck neben den Teller. »Das ist super. Ich danke dir sehr. Möchtest du noch Nachtisch?«

Sie winkte ab. »Nein, danke. Es war köstlich, aber ich bin total satt. Wo genau baust du denn die Aussichtsplattform?«

Er erklärte es ihr. »In Ostzingst. Ich hol dich morgen früh ab. Sagen wir um neun?«

»Um neun. Gut.« Sie machte Anstalten aufzustehen.

»Gehst du schon?«, fragte er. »Es ist doch noch nicht spät.« Fragend hielt er die Flasche mit dem Rotwein hoch.

Sie schüttelte den Kopf. »Ich bin noch von gestern müde, und wenn ich morgen arbeite, gehe ich lieber früh schlafen.«

Was eine glatte Lüge war. Sie wollte nach Hause. Irgendetwas an diesem Abend behagte ihr nicht.

»Ich bring dich.«

»Ich bin mit dem Fahrrad da.«

»Ich bring dich mit dem Fahrrad nach Hause.«

Schweigend radelten sie durch die Nacht.

Gestern der Tanz, der hat wahrscheinlich am Alkohol gelegen, dachte Luisa, während sie in die Pedale trat. An der Musik. Der Erleichterung, dass es Nike wieder gut geht.

Heute dagegen war es ganz anders mit Jan gewesen. Ein freundschaftliches, wenn auch vorsichtiges Gespräch. Wenig Persönliches. Keine Berührung. Abstand.

Und das war auch gut so.

Als sie am Hafen vorbeikamen, schimmerten die hellen Lichter eines Restaurants durch die Nacht. Im Vorbeifahren konnte Luisa eine Kellnerin mit einem beladenen Tablett zwischen den Tischen entlangeilen sehen.

Sie radelten weiter, und auf einmal fiel Luisa etwas ein. »Jan, was ist deine Definition eines Glücksvogels?«, fragte sie. Kleine Atemwölkchen untermalten die Frage. Es war wirklich kalt geworden.

»Meine Definition? Mich macht es glücklich, Kraniche zu sehen, zu beobachten. Ganz einfach. Aber ich kann dir sagen, warum der Kranich in anderen Kulturen so genannt wird. In Skandinavien, weil mit seinem Kommen der Frühling naht. Endlich ist der kalte Winter zu Ende, das Leben geht weiter! Bei den alten Ägyptern und den Griechen wurde er der Sonne zugeordnet, damit stand er für das Helle, das Fruchtbare. Das, was immer zurückkehrt, hat auch mit der Liebe, mit Leben und Lebensfreude zu tun.«

»Und wenn ein Glücksvogel schwarz ist, macht ihn das zum Unglücksvogel?«

Jan bremste ab, als sich vor ihnen eine große Pfütze zeigte. Der Mond spiegelte sich darin. Luisa konnte sich nicht daran erinnern, sie auf dem Hinweg gesehen zu haben.

»Das will ich nicht hoffen. Aber seine schwarze Färbung macht ihn zu etwas Einmaligem, dem ich auf die Spur kommen möchte.«

Kurz darauf standen sie vor Haus Zugvogel. Als sie abstiegen, musste Luisa an früher denken, wenn ein Junge sie abends nach einer Party nach Hause begleitet hatte. Immer war da auch die Frage des Abschiedskusses gewesen.

Nicht so bei Jan. »Ich bin morgen pünktlich da«, ver-

sprach er. »Danke noch mal, dass du mir helfen willst.«
Er wendete das Rad.

»Gute Nacht. Und danke, du bist ein unglaublicher Koch.«

Nur war der Abend vielleicht ein bisschen zu kurz gewesen. Aber wer weiß, was passiert wäre, wenn ich bis zum Dessert geblieben wäre, dachte Luisa.

Er lächelte. »Danke. Gute Nacht!«

Und weg war er in der Septembernacht.

19. Kapitel

Am nächsten Morgen war Luisa bereits um halb neun fertig.

Sie hatte unruhig geschlafen, nachdem sie längere Zeit mit Richard telefoniert hatte. Er war ausweichend gewesen, und als sie ihm etwas über ihr Wochenende erzählen wollte, hatte er das Thema gewechselt. Als er dann wissen wollte, was sie abends gemacht hatte und wann sie nach Berlin zurückkommen würde, hatte sie das Thema gewechselt.

In Jeans und Fleece stand sie am Küchenfenster, trank ihren zweiten Kaffee und spähte in den Septembermorgen hinaus. Der Himmel war nicht blau, sondern durchgängig hellgrau, aber wenigstens regnete es nicht. Als Jan um Punkt neun vorfuhr, nahm sie ihre Tasche, schlüpfte in Emilias Gummistiefel und verließ das Haus. Sie wollte nicht, dass er hereinkam.

»Guten Morgen«, sagte er und strahlte sie an. »Gut geschlafen?«

»Danke, ja«, erwiderte sie genauso strahlend.

Wer von ihnen log wohl mehr?

»Dann wollen wir mal.« Jan fuhr los. Zehn Minuten später bog er von der Landstraße rechts in einen Feldweg ab. Er fuhr ihn langsam entlang, immer weiter dem Bodden zu, bis er zwischen zwei Trauerweiden endete.

Um die Baumstämme herum lagen trockene Weidenblätter, als wäre es schon viel später im Jahr. »Das Land hier gehört zu den Sundischen Wiesen. Früher war das NVA-Sperrgebiet. Jetzt ist es naturgeschützt«, erklärte er und parkte am Seitenstreifen, der dicht mit ockergelbem Gras bewachsen war. Dahinter lagen die weiten Wiesen, die dem Gebiet den Namen gegeben hatten. »Und dort bauen wir.«

Er zeigte den Weg entlang, der von hier ab nur noch ein Trampelpfad war. Ganz vorn sah Luisa ein Gerüst mit einer kleinen Plattform, verankert in der Erde, aber ansonsten nackt und sparrig, ohne Bretterschutz, um die Beobachter vor Wind und Wetter zu schützen. Daneben lag etwas mit einer großen, dunkelgrünen Plane abgedeckt.

»Wie sollen denn die Kranichbeobachter herkommen? Es gibt doch keinen Fahrradweg und für Autos kaum Parkmöglichkeiten.« Die anderen Aussichtsplattformen, die Luisa entlang dem Bodden gesehen hatte, waren viel zugänglicher.

»Sie sollen gar nicht herkommen. Das wird eine Station ausschließlich für wissenschaftliche Beobachtungen, nicht für die Öffentlichkeit«, erwiderte Jan und holte von der Ladefläche einen blauen Werkzeugkasten. »Kannst du den Akkuschrauber nehmen? Und nachher vielleicht den Akku mit dem anderen auswechseln? Gut. Du musst den Wagen nicht abschließen.«

Er stapfte voraus. Bei jedem Schritt, den er machte, schwappte Wasser aus dem weichen Untergrund an die Oberfläche und hinterließ eine kleine Pfütze. Luisa trat in seine Fußstapfen und gratulierte sich insgeheim zu der Idee, Gummistiefel angezogen zu haben.

»Wir müssen die Plane zusammenlegen«, sagte er und stellte den Werkzeugkoffer auf den Boden. Luisa legte den Schrauber ab, begann an der schweren, feuchten Plane zu zerren, bis sie sie schließlich gemeinsam gefaltet hatten. Darunter lagen verschiedene Hölzer – und eine fertige Treppe. »Die will ich heute anbringen. Dann können wir mit der Einschalung beginnen. Mit ein bisschen Glück sind wir in zwei, drei Tagen fertig.«

»Sag mir einfach, was ich tun soll …«

Die Arbeit ging Jan leicht von der Hand. Während er eine besonders lange Schraube eindrehen wollte, spaltete sich jedoch der Balken, an dem die Treppe montiert werden musste. Er schüttelte den Kopf.

»Genau das meine ich«, schimpfte er. »Das ist nicht die erste Aussichtsplattform, die ich baue, aber bestimmt die störrischste. Eigentlich müsste ich diesen Balken jetzt ersetzen. Das mache ich aber nicht. Es muss auch so halten.« Verbissen schraubte er weiter. Luisa half, so gut sie konnte.

»Ist das nicht gefährlich?«, fragte sie dann. »Kann sich der Riss nicht vergrößern?«

»Nein. Es werden höchstens drei Leute gleichzeitig oben sein, das hält auch ein Balken mit Riss aus. Hast du Hunger? Ich hab was zu essen mitgebracht.«

Luisa lachte. »Warum habe ich damit gerechnet? Klar, ich hab immer Appetit.«

»Im Auto. Der Korb steht auf der Ladefläche.«

Luisa stapfte zum Lieferwagen zurück und holte den Korb. Kurze Zeit später saßen sie nebeneinander auf der zweiten Treppenstufe, mit Blick auf den Bodden.

»Du hast gestern den Nachtisch verpasst«, erklärte Jan und holte eine Porzellanschale heraus. »Ich hab Apple Crumble gemacht, Apfelstückchen mit Zimt, im Ofen gebacken mit einer knusprigen Streuselkruste. Oder möchtest du lieber ein Baguette mit Krabbensalat? Und vielleicht ein kleines Glas Weißwein?«

»Gern von allem ein bisschen«, sagte Luisa. »Das ist einfach phänomenal. Mit dir zu essen ist das Größte.«

»Isst du normalerweise nicht gut?«

»Doch, schon. Aber wir gehen eher essen, und niemand in meinem Umfeld kocht mit so viel ... Liebe.«

Sie griff nach dem Baguette und biss hinein, während Jan ihnen in kleine, robuste Gläser Weißwein einschenkte.

Die Sonne hatte sich durch die Wolken gekämpft, der graue Morgen war zu einem wunderschönen Mittag geworden. »Die Kraniche sind wie immer unterwegs zu ihren Fressplätzen?«

»Die meisten. Sie fliegen bei Sonnenaufgang weg und kommen bei Sonnenuntergang zurück.«

»Bei ihnen ist alles so einfach. Zweimal im Jahr die große Reise, jeden Tag die kleine, und das Ziel ist ihnen genetisch vorgegeben«, sagte Luisa kauend. »Man könnte glatt neidisch werden.«

»Warum?«

»Weil alles vorbestimmt ist. Ich komme mir manchmal vor wie jemand, der losfliegt, zwischenlandet und dann gleich wieder umkehrt, weil er das Ziel vergessen hat.«

»Ein Alzheimer-Kranich?«, schlug er leichthin vor, ohne nachzufragen, was denn ihr Ziel sein könnte.

»So was in dieser Art.« Sie schwiegen, als über ihnen Vogelschreie erklangen.

Jan schaute nach oben und verfolgte die Schar mit Blicken. Sie flog zu hoch, als dass man die Farbe der Tiere ausmachen konnte. »Hier war es. Hier hab ich den schwarzen Kranich gesehen. Er flog in Richtung Westen ... Wollen wir weiterarbeiten?«

»Soll mir recht sein.«

Um halb vier hielten sie vor Haus Zugvogel. »Luisa, möchtest du, dass ich heute wieder für dich koche?«

Sie lachte. »Nein, auf keinen Fall, Jan. Ich finde es großartig, dass du kochst. Aber ich bin noch satt vom Mittagessen. Außerdem kann ich dann in ein paar Tagen nach Berlin rollen. Und ganz ehrlich ... du hast doch bestimmt genug zu tun, ohne immerzu zu kochen.« Sie dachte an die Papierstapel neben seinem Computer.

»Ich lenke mich gern ab«, gab er zu. »Na gut, dann nicht. Morgen um dieselbe Zeit?«

»Perfekt.« Sie stieg aus und winkte ihm hinterher.

Sie spürte, dass sie körperlich gearbeitet hatte, und es fühlte sich gut an. Erst duschte sie, dann setzte sie sich im Jogginganzug mit einer Tasse Tee an den Küchentisch, um an ihren Entwürfen weiterzuarbeiten.

Als sie nach einer Weile hochsah, war die Sonne bereits verschwunden. Kritisch blätterte sie ihre Zeichnungen durch. Das Boddenufer, Gerüste, Wellenlinien in der Luft wie Menschenhände, die etwas Unsichtbares formten ... anders als sonst. Vielleicht war etwas Brauchbares dabei, inspiriert von dem Tag. Sie schrieb das Datum auf das Papier, es war ihr wichtig, es festzuhalten.

Luisa drehte das Radio leise auf und arbeitete weiter.

Der Hunger kam, als es dämmrig wurde. Sie legte den Stift zur Seite, stand auf, inspizierte den Inhalt des Kühlschranks. Kräuterquark, ein paar Kartoffeln – das musste reichen. Es diente lediglich dazu, Hunger zu stillen, war nichts, das nur annähernd mit dem zu vergleichen war, was Jan kochte. Was er ihr serviert hatte, war kreativ, inspirierend.

Luisa kannte Leute, die strikt nach Rezept einkauften und sich wunderten, dass der Gemüsehändler ihnen nicht eine halbe Zitrone verkaufen wollte, wo doch diese Menge angegeben war. So war Jan bestimmt nicht.

Wo er wohl gelernt hat, so hervorragend zu kochen?, fragte sie sich, als sie eine Zwiebel für den Quark schnitt. In seiner Familie? Gehörten bei den Sommerfeldts Küchengespräche zum Alltag, oder hatte er sich das selbst beigebracht? Stand vielleicht eine Freundin dahinter? Dass er nicht »beringt« war, hieß ja nicht, dass er nicht liiert war.

Er wusste, dass sie Richard hatte, sie wusste nicht, ob es jemanden in seinem Leben gab. Sie wusste bisher überhaupt sehr wenig von ihm. Sie konnte ihn natürlich einfach fragen, um ihre Neugier zu befriedigen. Aber was, wenn sie darauf eine ehrliche Antwort bekam?

Luisa goss gerade das dampfende Kartoffelwasser ab, als es an der Tür klingelte.

»Mary!«

Die alte Dame stand vor der Tür. Das einzige Zugeständnis, das sie dem kühleren Wetter gemacht hatte, war ein großes dunkles Tuch, das sie sich über den Sommermantel geworfen hatte. Er ließ ihre hellen Augen leuchten, das weiße Haar wirkte noch silbriger, aber zugleich sah sie noch schmaler aus unter der schwarzen Kaschmirwolke.

»Störe ich?«, fragte sie.

»Nein, natürlich nicht, komm herein!« Luisa schaute an Marys schmalen Schultern vorbei. Die Sonne war untergegangen, die blaue Stunde begann.

»Ich habe mir gerade etwas zu essen gemacht, möchtest du auch etwas?« Luisa ging voraus in die Küche.

Mary nahm das Tuch ab, legte es sorgfältig über die Lehne eines Stuhls und setzte sich dann an den Tisch. »Nein danke, bestimmt nicht.«

Luisa nickte. Sie hatte im Grunde nichts anderes erwartet. Mary schien nie etwas zu essen.

Sie pellte einige Kartoffeln, legte sie auf den Teller und gab zwei ordentliche Löffel Quark dazu. »Vielleicht einen Tee?«

»Nein danke, auch das nicht.«

Luisa setzte sich und fing an zu essen. »Du isst wenig, Mary, oder? Du bist so zart.«

»Früher war das anders. Da hatte ich auch einen gesegneten Appetit. Aber dann …« Sie zögerte, als suchte sich nach Worten. »Es hatte was mit meiner Ehe zu tun.«

»Was denn?« Luisa sah sie interessiert an. Es wäre nicht das erste Mal, dass sie etwas, das Mary sagte, direkt auf sich beziehen konnte.

»Mein Mann hatte bestimmte Vorstellungen, wie eine attraktive Frau zu sein hat.«

»Und wie?«

»Er mochte sehr dünne Frauen. Weibliche Formen waren ihm … unheimlich. Ich dachte manchmal, dass er sich davon bedroht fühlte. Frauen, die zerbrechlich aussehen, müssen beschützt werden.«

»Wie alt warst du, als du geheiratet hast?«, fragte Luisa und versuchte das unruhige Gefühl zu unterdrücken, das sie beschlich.

»In den Dreißigern«, antwortete Mary. »Vor der Ehe war ich unbeschwert, habe gern und gut gegessen. Aber ich habe mich gefügt. Nicht gleich, bestimmt nicht gleich. Doch es war leichter, ihm zu gefallen, als die Konfrontation zu suchen. Weniger schmerzhaft.«

»Wieso schmerzhaft?«, fragte Luisa. Das klang schrecklich. Als ob Mary geschlagen worden wäre, wenn sie mehr gegessen hatte.

Mary verzog das Gesicht. »Weil er sonst fremdgegangen ist. Versteh mich richtig, er hätte mich nicht wegen ein paar Kilo zu viel verlassen. Aber es hatte Demütigungen zur Folge. Und wie das so ist, beim ersten Mal glaubt man an einen einmaligen Vorfall. Beim zweiten Mal fragt man sich, ob das wirklich Zufall sein kann. Und dann überlegt man, was man dagegen machen kann. Ich habe seinetwegen aufgehört zu essen. Eigentlich sehr fantasielos, nicht wahr? Sehr angepasst.« Sie schüttelte den Kopf, als ob sie sich im Nachhinein über sich selbst wunderte.

»Hat es denn etwas genützt?«, fragte Luisa.

»Ich weiß ja nicht, wie es geworden wäre, wenn ich nicht so schlank gewesen wäre«, erwiderte Mary. »Sagen wir mal, es hielt sich alles in Grenzen. Die Treue, aber auch die Verletzung. Ich habe damit gelebt.«

»Mary, keine Frau sollte sich kasteien, damit der Mann nicht fremdgeht! Ich glaube, wenn ich so einen Mann hätte, ich würde ihn verlassen!«

»Das würdest du nicht, Luisa. Glaub mir, du würdest bei ihm bleiben. Da bin ich mir ganz sicher.« Mary lächelte.

Luisa bezweifelte es. »Aber als dein Mann starb, da musstest du doch keine Rücksicht mehr nehmen.«

»Wenn man fast fünfzig Jahre um Essen einen Bogen macht und jede Kalorie zählt, wird man als sehr alte Frau nicht mehr mit den lustvollen Gaumenfreuden anfangen. Das ist dann zu spät. Ich habe mir abgewöhnt, genussvoll zu essen.«

»Lustvolle Gaumenfreuden …« Luisa seufzte. »Ich war gestern bei Jan. Er hat für mich gekocht. Er ist ein fantastischer Koch. Kulinarisch zu essen ist Teil seines Lebens.«

»Ah, du warst bei ihm. Wie schön. Ja, er kocht sehr gut, heißt es. Er ist wahrscheinlich niemand, der eine Frau betrügt, weil er sie zu dick findet«, antwortete Mary und schaute auf die letzte Kartoffel, die noch auf Luisas Teller lag.

Luisa lachte. »Das weiß ich nicht! Aber so, wie er mich angesehen hat, hat er vielleicht einfach eine andere Definition von ›dick‹, als zum Beispiel dein Mann sie gehabt hat.«

Mary sah sie an, wieder mit diesem Ausdruck in den Augen, der Luisa so vertraut war. »Du bist perfekt, wie du bist, Luisa. Du solltest kein Gramm abnehmen.«

»So ähnlich hat Jan das auch gesagt. Nicht dass das maßgeblich für mich wäre, aber ich fand es schön, das von ihm zu hören«, gab sie zu. »Es tat gut. Ich hab mich bei ihm wohlgefühlt. Auch wenn er mich vermutlich nur eingeladen hat, damit ich ihm beim Bau seiner Aussichtsplattform helfe.«

»Es wäre nicht sehr weise von ihm zu gestehen, dass er dich aus einem anderen Grund eingeladen hat, oder?« Mary lächelte. »Er weiß doch, dass du einen Freund hast?«

Luisa winkte ab. »Ja, das weiß er. Es ist kein Thema zwischen uns. Die Baustelle ist dagegen schon ein Thema. Und die Kraniche sind es sowieso. Es ist faszinierend, was er alles über sie weiß. Oh, und sieh dir nur dieses Foto an, Mary!« Sie kramte ihr Handy heraus. »Kannst du das erkennen?« Sie vergrößerte das Display. »Jan hat einen schwarzen Kranich entdeckt. Er will unbedingt wissen, wie das sein kann. Es gibt eigentlich keine schwarzen Kraniche in unserer Region.« Sie reichte Mary das Handy, erwartete, dass sie danach griff, um sich das Foto näher anzusehen, doch sie war wie versteinert. Mit weit aufgerissenen Augen starrte sie Luisa an. Das Handy fiel herunter, drehte sich einmal um sich selbst und blieb dann mit dem Display nach unten liegen. »Mary? Was ist los?«, fragte Luisa besorgt und bückte sich, um das Handy aufzuheben.

»Der schwarze Kranich, der Unglücksvogel, die Baustelle ...«, flüsterte Mary.

»Ja«, bestätigte Luisa. »Was ist damit?«

Mary stand abrupt auf. »Du musst aufpassen, Luisa. Bitte, versprich mir, dass du aufpasst.«

Luisa verstand nicht, wovon die alte Dame sprach. »Worauf soll ich aufpassen, Mary? Was sollen diese Andeutungen? Du tust so, als ob du etwas wüsstest, das du mir nicht sagen willst!«

»Auf dich musst du aufpassen, Luisa! Auf dein Leben. Auf die Zeit. Sie läuft. Oh, sie läuft unerbittlich ab.«

Mary schauderte und griff nach ihrem Tuch, legte es sich um die Schultern und verließ mit so leichten Schritten die Küche, als würde sie hinausgeweht. Einen Augenblick später schloss sich die Haustür hinter ihr.

Luisa saß regungslos da in der Hoffnung, dass ihr viel zu schnell klopfendes Herz sich bald beruhigte. Marys unerklärliches Verhalten erfüllte sie erneut mit Unbehagen. Dieses Mal grenzte es an Angst. Sie wünschte, die alte Dame hätte ihre Befürchtungen konkreter geäußert.

Auf der anderen Seite ... Vielleicht erwartete sie zu viel, vielleicht interpretierte sie zu viel in diese vage Vertrautheit, die sie stets in Marys Gegenwart spürte. Vielleicht war Mary nur eine verwirrte alte Frau, die schon immer in Zingst gelebt hatte und die sie auf unbestimmte Weise an ihre Großmutter erinnerte.

Vielleicht war Mary ja mit Gabriele Sönken befreundet?

Ja, das würde einiges erklären. Den Umstand, dass sie so viel über Jan wusste, zum Beispiel, obwohl er sich nicht an sie erinnerte. Sogar dass er sehr gut kochte, hatte sie vorhin erwähnt.

Luisa beschloss, sich keine Gedanken mehr um Mary zu machen. Sie würde sie auch nicht mehr einladen, wenn sie ihr im Dorf begegnete. Sie ließ sich doch nicht verängstigen!

Resolut stand sie auf und trug den Teller zur Spüle.

20. Kapitel

»Guten Morgen, Luisa! Gut geschlafen?« Jan reichte ihr einen Kaffee in einem Thermobecher, dann fuhr er los.

»Guten Morgen«, antwortete sie, ohne auf seine Frage direkt einzugehen. Sie hatte die halbe Nacht wach gelegen, weil ihr Marys Bemerkung nicht aus dem Kopf gegangen war. Weil ihr das Wort »Unglücksvogel« missfiel.

Sie sah Jan kurz von der Seite an. Als er ihren Blick bemerkte, lächelte er flüchtig, dann blickte er wieder konzentriert auf die Straße.

Er hatte sich rasiert, was er offenbar nur alle paar Tage tat. Nass, wenn sie den kleinen Rest Rasierschaum an seinem Ohr richtig deutete. Spontan wollte sie ihn mit dem Zeigefinger abwischen, verbot sich dann aber diese Intimität und wandte den Blick vorsichtshalber von seinem Profil ab.

Sie schnupperte an dem Kaffee und kostete. Er war mit Milch, genau, wie sie ihn mochte. »Dieser Kaffee ist besonders aromatisch. Wie machst du ihn?«

»Du schmeckst es? Gut! Ich mahle die Bohnen immer frisch. Und dann gebe ich eine Messerspitze Zimt dazu. Aber nur, wenn ich gerade daran denke. Oder wenn ich jemanden beeindrucken will.« Er grinste. »Ich hab mir überlegt, dass ich heute gern damit anfangen würde, die Bretter auf das Dachgerüst zu nageln. Wenn du sie mir anreichen kannst, geht es ganz schnell. Oh, und heute Abend koche ich wieder für dich!«

Luisa stöhnte, wenn auch gespielt. »Bitte etwas Leichtes.«

»Bauarbeiter haben erhöhten Kalorienbedarf. Außerdem hab ich für tagsüber nichts dabei.«

»Und außerdem kochst du gern.«

»Das auch. Und außerdem hab ich schon etwas vorbereitet. Heute Morgen. Sieht lecker aus!«

»Jan, das klingt schrecklich gut. Wann soll ich da sein?«

»Gern um sieben.«

»Und was soll ich mitbringen? Sag nicht nichts.«

»Dann bring einen Sancerre. Der passt zum Essen. Ich glaube, Edeka hat einen.«

So begann ihr zweiter Tag auf der Baustelle.

Während Jan auf das Gestell kletterte, oben zwischen den Dachsparren Halt suchte, die Schachtel mit den Schrauben abstellte und den Akkuschrauber bereit machte, holte Luisa ein Brett nach dem anderen unter der Plane hervor. Die Bretter waren präzise zugeschnitten. Alles ging glatt, nur manchmal, wenn Jan sich vorbeugte, um ein Brett in Empfang zu nehmen, das Luisa ihm hinaufreichte, knackte es ominös im Holzgerüst. Sie ignorierten die Geräusche. Gegen eins waren sie so weit fertig, wie Jan es für den Nachmittag geplant hatte.

Er kletterte vom Dach. »Das ging ja großartig. Ich danke dir!« Er schaute auf die Uhr. »Wenn wir jetzt gleich aufbrechen, hab ich vor meiner Führung noch etwas Zeit.«

Luisa sah sich um. »Was ist denn morgen zu tun? Es sieht schon ziemlich fertig aus.«

»Ich muss ein paar Verbindungen nachziehen, die Abdeckungen vor den Luken befestigen, die Anlage aufräumen. Das kann ich auch allein machen, dann dauert es eben ein bisschen länger.«

»Ich schau mal, wie ich mir den Tag morgen einteile«, sagte Luisa. »Kann ich dir das heute Abend sagen?«

»Klar.« Er deckte das restliche Material mit der Plane zu. »Mir scheint, die Baustelle hat endlich mitbekommen, dass jeder Widerstand zwecklos ist. Wurde auch Zeit.«

»Vielleicht hat sie auf eine weiche Frauenhand gewartet«, schlug Luisa vor.

»Nicht nur die Baustelle«, antwortete Jan sanft, aber in seinen Augen funkelte es.

Luisa verfluchte sich dafür, ihm so eine Vorlage gegeben zu haben. Mit Jan zu flirten war nicht richtig. Denn da war Richard.

Und deshalb wandte sie den Blick rasch ab. Sie tat so, als müsste sie die braune Pappschachtel mit den Schrauben, die inzwischen fast leer war, ganz besonders sicher verstauen.

Als sie losfuhren, hatte sie sich bereits erfolgreich eingeredet, sie hätte sich das Funkeln in seinem Blick nur eingebildet.

Sie hatten Haus Zugvogel fast erreicht, als Jan fragte: »Hast du noch Lust auf einen Spaziergang?«

Luisa hatte vorgehabt zu zeichnen, aber auf der anderen Seite hatte sie noch genügend Zeit. Alles, was sie mitnehmen konnte von dieser Auszeit aus ihrem Leben, war gut.

»Ja«, sagte sie. »Das wäre schön. Wohin denn?«

»Sag ich nicht. Vertrau mir.« Jan gab Gas, und sie sausten an Haus Zugvogel vorbei in Richtung Ahrenshoop.

Luisa lehnte den Kopf gegen die Kopfstütze. Die gleichmäßige Geschwindigkeit, die gelegentlichen Blicke auf die Ostsee zu ihrer Rechten, der alte Rod-Stuart-Song, der leise im Radio lief, lullten sie ein, bis sich ihr Körper an Schlaf zurückholte, was Marys Bemerkung ihr geraubt hatte ...

»Wir sind da.«

Sie zuckte zusammen, als Jan sie leicht am Knie berührte, und sah sich um. »Wo denn?«

»Auf dem Parkplatz vom Darßer Urwald.«

Sie stiegen aus. Luisa reckte sich und sah sich um. Der Lieferwagen war beileibe nicht das einzige Auto, das hier stand. Aber Menschen sah sie nicht – wahrscheinlich waren sie alle in der Gegend unterwegs.

»Ich finde dieses Biotop einfach einmalig«, sagte Jan, als sie den Waldweg entlangschlenderten. »Ein bisschen problematisch ist die Verbreitung des Farns. Er unterdrückt die andere Flora. Aber es ist das Prinzip der Nationalparks, dass die Natur sich selbst überlassen bleibt. Für mich wirkt es, als ob jeden Moment ein Dinosaurier durchs Geäst brechen könnte, so wild und ursprünglich, so gigantisch sehen diese Farne aus.«

Er hatte recht, fand Luisa.

Bäume waren umgestürzt, wurden von Schlingpflanzen bedeckt und allmählich, mithilfe von Mikroorganismen, dem Waldboden gleichgemacht, wo dann neue Samen keimten. Die Farnwedel standen dazwischen wie ein hoher grüner Teppich. Unter ihnen lauerten vermutlich archaische Viecher: Tausendfüßler, Riesenschnecken, Heuschreckenlarven von ungeheurem Ausmaß. Der würzige Duft von Kiefern, Waldboden und Pilzen hing in der Luft, eine leise Ahnung von Verrottung, Verwesung und ewigem Vergehen.

Mit Max war Luisa gelegentlich hier spazieren gewesen. Das war wieder etwas, das sie schon vergessen hatte. Sie und der Großvater waren spontan hierhergefahren, während Emilia am Strand gelegen und gelesen hatte.

Luisa sprang über einen kleinen Bach, der sich über den Weg schlängelte. Kiefernnadeln trieben auf dem moorigen Wasser dahin. »Es hat sich nichts verändert zu früher, wenn ich hier war. Nur dass es noch ein bisschen wilder wirkt.«

»Das ist ja der Plan.«

Der Plan von der Natur. Vom Meer. Der Plan vom Glück, dachte sie. »Bist du oft hier?«

»Du meinst, in den paar Wochen, die ich jedes Jahr in Zingst wegen der Kraniche verbringe? Nein. Nicht wirklich.«

»Und wenn du nicht auf Reisen bist, um Kraniche zu beobachten, wohnst du in Berlin? Ich frag nur, weil du dort in den Zug gestiegen bist.«

»Ich bin gerade im Umbruch«, erklärte er. »Bis jetzt war ich meistens unterwegs im Auftrag eines Instituts in Süddeutschland. Damit ist jetzt Schluss. Ich ziehe nach Berlin. Dort … hab ich einen neuen Job.« Er sagte es zögernd, als ob ihm der Gedanke noch selbst neu war. »Aber ich mag es auf dem Darß besonders.«

»Kein Wunder, bei den vielen Kranichen«, sagte Luisa lachend.

»Auch, aber es ist ja die Landschaft und die Art und Weise, wie mit der Natur umgegangen wird, die es überhaupt erst ermöglicht, dass so viele Kraniche zwischenrasten können. Dieser Urwald ist ein gutes Beispiel dafür. Und dieser Strand ist es auch.«

Vom Ende des Wegs leuchtete ihnen das helle Licht entgegen, das nicht von Baumkronen gefiltert wurde. Sie verließen den Wald.

Wild und einsam erstreckte sich der Darßer Weststrand – nach links bis hin nach Ahrenshoop, nach rechts bis hin zum Darßer Leuchtturm. Die Kiefern, die spärlich in den Dünen wuchsen, hatten sich dem Wind gebeugt. Schwere Äste und sogar Baumstämme lagen am breiten Strand verstreut. Nackt und sparrig, wie silbrig weiße Knochen von riesigen Tieren sahen sie aus, geschält und ausgeblichen von Brandung und Sturm und Sonne und Salz.

Und direkt vor ihnen lag die Ostsee, unendlich viel größer und stürmischer unter dem bedeckten Himmel als der Bodden, so weit und graublau, dass man den Horizont kaum ausmachen konnte.

Luisa zog Stiefel und Strümpfe aus. »Ich will die Wellen an den nackten Füßen spüren, solange es geht. Meine Zehen sollen sich an jedes Sandkorn erinnern«, erklärte sie und schluckte gegen die Tränen an, die ihr plötzlich in die Augen stiegen.

Vielleicht konnte sie es auf den Wind schieben, der von Westen her in ihre Richtung pfiff, Sand gegen die nackte Haut der Waden wehte, was sich wie feine Nadelstiche anfühlte.

Ohne sich nach Jan umzudrehen, lief sie weiter. Lang ausufernde Wellen spülten die Abdrücke ihrer Füße im nassen Sand fort, als wollten sie ihr beweisen, dass es eine Luisa Mewelt hier nur ganz kurz gegeben hatte, bevor sie wieder bedeutungslos wurde.

Noch bevor Luisa den ersten Baumstamm erreicht hatte, spürte sie Jans Arm auf ihren Schultern. Ganz leicht, als wollte er sie nur gegen den Wind schützen, ging er neben ihr her. Sie sah, dass auch er barfuß war. Seine Füße waren schmal und lang, direkt am Knöchel begann die Beinbehaarung – rotbraun wie seine Locken. Am Baum blieb sie stehen, unentschlossen, ob sie darüberklettern oder um ihn herumlaufen sollte.

Jan nahm den Arm weg, aber wieder so leicht, als hätte er dort nie gelegen.

»Was macht die Zeit hier nur mit mir?«, fragte Luisa den weißen Stamm und berührte ihn vorsichtig. Wie glatt poliert fühlte er sich unter ihrer Handfläche an.

»Die Zeit macht nichts mit dir. Du machst etwas in der Zeit. Und je mehr du machst, desto schneller wird das Tempo. Wenn man einen Tag verträumt, kommt er einem lang vor, wenn man durch ihn hindurchhetzt, kurz.«

»Wenn du Kraniche beobachtest, kommt dir der Tag dann lang vor?«, fragte Luisa.

Jan überlegte kurz. »Wenn ich draußen bin, in der Natur, scheint die Zeit länger als in der Stadt. Vielleicht nehme ich den Moment anders wahr.«

»Ich dachte, die Zeit in Zingst würde es mir leichter machen. Aber eigentlich ist alles komplizierter geworden.«

Jan kletterte über den Baumstamm, reichte ihr von der anderen Seite seine Hand. »Wäre es denn erstrebenswert, dass alles unkompliziert ist? Manchmal sind gerade die Dinge die wichtigsten, für die man kämpft. Auf die man lange gewartet hat. Nach denen man sich gehörig strecken muss, die einem nicht einfach in den Schoß fallen. Komm, wir gehen noch bis zum nächsten Waldweg. Dann muss ich allmählich zurück«, sagte er und kauerte sich dann neben den Baum.

»Was machst du, Jan?«

»Ich baue ein Steinmännchen.«

Sie schaute ihm über die Schulter. Er stapelte Steine, die hier dicht beisammenlagen, aufeinander.

Luisa hockte sich neben ihn und tat es ihm gleich. Als zwei Steinsäulen fertig waren, fragte sie: »Und jetzt?«

»Und jetzt bewahren uns die Steinmännchen vor bösen Geistern. Das ist ein skandinavischer Brauch. Wir haben den bösen Trollen, die uns auf den falschen Weg locken wollen, etwas entgegengestellt: Es wird ihnen nicht gelingen.«

»Du meinst mit dem falschen Weg vermutlich nicht, dass wir uns auf dem Rückweg zum Auto im Wald verlaufen?«

»Vermutlich nicht, Luisa.« Jan lächelte flüchtig.

Kurz darauf zog Jan seine Schuhe wieder an und sie ihre Stiefel, und sie gingen zügig zurück zum Wagen. Luisa war sich Jans Nähe bewusster als je zuvor. Unwillkürlich lauschte sie auf seinen Atem, ihre Sinne waren geschärft, sie glaubte, seinen Geruch neben dem Kieferndurft wahrzunehmen.

Sorgfältig achtete sie darauf, jede Berührung zu vermeiden, schon gar nicht seine Hand zu ergreifen. Oder seinen Arm, um ihn sich selbst um die Schultern zu legen.

Denn das wäre ganz sicher der falsche Weg.

Als sie das Haus betrat, klingelte ihr Handy.

»Schatz, wann kommst du endlich wieder nach Berlin?«, fragte Richard. Es klang klagend.

»Die zwei Wochen sind noch nicht vorbei, Richard«, antwortete Luisa. Es besteht kein Grund, ein schlechtes Gewissen zu haben, beruhigte sie sich selbst.

»Brauchst du wirklich so lange, um dich zu entscheiden? Ich wünschte, du würdest einfach Ja sagen und dich in den nächsten Zug setzen. Es gibt so viel, was ich dir erzählen will. Du, das ist wirklich eine große Sache, die auf uns beide zukommt.«

»Erzähl's mir doch einfach jetzt.«

»Nein, das will ich persönlich tun, bei einem Glas Champagner. Bitte, komm bald zurück, Luisa. Ich habe dich doch wirklich lang genug nachdenken lassen.«

Sie überlegte. Auf der Baustelle wurde sie nicht mehr gebraucht. Ihre Entwürfe waren genauso unfertig wie vorher, doch daran würde sich in Zingst wahrscheinlich nichts mehr ändern.

Jan wurde ihr mit jedem Treffen vertrauter.

Und sie war so unentschlossen wie zuvor.

Sie holte tief Luft. »Nein, Richard. Wir machen etwas anderes. Du holst mich ab. Du bleibst ein, zwei Tage hier. Ich zeige dir, was mich hier so fasziniert, *warum* es mich fasziniert, *warum* es mir wichtig ist. Ich möchte, dass du es verstehst.«

»Und dann fahren wir zusammen zurück nach Berlin und heiraten?« Er lachte, als hätte er einen Spaß gemacht.

Sie antwortete nicht, sagte nur: »Also, was meinst du, Richard?«

Er schwieg einen Moment, sie hörte ihn in seinem Kalender blättern, sah vor sich, wie er mit seinem gepflegten Zeigefinger die Terminliste hoch- und runterfuhr.

Dann räusperte er sich. »Gut, Luisa«, sagte er, »wenn es das ist, was du unbedingt willst, komme ich. Morgen.«

»Morgen?« Der Zeitpunkt überraschte sie fast noch mehr als seine Bereitschaft.

»Ja. Morgen gegen Mittag bin ich da. Ich will dich sehen. Es ist mir wichtig.«

»Oh, Richard. Das ist aber wirklich ... sehr süß von dir.«

Er lachte leise. »*The things we do for love*. Hör auf, dich darüber zu wundern, wenn ich lieb zu dir bin! Wie soll ich mich denn da fühlen? Dann bis morgen, Luisa. Ich freu mich auf dich. Nein, anders: Ich kann es kaum erwarten.« Er beendete das Gespräch.

Richard kommt. Er liebt mich so sehr, dass er seine Pläne für mich ändert, dachte Luisa. Er will verstehen, was mir wichtig ist. Das war es, worauf sie gewartet hatte.

Ein kleines Wunder zwischen Zingst und Berlin.

Drei Stunden später schwang sie sich aufs Fahrrad. Jan hatte sie zum Essen eingeladen, sie hatte die Einladung angenommen, und was sprach dagegen? Nichts. Absolut nichts.

Außer dass sie nicht besonders hungrig war.

Der Weg zum Bodden war ihr inzwischen vertraut, aber der Flug der Kraniche, die zu ihren Nachtplätzen zurückkehrten, war faszinierend wie an jedem Tag. Vielleicht sogar noch faszinierender, weil sie immer mehr über die Vögel wusste.

Es war wieder stark bewölkt. Die Kraniche bewegten sich vor einer dunkelgrauen Wand. Sie waren schlecht zu erkennen, aber gut zu hören. Ob ein schwarzer Kranich dabei war, konnte sie nicht sagen …

Luisa radelte langsamer, ließ die Tiere nicht aus den Augen, versuchte, jede ihrer Bewegungen, jeden Bogen, jeden Schrei in ihrem Gedächtnis einzuschließen, um den Anblick für immer zu bewahren.

Morgen würde sie sie ein letztes Mal mit Richard beobachten, das war eines der Dinge hier, die ihr wichtig waren, das sollte er erleben, wenn auch nicht unbedingt an dem Aussichtspunkt, an dem Jan die Kranichfreunde informierte.

An diesem Abend war das Tor der Sönkens nicht abgeschlossen. Als Luisa es öffnete, das Licht hinter den Vorhängen sah, das Fahrrad zum Carport schob und es dort abstellte, kam ihr das seltsam vertraut vor.

Und dann klopfte sie an Jans Waggon, diesem Fernwehdomizil aus Holz und Eisen, und er öffnete die Tür genauso schwungvoll wie neulich.

»Hallo, Luisa. Komm rein.«

Er lächelte auf sie hinunter und umarmte sie, als sie im Waggon neben ihm stand. Sie überreichte ihm den Weißwein, und plötzlich kam es ihr ungeheuerlich vor, dass sie Jan nach diesem Abend nicht in dieser Vertrautheit wiedersehen würde.

Erneut duftete es ausgesprochen gut, aber Luisa nahm andere Veränderungen wahr. Der Buena Vista Social Club spielte, und die Papierstapel neben dem Computer waren deutlich geschrumpft.

»Nimm Platz! Ich bin gleich so weit«, sagte Jan, der wieder am Herd hantierte. Er goss, bröselte, rührte und schöpfte.

Wie beim letzten Mal setzte Luisa sich an den kleinen Tisch, schenkte sich Wasser ein, nippte daran und sah ihm beim Kochen zu.

»Gibt es Neuigkeiten von dem schwarzen Kranich?«, fragte sie.

»Nein, ich hab den Kollegen vorhin noch einmal gefragt, aber niemand hat etwas bemerkt. Wenn ich das Foto nicht hätte, würde ich mich fragen, ob ich ihn mir nur eingebildet habe. Ich würde was dafür geben, ihn noch einmal zu sehen.«

Er stellte den ersten Gang auf den Tisch, dazu ein aufgeschnittenes Baguette.

»Das ist das, was ich heute Morgen vorbereitet habe. Eine Lachsterrine. Ich hoffe, sie schmeckt«, sagte er und schaute kritisch auf die orangerote Masse in der Auflaufform. »Zum Glück hatten die Fischer Zander und frischen Lachs, auch wenn er ganz sicher nicht von hier ist. Der Lachs, nicht der Fischer. Ein Stückchen? So?«

Er öffnete die Weinflasche, füllte ihre Gläser. Dann schnitt er den Auflauf an, Lachs- und Zanderstücke wechselten sich in einer sahnig-schaumigen Masse ab, die von Dillspitzen durchzogen war, und tat ihnen auf.

»Oh, das sieht schon wieder so gut aus«, schwärmte sie. »Wo hast du nur diese Rezepte her?«

»Aus dem Internet. Woher sonst? Du bist eine Schmeichlerin«, sagte er, aber sah aus, als freute er sich über ihr Lob.

Bereits nach einem kleinen Stückchen hatte Luisa genug, auch bei der Hauptspeise – Zucchini gefüllt mit Hirse, überbacken mit Ziegenkäse – winkte sie nach einer halben Portion ab.

»Du isst heute sehr wenig«, sagte Jan. »Und ruhig bist du auch. Alles okay, Luisa?«

Sie trank noch einen Schluck, sah ihn nicht an. »Ich bin noch ein bisschen erschöpft vom Arbeiten und von unserem Spaziergang vorhin. Am liebsten würde ich bald nach Hause gehen.«

Er reagierte nicht sofort, spielte mit ein paar Brotkrumen, die auf den Tisch gefallen waren. Schließlich sah er auf und lächelte sie an. »Natürlich. Das ist doch in Ordnung. Es ist ja auch schon …«, er schaute auf die Uhr am Herd, »… nach acht. Allerhöchste Zeit!« Er stellte die Teller zusammen, stand auf, stellte sie neben die Miniaturspüle. »Aber nach Hause bringen darf ich dich?«

Er ahnt etwas, dachte Luisa. Sei doch nicht feige. Sag ihm, dass das ein Abschied ist. Es war nichts zwischen euch, er war großzügig, er hat für dich gekocht. Ihr könnt Freunde bleiben, euch vielleicht mal in Berlin sehen.

Stattdessen sagte sie so fröhlich wie möglich: »Ach,

lass nur, Jan. Ich fahre quer durchs Dorf zurück. Da passiert schon nichts.«

»Wie du willst.« Jan stand gegen die Spüle gelehnt und sah sie mit verschränkten Armen an. »Und morgen hast du dann wohl keine Zeit, noch mal mit mir zur Baustelle zu fahren? Oder sollte ich lieber sagen, keine Lust?«

Luisa sprang so vehement auf, dass sie über sich selbst erschrak. Sie machte zwei Schritte auf ihn zu und fauchte: »Mein Freund kommt morgen. Er wird ein, zwei Tage bleiben, und dann fahre ich mit ihm zurück nach Berlin. Ja, ich habe Lust, noch mal zur Aussichtsplattform zu fahren. Aber nein, Zeit habe ich keine. Morgen nicht, und danach bin ich weg.«

Sein Blick gab nichts preis. »Dann ist es auf jeden Fall gut, dass wir unsere gemeinsame Arbeit auf der Baustelle so gut wie abgeschlossen haben.« Er sah sie spöttisch an. »Ich weiß ja, dass deine Zeit in Zingst begrenzt ist. Ich muss sagen, überrascht bin ich nicht. Eher darüber, wie lange du gebraucht hast, mir das zu sagen. Aber eins sollst du noch wissen. Du bist eine ganz besondere Frau für mich.«

Und dann überwand er mit einem Schritt den kleinen Abstand, der sie voneinander trennte. Er zog sie an sich und küsste sie, entschlossen, leidenschaftlich und sehr lange.

Bis Luisa sich von ihm losmachte, indem sie ihn unsanft von sich stieß und dann aus dem Waggon stürmte.

Die Musik, die kurz darauf aus dem Waggon dröhnte, hörte Luisa noch fast bis zum Hafen. Sie mochte nicht daran denken, was die Sönkens jetzt dachten.

21. Kapitel

Heute würde Richard kommen. Alles war gut. Denn das bedeutete, dass er endlich verstand, wie wichtig ihr Zingst war, was die Zeit hier bedeutete und dass sie sie verändert hatte. Sein Verständnis für ihre Gefühle und ihre Bedürfnisse war die Grundlage, auf der sie ihre Ehe aufbauen würden. Auf Augenhöhe, nicht nur immer sie zu seinen Diensten. Das wollte sie nicht länger.

Luisa hatte auf dem Weg zurück nach Haus Zugvogel, während der zugegebenermaßen unruhigen Nacht, in der Jan durch ihre Träume gegeistert war, und heute frühmorgens beim Trinken von drei Tassen Kaffee genügend Zeit gehabt, sich zu überlegen, was sie Richard zeigen wollte. Ein Nachmittag und ein Tag waren eigentlich nicht genug für alles, aber sie hatte entschieden, dass sie zusammen segeln gehen würden, vielleicht sogar bis zu der Stelle, an der die Urne des Großvaters versenkt worden war. Das traute sie sich nach dem Ausflug mit Emilia und den Zwillingen zu. Auf dem Wasser würde sie ihm erzählen, wie entsetzlich Nikes Unterzuckerung gewesen war, dass das Mädchen fast ertrunken wäre. Wenn Richard unpassende Bemerkungen darüber machte, würde sie ihn in aller Entschiedenheit zurechtweisen. Sie würde ihm nicht sagen, wie sehr sie es bedauerte, dass er keine Kinder wollte. Dass sie, was dieses Thema betraf, einen Kompromiss machen musste, wusste sie.

Sie würde ihm über die Uhren ihres Großvaters erzählen. Deren Geschichte würde ihn sicher interessieren, es ging schließlich um den Wert ihrer gemeinsamen Zeit.

Morgen würden sie dann zu ihren alten und neuen Lieblingsplätzen in Zingst radeln.

Sie würde ihm sagen, was sie über Kraniche gelernt hatte. Sie würden in ein gutes Restaurant gehen. Vielleicht nicht so gut essen, wie sie bei Jan gegessen hatte … Jedenfalls würden sie am Abend essen gehen.

Sie würde ihm ihre Entwürfe zeigen. Und sie würde nach Mary Ausschau halten, damit sie Richard kennenlernte. Marys Meinung war ihr seltsamerweise wichtig. Sie hatte das Gefühl, sie schon ein Leben lang zu kennen. Sie musste sie auf jeden Fall noch einmal sehen, bevor sie Zingst verließ.

Wenn sie dann zusammen zurückfuhren, konnte, was Luisa betraf, ihr gemeinsames Leben beginnen.

Jeden Gedanken an Jan verbot sie sich. Ihr Kuss … davon musste sie Richard nun wirklich nichts erzählen. Das war nicht wichtig, ein winziger Moment des sich Gehenlassens. Das bedeutete nichts, verglichen mit einem gemeinsamen Leben. Überhaupt nichts. Sie wusste schließlich auch nicht immer, was Richard tat.

Nur war ihr Gewissen da offenbar anderer Meinung.

Gegen zwölf setzte sie sich auf die Terrasse. Eine bleiche Sonne quälte sich durch die Wolken und schickte ein wenig Wärme zur Erde. Für September war es recht mild. Morgen Mittag hatte Richard gesagt. Jeden Augenblick würde sein silbergrauer Schlitten, den er so vergötterte, vor dem Haus stehen.

Zum ersten Mal seit geraumer Zeit hatte sie sich wieder ernsthaft mit ihrer Garderobe beschäftigt. Was Richard gefiel und erwartete, wusste sie. Aber die Sandaletten mit den hohen Absätzen und das Chanel-Kleid – das passte nicht. Sie würde sich wieder umziehen müssen, wenn sie am Nachmittag einen Ausflug machten. Bermudas und ein Poloshirt gingen auch nicht, und das orangefarbene Etuikleid … Nein. Das war in ihrer Erinnerung mit Jan verknüpft, darin wollte sie Richard nicht entgegentreten.

Sie hatte sich für eins der beiden Sommerkleider, die sie dabeihatte, entschieden, mit einem Umschlagtuch und Espadrilles, sich sorgfältig, wenn auch für Zingst ein bisschen zu stark, geschminkt, aber die Haare offen gelassen. Kompromiss, Kompromiss …

Sie war bereit. Richard konnte kommen.

Um kurz nach eins hielt ein großer schwarzer Mercedes vor Haus Zugvogel.

Was war mit dem Porsche? Richard hatte nicht gesagt, dass er in einem anderen Wagen kommen würde. Sie stand auf.

Ein junger Mann, den sie nicht kannte, stieg aus dem Wagen, blickte noch einmal prüfend auf die Hausnummer, näherte sich der Gartenpforte. Als er Luisa auf der Terrasse erblickte, hob er grüßend die Hand.

»Frau Mewelt?«, fragte er. Luisa nickte. »Entschuldigen Sie, dass ich so spät komme«, sagte er im Näherkommen. »Aber es war viel Verkehr, und der Anruf von Herrn Hartungs Sekretärin ging erst nach neun bei uns ein. Da haben wir umgeplant. Ich musste erst einen isländischen Regierungsgast nach Schloss Meseberg fahren und dann über die B 96 hierher, das dauert immer etwas länger als über die Autobahn. Ich hoffe, Sie haben sich noch keine Sorgen gemacht.«

Er lächelte gewinnend, strich sein kurz geschnittenes dunkelblondes Haar zurück, rückte sein dunkelblaues Jackett zurecht, zupfte an den Manschetten des weißen Hemdes, das er darunter trug.

Er schien auf etwas zu warten.

»Ich verstehe nicht. Wer sind Sie? Was wollen Sie hier?«, fragte Luisa.

Er sah aus, als verstünde er nicht, was es nicht zu verstehen gab. »Ich bin Ihr Fahrer vom Fahrdienst Gendarmenmarkt. Herr Hartung schickt mich, um Sie abzuholen. Hat er Sie nicht informiert?«

»Nein, das hat er nicht«, antwortete Luisa langsam. Sie spürte, wie sich in ihrem Inneren ein merkwürdig heißer Klumpen zusammenballte.

»Brauchen Sie noch Zeit zum Packen?« Er sah sich suchend um, als erwartete er große, schwere Koffer.

Luisa schüttelte den Kopf. Der heiße Klumpen wurde zu einer Feuersbrunst. Sie brannte sich durch die Gedärme, stieg ins Herz, von dort in die Kehle und schließlich in den Kopf, wo sie stürmisch vor sich hinloderte.

»Nein. Die brauche ich nicht.«

»Bestens, dann können wir ja los.« Er zog sein Handy aus der Hosentasche und schaute darauf. »Mit etwas Glück sind wir um achtzehn Uhr in Berlin.«

»Nein.«

Der Fahrer sah sie besorgt an. »Meinen Sie, es dauert länger? Nun, das ist möglich. Auf dieser Strecke muss man immer mit Staus rechnen, besonders wegen der Baustelle auf der A 20 hinter Pasewalk.«

»Fahren Sie allein zurück. Ich komme nicht mit. Ich werde Herrn Hartung informieren«, unterbrach Luisa seine Verkehrsnachrichten. »Gehen Sie. Verschwinden Sie auf der Stelle.«

Sie drehte sich um und stürmte ins Haus. Wütend warf sie die Tür hinter sich zu und trat ans Fenster. Der Fahrer hatte sich nicht vom Fleck gerührt. Verdutzt starrte er auf den Eisenkranich an der Hauswand, als hätte der Vogel die Antwort auf ihr unerklärliches Verhalten, das Verhalten einer Frau, die sich weigerte, sich von ihm in seiner schönen schwarzen Limousine zurück nach Berlin fahren zu lassen.

Erst als Luisas wilder Wutschrei zu ihm nach draußen drang, erwachte er aus seiner Erstarrung. Er machte auf dem Absatz kehrt, hastete zurück zu seinem Wagen, stieg ein und fuhr los. Vermutlich hielt er sie für verrückt und verstand nicht, warum Dr. Richard Hartung Umgang mit ihr pflegte.

Es hätte Luisa nicht gleichgültiger sein können.

Sie ging ins Badezimmer und blickte in den Spiegel. Ihre Augen schienen riesengroß. Sie drehte den Wasserhahn auf und begann, sich das Make-up abzuwaschen. In kleinen, getönten Rinnsalen lief es in das weiße Porzellanbecken. Sie rieb so lange, bis ihre Haut brannte, dann erst schloss sie den Wasserhahn und trocknete ihr Gesicht. Schließlich ging sie in ihr Schlafzimmer, zog ihr Kleid aus und kroch unter die Decke, zusammengerollt wie ein Embryo, der noch nichts von der hässlichen, kalten Welt außerhalb des Mutterleibs wusste.

Im nächsten Moment begann sie zu schluchzen. Sie schluchzte, bis keine Tränen mehr kamen, dann griff sie nach ihrem Handy.

»Luisa!«, rief Richard erfreut. »Wo seid ihr? War das nicht eine gelungene Überraschung?«

Seine Ignoranz hätte ihr beinahe die Sprache verschlagen. Aber nur beinahe. Sie sprang aus dem Bett und begann, im Zimmer hin und her zu laufen.

»Richard«, stieß sie aus, ihre Stimme klang eigenartig gepresst. »Warum schickst du mir einen Fahrer? Warum kommst du nicht selbst?« Sie holte tief Luft und brüllte: »Sag mal, geht's noch?«

Er schwieg einen Moment, dann fragte er vorsichtig: »Was hast du denn?«

»Ich wollte, dass du hierherkommst! Ich wollte dir zeigen, was mir Zingst bedeutet, was ich hier erlebt habe! Wie schön es hier ist. Was soll ich mit einem Fahrer?«

»Schatz, ich hätte dich sowieso nur abgeholt, weil ich heute Abend noch Karten für das Schauspielhaus am Gendarmenmarkt habe. Als Überraschung! Der Tisch im Lutter & Wegner ist schon reserviert. Wir haben doch was zu feiern«, erklärte er.

Er klang geduldig, so als ob er einem Kind zum x-ten Mal erklären würde, dass es nicht bei Rot über die Straße laufen durfte.

Es machte sie nur noch wütender. »Ich pfeif auf die

Karten! Das hier ist mir wichtig, verstehst du? Teilen wollte ich es mit dir ... Wenn du so zu mir bist, haben wir überhaupt nichts zu feiern.«

Einen Augenblick lang schwieg Richard. »Aber Luisa, ich verstehe ja, dass es dir in Zingst gefällt, auch wenn es mir ein bisschen langweilig vorkommt. Emilia, die Kraniche, der Strand und der Himmel«, antwortete er, und nun klang auch er ungehalten. »Jetzt ist es allerdings an der Zeit, dass du aus deinem Kleinmädchentraum vom Planschen in der Ostsee aufwachst und dich wie eine erwachsene Frau benimmst.«

Kleinmädchentraum? Planschen in der Ostsee?

»Richard, du verstehst mich nicht!«

»Dann erklär es mir«, verlangte er. »Ich höre von dir nichts als sentimentale Geschichten über die Vergangenheit, wer gerade Opas Uhr aufgezogen hat und welche Farbe die Gummistiefel von Emilias Nervensägen haben. Komm endlich von deinem romantischen Egotrip runter.«

»Romantischer Egotrip?« Er hat nichts verstanden, dachte Luisa. Nichts. »Ich wollte dir hier zeigen, wie wichtig mir Dinge sind, die man nicht mit Geld kaufen kann!«, rechtfertigte sie sich.

»Wirfst du mir etwa vor, dass ich dich verwöhnt habe? Die Reisen, die Kleidung aus Pariser Boutiquen, das bequeme Leben in Berlin? Es stand dir ja frei, in deinem Kellerloch wohnen zu bleiben. Ich hab dich nicht gezwungen, zu mir zu ziehen!«

»Du drehst mir die Worte im Munde herum, Richard. Natürlich werfe ich dir nicht vor, dass du großzügig bist«, sagte sie, plötzlich unendlich müde.

»Dann entscheide dich, was für ein Leben du in Zukunft haben willst!«, sagte er böse. »Setz dich in den nächsten Zug, komm nach Berlin, rede mit mir und zeig mir, dass du alt genug bist, Verantwortung zu übernehmen.«

»Ich bin noch nicht so weit.«

»Wie lange soll ich denn noch warten, Luisa?«

»Ich weiß es nicht. Ich kann nicht zu dir zurück, wenn du nicht weißt, was das hier für mich bedeutet.«

Da legte Richard auf.

Betroffen ließ Luisa sich in den Sessel ihres Großvaters sinken, das stumme Handy in der zitternden Hand. Wie war es möglich, dass sich das Gespräch in diese Richtung entwickelt hatte? Ihr war Unrecht angetan worden, nicht ihm.

Oder sah sie das falsch? War sie wirklich unnötig sentimental, und verletzte sie Richard damit?

Aber je länger sie über das Gespräch nachdachte, desto nachdrücklicher klang in ihr nach, wie unfair Richard im Großen war, auch wenn er im Kleinen in mancherlei Hinsicht recht hatte. Und wie unterschiedlich war, was sie beide vom Leben erwarteten.

Sie warf das Handy auf den kleinen Tisch, schlüpfte in Jeans und Wollpullover und stürmte aus dem Schlafzimmer. Am liebsten wäre sie vor sich selbst davongelaufen, aber das war schwierig.

Also erst mal einfach weg, egal wohin.

Luisa nahm den Hausschlüssel und griff nach irgendeiner Jacke, die an der Garderobe hing. Sie war ihr viel zu groß. Auch das war egal.

Sie schwang sich aufs Fahrrad und fuhr los, den Deich

entlang in Richtung Osten, immer weiter. Ihre Beine schmerzten, weil sie nicht aufhören konnte zu treten. Sie genoss es nicht, den Schwung zu nutzen, sich ausrollen zu lassen, nach Kranichen Ausschau zu halten, sich am Anblick der Ostsee zu erfreuen, die durch die Strandaufgänge durchblitzte. Nein, sie musste schneller werden als sie selbst.

Eine Stunde später brannten ihre Oberschenkel, sie atmete schwer. Der Wind konnte ihre glühenden Wangen kaum kühlen. Luisa spürte, wie ihr der Schweiß in einem kleinen Rinnsal zwischen den Brüsten hinunterlief. Der Po tat ihr weh.

Atemlos bremste sie und stieg vom Rad.

Sofort hielt die Welt um sie herum an, Weg, Dünen, Kiefern und Himmel fügten sich wieder gehorsam in die übliche Anordnung, statt als grün-blau-beiges Band an ihr vorbeizuhuschen.

Luisa streckte sich, spürte die verspannten Muskeln und beschloss, an den Strand zu gehen. Das Meer würde sie verstehen.

So weit von Zingst entfernt war es einsam und wilder, fast wie am Darßer Weststrand, wenn auch ohne die silbrig weißen Baumstämme.

In den letzten Tagen hatte sie jeden Morgen gespürt, dass der Sommer endgültig vorbei war. Die Tautropfen auf den Spinnweben, die die Spinnen zwischen den Kiefern gewebt hatten, brauchten länger, um zu verdunsten. Über den Wiesen stieg Bodennebel auf.

Nun war dieses Gefühl bis zum Nachmittag vorgedrungen.

Sie zog die Schuhe aus und krempelte die Jeans hoch. Die erste Welle, die ihre nackten Füße überspülte, ließ sie erschauern – das Wasser war kalt. Die zweite fühlte sich schon nicht mehr so frisch an, und die dritte spürte sie kaum noch.

Eine Weile lief sie barfuß die Flutlinie entlang, ließ ihre Gedanken wandern, suchte nach ehrlichen Antworten, die ihr während des Telefonats gefehlt hatten.

Abwesend zog sie die Spange aus dem Haar und steckte sie in die Jackentasche. Durch die Luftfeuchtigkeit war es noch wilder gelockt als sonst. Als sie ordnend mit den Fingern hindurchfuhr, spürte sie Sandkörner auf der Kopfhaut. Sie schüttelte den Kopf, als könnte sie mit dem Sand auch die Gedanken abschütteln, die ihre endgültige Entscheidung mit sich bringen würde. Was nicht gelang.

Als sie sich sicher war, das ausdrücken zu können, was sie wirklich meinte, kehrte sie zu ihrem Fahrrad zurück.

Langsam radelte sie los. Als sie an die Abzweigung kam, die zu dem neuem Beobachtungsstand führte, bog sie entschlossen ab. Der Weg zog sich, und das Treten wurde mit jedem Meter anstrengender. Sie wusste nicht mal, ob Jan da sein würde, und wenn ja, ob er sie nach dem gestrigen Abend überhaupt sehen wollte.

Und der Wind kam wie immer von vorn.

Luisa sah den weißen Lieferwagen schon von Weitem. Als sie ihn erreicht hatte, stieg sie ab und lehnte das Rad dagegen. Dann ging sie den kleinen Pfad entlang, an dessen Ende die Aussichtsplattform entstand. Das moorige Wasser war gestiegen. Luisa war noch nicht an der Plattform angekommen, als sie bereits nasse Füße hatte

Und dann entdeckte sie Jan. Er stand auf der fertigen Plattform und betrachtete kopfschüttelnd eine Holzplatte, die er in der Hand hielt. Der Riss, der sich der Länge nach durch das Material zog, verriet ihr, dass mal wieder etwas schiefgegangen war.

Sie wusste nicht, ob er sie gehört oder gesehen hatte, als er aufschaute. Vielleicht hatte er sie auch nur gespürt.

»Luisa …«, sagte er. Mehr nicht.

»Jan …«, antwortete sie.

Er kam die Treppe herunter, blickte hinter sie, als ob er noch jemanden zu sehen erwartete. Er sah erhitzt aus. Und entnervt.

»Was ist denn? Ist etwas passiert?«, fragte er.

»Ich werde mich von Richard trennen«, sagte sie, über ihre eigenen Worte verblüfft. Sie konnte nicht verhindern, dass ihre Stimme zitterte. »Ich kann das einfach nicht. Es wäre ein Leben, in dem ich zu viele Kompromisse mit mir selbst schließen müsste. Nach außen sieht mit Richard alles perfekt aus, aber in unserer Beziehung kann nur einer glücklich werden. Und das werde sicher nicht ich sein. Natur gegen Metropole, Idealismus gegen Geld, Freiheit gegen Macht, Kunst gegen Reglementierung, Familie gegen Prestige. Es geht nicht.«

»Bist du sicher? Für mich klang es, als hättest du bei ihm den Himmel auf Erden.«

Sie wollte gern glauben, dass er unsicher klang. Aber das tat er nicht. Er sah aus, als ob er überlegte, nicht als ob er zweifelte.

»Ich will nicht den Himmel auf Erden. Ich will auch

nicht bis zur Sonne fliegen. Was soll ich denn da? Ich bin weder ein Kranich noch Ikarus. Ich will die Erde auf Erden, mit beiden Beinen fest stehen bleiben, wissen, wohin mich mein nächster Schritt bringt. *Mein* nächster Schritt, nicht der eines anderen«, entgegnete sie. »Nicht einem Ideal nacheifern, das er mir vorgibt, sondern ein Leben führen, in dem ich für meine eigenen Handlungen verantwortlich bin. Und du hast mir das vor Augen geführt. Neben Mary und Emilia.«

»Ich?« Er wirkte ehrlich überrascht.

»Ja, du. Wenn unsere Gespräche nicht gewesen wären, wäre mir vieles nicht klar geworden. Wenn ich mit dir zusammen bin, bekommen Dinge Bedeutung, auf die ich nicht verzichten will.«

»Was denn zum Beispiel?«

»Dass es mehr gibt, als Geld zu verdienen und Macht zu haben«, antwortete sie heftig. »Dass Natur etwas Wichtiges ist. Dass die perfekte Figur nebensächlich ist. Dass man auf Menschen besser wirkt, wenn man glücklich ist. Dass Essen viel mit Sinnlichkeit zu tun hat. Dass Reisen nicht zwangsläufig mit Luxus verbunden sein muss. Dass meine Familie nicht etwas Optionales, sondern etwas Absolutes ist. Dass ein Kuss …«

»Stopp!« Er hob die Hand. Ein Lächeln glitt über sein Gesicht, er hätte nicht erfreuter aussehen können, wenn die Mängel auf der Baustelle sich auf magische Weise über Nacht von allein behoben hätten. »Wenn das wirklich so ist, Luisa«, sagte er langsam und betonte dabei jedes Wort, »dann würde ich jetzt sofort mit diesem vermaledeiten Projekt aufhören und dich bitten, mit mir zu kommen.«

Sie verschränkte die Arme und sah ihn herausfordernd an. Sie musste nicht fragen, wohin. Und sie wussten beide, was von ihrer Antwort abhing.

»Dann bitte mich mal.«

Er kam näher, so nah, dass sie seinen Geruch wahrnehmen konnte, diese Mischung aus Mann, Arbeit und Natur. »Bitte, Luisa. Komm mit mir mit.«

Sie öffnete die Arme. »Ja«, sagte sie. »Das mach ich, Jan. Ich komme sehr gern mit dir mit.«

In Windeseile, als ob er befürchtete, sie könnte ihre Meinung ändern, packte er sein Werkzeug und ihr Fahrrad in den Lieferwagen. Einen Augenblick später fuhren sie den schmalen Weg und schließlich die große Straße entlang.

Sie schwiegen, und Luisa schaute beharrlich aus dem Beifahrerfenster, auch wenn sie zwischendurch Jans prüfende Blicke in ihre Richtung bemerkte. Sie erwiderte sie nicht.

Zehn Minuten später hielt er vor dem Haus der Sönkens.

Sie eilten daran vorbei. Ein Small Talk mit den alten Leuten erschien Luisa in diesem Augenblick nicht erstrebenswert. Sie war froh, dass Jan so schnell die Tür zum Eisenbahnwaggon öffnete, als wäre er ihrer Meinung. Alles, was er tat, schien auf einmal mehr Bedeutung zu haben.

Unwillkürlich atmete Luisa tief durch, als sie seine Hand ergriff, in den Waggon sprang und die Tür hinter ihnen zufiel. Jan setzte Teewasser auf, dann zündete er eine Kerze an und schaltete seine Minianlage ein.

»Bin gleich wieder da«, sagte er und verschwand im Bad.

Leise Musik erklang. Luisa versuchte, nicht zu Jans Bett zu sehen, betrachtete stattdessen das Foto mit dem schwarzen Kranich, der in Mary so eine unerklärliche Reaktion ausgelöst hatte.

»Wo steckst du, schwarzer Vogel?«, fragte sie und fuhr mit dem Zeigefinger über das Foto. »Zeig dich für Jan.« Ein sanftes Klopfen auf dem Dach war die Antwort: Es hatte zu regnen angefangen.

Die Tür des Bads öffnete sich genau in dem Moment, als es im Wasserkocher zu sprudeln begann. Jan wies auf seine Teedosensammlung. »Schwarz? Sanddorn? Vanille-Himbeere, grüner Tee?«

»Vanille-Himbeere, bitte.«

Er nahm zwei Teebeutel und ließ sie in zwei Becher fallen, gab kochendes Wasser hinzu.

Und dann küsste er sie. Er vergrub seine Hände in ihren Haaren, die ihr über die Schultern fielen. Sie schlang die Arme um ihn, bis jede Distanz zwischen ihnen aufgehoben war. Er zog sie zu seinem Bett, ihre Berührungen wurden hitziger.

»Ich mag eigentlich nur Männer mit Brille«, flüsterte sie atemlos.

»Ich hab Kontaktlinsen«, gab er leise zurück.

Der Tee in den Bechern wurde immer stärker, weil niemand die Beutel herausnahm, und immer kühler, weil niemand ihn trank, und die Kerze schien durch die Dunkelheit, bis sie irgendwann von allein erlosch.

22. Kapitel

Sie schliefen lange. Als Luisa am nächsten Tag erwachte, hörte sie zuerst den Regen, der auf den Eisenbahnwaggon prasselte, dann Jans Atem neben sich. Sie schlug die Augen auf und schaute ihn an. Er war wach und erwiderte ihren Blick.

»Guten Morgen«, sagte er. Sie spürte seine warme Hand an ihrem nackten Körper. Sie glitt hoch, höher, tief, tiefer. »*Seht jene Kraniche in großem Bogen ...*«, flüsterte er, als verriete er ihr ein großes Geheimnis.

»Wie bitte?«

»*Die Wolken, welche ihnen beigegeben, zogen mit ihnen schon als sie entflogen*«, fuhr er fort und ließ seine Lippen über ihren Hals wandern, als wollte er jede einzelne ihrer Sommersprossen küssen. Als hätte er nicht genau das den ganzen Abend und die ganze Nacht getan. Sie spürte seinen warmen Atem und bekam eine Gänsehaut. »*... aus einem Leben in ein anderes Leben*«, schloss er und zog sie an sich.

»Das ist wunderschön. Dir auch einen guten Morgen.« Sie räkelte sich und seufzte zufrieden. »Von wem ist das?«

»Von Brecht. Es heißt *Die Kraniche*.«

»Du magst Lyrik?«

»Wenn es passt. Wenn Bilder in mir heraufbeschworen werden, die ich ohne diese Lyrik nicht hätte.« Mit seinen langen Beinen hielt er ihre Beine fest.

»Schon der Vergleich ist poetisch«, sagte sie und strich über sein linkes Ohr. Sie konnte sich nicht erinnern, ein Ohr bei einem Mann jemals so erotisch gefunden zu haben. »Was machst du heute, Jan? Das Wetter ist grässlich.«

»Ich weiß, was ich gern tun würde«, antwortete er und zog sie noch dichter an sich heran. »Mit dir im Bett bleiben. Etwas lesen, ein bisschen arbeiten.«

»Was willst du arbeiten?«

»Am Seminarplan.«

»An welchem Seminarplan? Gibst du Kurse?«

»Ich habe dir doch erzählt, dass ich ab Mitte Oktober in Berlin arbeiten werde.« Er klang verwundert.

»Ja. Aber nicht, was für einen neuen Job du hast.«

Sie erinnerte sich genau an das Gespräch auf dem Weg zum Strand und auch daran, dass sie sich zusammengenommen hatte, um nicht zu neugierig zu fragen.

»Oh ... Ich dachte, das hätte ich. Das liegt wohl daran, dass es für mich selbst noch so neu ist.«

»Was denn? Zu arbeiten ist neu für dich?«

»Nein. Sesshaft zu werden. Zeit für intensive Freundschaften zu haben. Einen festen Job zu haben, bei dem ich immer ansprechbar sein muss. Mir einzugestehen, dass die Zeit der großen Reisen vorbei ist. Einen neuen Lebensabschnitt zu beginnen, auf den ich mich freue, aber der mir fremd ist ...« Er verstummte.

»Jan!«

»Was?«

»Du hast immer noch nicht gesagt, was du ab Oktober machst.«

»Studenten quälen. Als Professor.«

Luisa lachte leise auf. »Quatsch.«

Auf den Ellenbogen gestützt, blickte er auf sie herunter und schmunzelte. Es juckte Luisa, in seine Locken hineinzugreifen, ihn an sich zu ziehen und seinen Mund zu spüren, das Knistern zu hören, wenn er ihr mit seinen Bartstoppeln über die Haut strich.

Aber zuerst wollte sie mehr über ihn herausfinden.

»Du glaubst mir nicht«, stellte er sachlich fest.

»Natürlich glaube ich dir nicht! Du bist ein Wildranger! Du hast Biologie studiert, um durch die Welt zu reisen! Du bist vogelfrei, im wahrsten Sinne! Nun sag schon, was du wirklich in Berlin machen wirst.« Sie boxte ihm spielerisch gegen die nackte Schulter.

»Das widerspricht sich doch nicht«, sagte er sanft. »Nur weil ich dir meinen Titel unterschlagen habe, heißt das nicht, dass ich ihn nicht habe. Nur weil ich dir nichts von meiner Habilitationsschrift erzählt habe, heißt das nicht, dass ich mich nicht habilitiert habe. Professor Doktor Sommerfeldt, aber du darfst gern Jan zu mir sagen.« Er grinste frech. »So ist das. Ich bin ja gereist, um zu forschen. Bis jetzt.«

»Was ist jetzt?« Luisa war immer noch nicht bereit, ihm zu glauben.

»Jetzt hat mir die Leibniz-Gemeinschaft den Job als wissenschaftlicher Leiter im Bereich Vogelkunde angeboten, Koordination aller anderen Fachbereiche zu diesem Thema, Zusammenarbeit mit den großen Unis, einen unbefristeten Lehrauftrag inklusive … Der Gesamtetat der Leibniz-Gesellschaft beträgt fast zwei Milliarden Euro. Natürlich nicht nur für die Kraniche. Leider.« Er ließ sich wieder zurücksinken und zog sie an sich. »Du hast letzte Nacht mit einem ziemlich mächtigen Bürohengst Sex gehabt«, flüsterte er ihr ins Ohr. »Und gleich wirst du wieder welchen haben, wenn du magst.«

»Möchtest du einen Kaffee?«, fragte Jan, als sie sich atemlos voneinander lösten. »Ich brauche einen. Dringend.«

»Oh, so gern.« Luisa schüttelte den Kopf, als ihr wieder einfiel, was er ihr erzählt hatte. »Warum hast du mich in dem Glauben gelassen, dass du hauptberuflich Ranger bist?«

»Hab ich nicht. Du wolltest es nur glauben, hast mich nie gefragt. Genau wie im Zug. Da hast du mich für einen Obdachlosen gehalten. Gib's zu. Du wolltest es zu gern glauben. Vielleicht machst du Fehler gern zweimal?« Er stand auf, ging in die winzige Einbauküche und duckte sich, als Luisa ihm ein Kissen hinterherwarf. Das Wasser begann schnell zu kochen. Sie stopfte sich ein Kopfkissen in den Rücken und beobachtete, wie Jan Kaffee mit einem Porzellanfilter direkt in zwei leuchtend rote Kaffeebecher filterte, Milch aus dem Kühlschrank nahm.

Bei jeder Bewegung schien die Tattoo-Schwinge auf seinem Oberarm zum Leben zu erwachen. Die breiten Endfedern waren die eines Kranichs, das erkannte sie nun. Und es passte zu ihm, sagte etwas über sein bisheriges Leben aus.

Er war sehr drahtig, unter der glatten Haut des Rückens zeichnete sich seine Wirbelsäule ab, sein Po war muskulös, an seinen Oberschenkeln sah sie bei jeder Bewegung das Spiel der Sehnen. Vielleicht joggte er. Oder er war durch die anstrengenden Reisen so durchtrainiert. Was sie sah, gefiel ihr. Vermutlich würden sich die Studentinnen reihenweise in ihn verlieben. Das gefiel ihr nicht.

Schließlich kehrte er mit den Bechern zum Bett zurück, reichte Luisa einen und setzte sich neben sie. Er stopfte sich selbst ein Kissen in den Rücken. Seite an Seite saßen sie an die getäfelte Wand gelehnt, über sich das Bücherregal, umgeben von den vielen Kranichfotos.

»Ich werde heute nicht auf die Baustelle gehen. Ich arbeite für die Uni.«

»Ah …«, sagte Luisa. »Wir sprachen darüber, Herr Professor.«

Er grinste und nahm einen Schluck. »Und ich bin heute auch nicht mit der Kranichführung dran.« Er sah aus dem Fenster. Es stürmte und regnete immer noch. »Bei dem Mistwetter werden sowieso nicht so viele wie sonst unterwegs sein, Touristen wie Vögel. Sie müssen zu sehr gegen den Wind anfliegen, da bleiben sie lieber auf der Insel oder auf den Feldern. Auch wenn das gefährlicher für sie ist. Aber, Luisa, die Frage ist eher: Was machst *du* heute?«

Sie wusste sofort, was er meinte.

»Telefonieren«, sagte sie und nahm einen großen Schluck Kaffee. »Das muss ich wohl. Das ist nur fair.«

»Ja, das musst du wohl.«

»Das hätte ich schon vor langer Zeit tun sollen. Schon bevor ich dich kennenlernte, wenn ich recht darüber nachdenke.«

Er zog sanft an einer ihrer Haarsträhnen, wickelte sie um seinen Finger. »Manchmal ist gerade das Offensichtliche am schwersten zu erkennen. Ich bin froh, dass du keine Zweifel mehr hast.«

Dann küsste er sie wieder, und dann war da nur noch das gemütliche Bett, der Geschmack von Kaffee in ihren Mündern, Wärme und seine Nähe, während der Regen über ihnen unablässig aufs Dach trommelte.

Als Luisa eine Stunde später aus dem Waggon trat, tropfte das Wasser von dem kleinen Vordach, ein kühler Wind blies durch den Garten. Sie wäre gern geblieben, aber sie hatte keinen Grund, Jan nicht zu verlassen.

Er umarmte sie. »Melde dich, wenn du mit ihm gesprochen hast. Ich warte. Sicher, dass ich dich nicht fahren soll?«

»Ganz sicher«, antwortete sie und schwang sich auf ihr Rad.

»Oh, und halt dir auf jeden Fall morgen frei!«, fügte er noch hinzu.

»Warum?«

»Ich hab Geburtstag. Fällt dieses Jahr aufs Äquinoktium.«

Äquinoktium? Davon hatte doch Mary gesprochen. Luisa überlegte, in welchem Zusammenhang, kam aber nicht weiter, als dass es Tagundnachtgleiche bedeutete.

»Danke für die Einladung. Was wünschst du dir?«

Er legte den Kopf schräg. »Dich, natürlich. Was sonst?«

Sie lächelte. »Na, mal sehen, ob ich dir diesen Wunsch erfüllen kann.«

Dann fuhr sie rasant los. Mit jedem Tritt in die Pedale stemmte sie sich gegen den Wind, der sich allmählich zu einem Herbststurm auswuchs, der es in sich hatte. Es war ihr recht. Sie wollte ein Teil des Ostseesturms sein. Doch vor allem wollte sie überlegen, wie sie Richard am besten beibrachte, dass sie endlich ihre Entscheidung getroffen hatte.

Bis auf die Haut durchnässt hielt Luisa kurz beim Bäcker, um sich ein großes Stück Pflaumenkuchen zum Frühstück zu kaufen. Sie war froh, als sie Haus Zugvogel erreicht hatte, und ließ sich erst einmal Badewasser einlaufen.

Der Regen hatte immer noch nicht nachgelassen, einzelne, besonders heftige Böen drückten gegen das Badezimmerfenster, trieben Wasserrinnsale auseinander, ließen die Regentropfen aufwärts laufen.

Die Welt da draußen war Grau in Grau, aber in Luisa war es kunterbunt. Jan, dachte sie und erschauderte vor Glück. Das war echt. Weil er so war, wie er war. Nicht, weil er ihr ein angenehmes Leben versprach. Er versprach gar nichts. Musste er auch nicht.

Sie wählte klassische Musik auf ihrem iPod, dann zündete sie ein paar Teelichter an, stellte sie rund um die Wanne auf und ließ sich schließlich in das heiße Badewasser gleiten. Mochte Richard auch auf raffinierte Wellnessurlaube stehen – sie brauchte seinen Luxus nicht. Brauchte ihn nicht. Für sie war dieses Bad in dem einfachen kleinen Badezimmer, in dem urigen Häuschen ihrer Großeltern der Gipfel des Wohlbefindens.

Sie tauchte unter und hörte das Prasseln der Regentropfen auf der Fensterscheibe nur noch gedämpft, das quietschende Geräusch, das ihre nackte Haut auf dem Emaille der Badewanne machte, dafür umso lauter. Erst als sie keine Luft mehr bekam, tauchte sie prustend wieder auf. Jetzt waren die Geräusche um sie real, unverzerrt, laut. Es war nicht möglich, die Wirklichkeit länger aus ihrem Leben zu verbannen.

Sie musste endlich Richard anrufen. Die Beziehung beenden.

Aber erst wollte sie noch frühstücken.

Luisa stand auf, trocknete sich ab, wickelte sich ein Handtuch um das feuchte Haar und schlüpfte in ihren Jogginganzug. Im Flur warf sie einen Blick auf das Dodo-Chronometer, auf die Pendel der anderen Standuhren, die langsam hin und her schwangen, sechzigmal in der Minute, die Bewegung der Zeit.

Es war kurz vor halb eins. Sicher war Richard in der Mittagspause, da wollte sie nicht stören. In jedem Fall war es besser, zuerst mit Emilia zu sprechen.

»Mila. Ich hab's mir überlegt. Ich werde Richards Antrag ablehnen«, sagte sie statt einer Begrüßung, als ihre Schwester an ihr Handy ging. Luisa war froh, dass Emilia ihre Telefonnummer nicht gesperrt hatte.

Emilia schwieg einen Moment. »Warum? Hast du endlich verstanden, dass er ein Idiot ist?«, fragte sie.

»Ich glaube, dass er von mir etwas will, was ich ihm auf Dauer nicht geben kann. Ich muss mich zu sehr verbiegen. Immer nur den leichten Weg des Hinnehmens und Einrenkens zu gehen, kann ich mir nicht mehr vorstellen.«

»Warum nicht? Hast du doch lebenslang geübt.«

Luisa holte tief Luft. Emilias Worte gaben ihr einen

Stich, aber sie wollte sich nicht irritieren lassen. War fest entschlossen, endlich das zu sagen, was schon so lange überfällig war.

»Drei Menschen sind der Grund dafür, dass ich mein Leben ändern werde. Du bist der erste, dann sind da noch Mary und Jan.«

»Was ist mit Jan?«

»Wir sind sehr viel zusammen. Wir reden. Er hört mir zu. Ich höre ihm zu. Er akzeptiert mich, wie ich bin.«

Emilia holte tief Luft. »Ich mochte Jan vom ersten Moment an. Das weißt du. Er hat Nike das Leben gerettet, er ist witzig, er ist klug, er liebt die Natur und das Reisen, ihm ist Geld nicht so wichtig wie Richard. Aber machst du deine Entscheidung von ihm abhängig?«

»Nein, das mache ich nicht. Wenn ich Richard verlasse – und unsere Beziehung ist garantiert zu Ende, wenn ich seinen Antrag ablehne –, dann muss ich auch in Erwägung ziehen, dass ich allein bin und vielleicht bleibe. Auch wenn Jan etwas ganz Besonderes für mich geworden ist ... Es gibt keine Garantien. Obwohl ...« Sie zögerte.

»Was?«

»Ich hab bei ihm übernachtet.«

»Übernachtet? Oder mit-ihm-geschlafen-übernachtet?«

»Letzteres.«

»Oh, Lulu. Bist du verliebt? War es schön?« Ihre Schwester klang überrascht, ein bisschen erschrocken, aber auch wohlwollend.

Luisa wollte gerade antworten, da fiel ihr Blick nach draußen durch das Fenster. Ein silbergrauer Wagen fuhr gerade vor und hielt. Ein dunkelhaariger Mann stieg aus mit dem größten Rosenstrauß in den Armen, den Luisa jemals gesehen hatte.

Sie schnappte nach Luft, hielt das Handy so fest, dass sich der Metallrahmen in ihre Hand grub. Den Schmerz nahm sie nicht wahr.

»Emilia, da kommt Richard.«

»O mein Gott. Versteht er nicht, dass er verloren hat? Weiß er nicht, wann es Zeit ist aufzugeben?«

Luisas Hand zitterte so stark, dass ihr das Handy beinahe entglitten wäre. »Ich hab's ihm noch nicht gesagt. Ich wollte erst mit dir sprechen. Aber nein, verlieren kommt in seinem Lebensplan nicht vor. Ich hab keine Ahnung, was er will. Reden vermutlich. Wir haben gestern heftig gestritten. Er hat irgendwann einfach aufgelegt.«

Emilia schnaubte ungehalten. »Du erzählst mir, dass mit Richard Schluss ist, und er weiß es noch gar nicht? Luisa, was ist denn das für ein Durcheinander? Denk doch mal nach, das ist wirklich nicht schlau, und auch nicht fair. Trau dich endlich, zu deinen Entschlüssen zu stehen!«

»Mila, ich muss auflegen. Bis später.«

»Telefonieren wir heute Abend?«

»Ja ... Nein ... Ich weiß noch nicht. Tschüs.«

Luisa beendete das Gespräch und ging mit weichen Knien zur Haustür. Sie öffnete sie, bevor Richard klingelte.

23. Kapitel

»Richard«, sagte sie statt einer Begrüßung. »Was willst du denn hier?«

Er hielt ihr den überdimensionalen Strauß roter Rosen entgegen, aber Luisa verschränkte die Arme und blieb stocksteif in der Tür stehen.

»Dinge klären«, antwortete er. »Dich auf keinen Fall verlieren.«

»Dazu ist es zu spät«, erwiderte Luisa abweisend. Sie sah zu ihrer Verwunderung, dass sich seine dunkelbraunen Augen hinter den Brillengläsern mit Tränen füllten. Nicht mal zwei Jahre zuvor, als sein Vater überraschend gestorben war, hatte sie Richard weinen sehen. Etwas regte sich in ihrem Herzen. So konnte sie ihn nicht wegschicken. Sie trat zur Seite. »Komm herein.«

»Danke.«

Als sie vor ihm herging, wurde ihr auf einmal bewusst, dass sie ihren alten Lieblingsjogginganzug trug, für den Richard normalerweise nur abwertende Worte hatte. Ihr Haar war zwar gekämmt, doch nicht zusammengebunden, sie trug kein Make-up. Ihre Fingernägel sahen durch die Arbeit am Aussichtspunkt ungepflegt aus – und es war ihr völlig egal.

Sie ging in die Küche, lehnte sich gegen den Tisch und beobachtete, wie Richard den Rosenstrauß auf dem

Küchentresen ablegte, machte aber keinerlei Anstalten, nach einer Vase zu suchen.

»Weißt du, dass die meisten Rosen, die in Europa verkauft werden, in afrikanischen Folientreibhäusern gezogen werden? Wodurch gerade in Äthiopien die Winterrastplätze der Kraniche zerstört werden?«, fragte sie.

Er sah sie so ungläubig an, als hätte sie ihm vorgeschlagen, seinen Porsche in die Ostsee zu fahren. »Nein. Woher soll ich das wissen?«, fragte er.

»Und weißt du, dass Max Hüntens Vorbild Alexander von Humboldt war? Dass Nike durch ihre Diabetes besser in Mathe ist als ihre Schwester und dass wir immer noch die *Vineta* haben? Dass Kraniche auf der Großen Kirr rasten, weil es dort kaum Prädatoren gibt?« Er schüttelte sichtlich verwirrt den Kopf. »Das wollte ich dir gestern erzählen. Das und noch viel mehr! Und du schickst mir einen Fahrer! Du delegierst dein Interesse daran, was mich bewegt! Als ob du nur mit dem Finger schnippen müsstest, und alles wäre in Ordnung! Richard, das hat doch nichts mit Liebe zu tun.«

Mit einer heftigen Bewegung riss sie einen Küchenstuhl an sich und setzte sich, bedacht darauf, die Entfernung zu Richard zu wahren. »Ich fühle mich von dir nicht verstanden, weil du gar keine Anstalten machst, mich verstehen zu wollen, und ich habe mich entschieden, Richard. Ich werde dich nicht heiraten.«

Hektisch fuhr er sich durchs Haar, dann setzte er sich ihr gegenüber und griff nach ihrer Hand. Sie versuchte, sie ihm zu entziehen, aber er hielt sie fest.

»Luisa ... Entschuldige, dass ich nicht persönlich gekommen bin. Aber ist dir nie bewusst geworden, dass du zu viel von mir verlangst und ich dadurch in die Rolle des Aktiven gedrängt werde? Ich verwöhne dich gern, das weißt du. Aber dieses Mal konnte ich es aus Zeitgründen nicht ermöglichen, weil ich einfach zu viel zu tun habe, und davon machst du unsere ganze Beziehung abhängig?«

»Nicht nur davon, Richard«, sagte sie. »Ich habe hier Menschen kennengelernt, die mir zeigen, wie das Leben sein kann, wenn man zu sich selbst steht. Nicht immer korrigiert wird, damit man in die Schablone des anderen passt.« Jetzt waren es *ihre* Augen, in denen es verdächtig schimmerte.

Richard sah sie prüfend an, zog die Brauen zusammen, wie er es für gewöhnlich bei strategischen Entscheidungen tat, holte tief Luft. Er weiß es, dachte Luisa. Er kennt mich gut.

»Gut, Luisa. Danke für deine Ehrlichkeit. Mir ist es egal, wer dir hier über den Weg gelaufen ist. Aber unsere Beziehung wiegt mehr, weil sie so lange schon glücklich ist. Mir ist auch egal, wie du aussiehst, mir ist egal, wie schlampig du zu Hause herumläufst. Ich verspreche, ich werde mich ändern. Ich gebe dir mehr Freiraum, unterstütze dich mehr. Ich bleibe bis morgen, und wir holen nach, was ich gestern versäumt habe. Ich will nur eines nicht: dich verlieren. Du gehörst zu mir. Wir gehören zusammen.« Luisa schüttelte den Kopf. Er sprang auf und begann hektisch, die Küchenschränke aufzureißen. Als er eine Vase gefunden hatte, füllte er sie mit Wasser und stopfte den Strauß hinein. Dann stellte er sie auf den Tisch. »Ich kann nicht glauben, dass du uns keine Chance geben willst. Das ist unserer Beziehung nicht würdig. Wir sind schon so lange zusammen. Und es war immer gut.« Eine Chance, dachte Luisa. Eine allerletzte Chance? Sie bebte innerlich. Musste, sollte sie ihm diese Chance geben? Der Gedanke daran verwirrte sie. Sie zögerte. Schwieg. »Ich hab dir etwas mitgebracht«, fuhr er fort. »Als ich es sah, dachte ich sofort an dich. Vielleicht inspiriert es dich sogar bei deiner Arbeit für das Museum in Bilbao.« Aus seiner Jackettasche zog er eine lange, mit schwarzem Samt bezogene Schmuckschachtel. »Bitte, Luisa. Verzeih mir. Hilf mir, der Mann zu werden, den du verdienst.«

Mit zitternden Fingern öffnete sie die Schachtel.

Ihr Herzschlag setzte einen Augenblick aus, als sie sah, was darin lag: ein schweres goldenes Armband, die einzelnen Glieder kunstvoll gearbeitet und miteinander verbunden. Sie wirkten wie Buchstaben einer geheimnisvollen Sprache, wunderschön, rätselhaft.

Sie kannte dieses Armband ... Woher nur?

»Wo hast du das her, Richard?«, flüsterte sie.

Er stand auf und legte sanft, fast scheu, die Hände auf ihre Schultern. »Dass ich dich so sehr liebe, ist kein Geheimnis. Wo ich das Armband herhabe, schon. Als ich es sah, wusste ich, dass es für dich bestimmt ist. Frag nicht weiter. Ich will nur, dass es dir gefällt. Dass du es als Zeichen dafür nimmst, dass wir zusammengehören.« Er legte es ihr um das Handgelenk, schloss den kleinen Mechanismus. Die einzelnen Glieder weigerten sich, sich an ihren Arm anzuschmiegen, hatten etwas Sperriges wie eine Handschelle. Aber es war die schönste Handschelle der Welt. Er zog sie vom Stuhl hoch, zu sich heran. Sie wollte es nicht, aber ihre Füße machten von allein einen Schritt auf ihn zu. Dann den nächsten.

»Was wirst du mir morgen alles zeigen?«, fragte er. »Was habe ich versäumt in deinem Leben?«

Richard begann, ihren Rücken so zu streicheln, wie sie es liebte.

Nur dass sie die Berührung heute nicht mochte.

Sie versuchte, sich ihm zu entziehen.

Vergeblich.

»Die Ostsee«, sagte sie resigniert. »Den Himmel. Den Strand.«

»Dann lass uns gleich zum Strand gehen. Und vielleicht gibt es hier ein vernünftiges Restaurant. Auf ein Steak hätte ich Appetit.«

»Das Kranichhaus«, sagte sie. »Das soll eine sehr gute Küche haben. Fast wie die eines Meisterkochs.«

»Am besten wir reservieren gleich«, schlug er vor.

Er tat es energisch und praktisch, wie er immer alles bestimmte.

Richard war charmant und verständnisvoll. Er verlor kein Wort über die graue, stürmische Ostsee, auf die der Regen fiel, klopfte sich nur kurz seine edlen Lederslipper ab, an denen nasser Sand haftete. Er beschwerte sich weder bei Luisa noch bei der Kellnerin, als sein Filetsteak statt medium durchgebraten war. Nicht mal den fragwürdigen Montepulciano, den Luisa ihm danach im Haus Zugvogel einschenkte, bemäkelte er. Er zog lediglich die Augenbrauen hoch, als sie ablehnte, mit ihm in der gemütlichen Küche zu sitzen, stattdessen ihr Glas Wein schweigsam in dem kleinen Wohnzimmer trank, aber darauf verzichtete, den Kaminofen anzumachen.

Irgendwann gingen sie wie selbstverständlich ins Schlafzimmer und zogen sich aus. Richard schien entschlossen, alle Eindrücke von Zingst mit einer heißen Dusche abzuspülen. Luisa hörte ihn im Bad singen.

Sie schlüpfte unter die Bettdecke. Es fühlte sich unwirklich an, dass sie die vergangene Nacht mit einem anderen Mann verbracht hatte. Eine Welle der Sehnsucht überkam sie bei dem Gedanken an Jan, an seine Berührungen, an seinen Geruch, seinen Geschmack, seine Stimme … Sie hatte ihm einen Anruf versprochen, aber dazu war sie zu feige. Das konnte sie nicht. Es war zu Ende, bevor es richtig angefangen hatte. Er hatte umsonst gewartet. Seinen Geburtstag würde er morgen allein feiern müssen. Sie hasste sich dafür.

In diesem Moment klingelte ihr Handy.

Ihr Herz klopfte wild, als Luisa auf das Display schaute. Es war Emilia. Sie griff nach dem Telefon, schlich aus dem Schlafzimmer, vorbei an der geschlossenen Badezimmertür und dem singenden Richard, ging leise die Treppe hinunter in die Küche.

»Wie lange soll ich denn noch auf deinen Anruf warten?«, beschwerte Emilia sich statt einer Begrüßung. »War es schlimm? Was hat er gesagt? Wie geht es dir? Bleibst du erst mal in Zingst? Soll ich dich am Wochenende besuchen? Oder willst du nach Hamburg kommen? Was machst du mit deinen Sachen in seiner Wohnung? Hast du Freunde, die dir beim Ausräumen helfen? Ich hab mit Henrik gesprochen. Wir könnten nach Berlin kommen und dich beim Umzug unterstützen, wenn du willst. Du willst ihn doch sicher so schnell nicht wiedersehen, oder?«

Luisa schwieg, suchte nach Worten, um ihrer Schwester klarzumachen, warum sie sich anders entschieden hatte. Aber ihr fiel nichts ein. Natürlich nicht. Sie konnte es sich ja selbst nicht erklären.

»Lulu?«, fragte Emilia vorsichtig. »Sag was! Ist alles okay? Hat er dir etwas getan?«

»Ich ... wir haben uns wieder vertragen. Ich bleibe bei Richard. Wir werden heiraten«, flüsterte sie.

»Luisa? Kannst du lauter sprechen? Das klang eben so, als ob du gesagt hättest, dass du Richard heiratest. Sag ganz schnell, dass ich dich falsch verstanden habe.« Emilias Stimme klang flehend.

»Doch. Das habe ich gesagt.«

»Nein. Das kann nicht sein.« Emilia klang fassungslos. »Du darfst dein Leben nicht mit ihm verbringen! Überleg doch mal, was das für dich bedeutet! Keinen Fehler darfst du dir erlauben, musst dich ihm in allem fügen. Ihm huldigen, wenn er den nächsten internationalen Erfolg hat, der seine Macht festigt ... Die Klappe halten ... Auf Kinder verzichten ... Überhaupt auf alles, was dein eigenes Leben ausmachen würde. Und wofür? Für Bequemlichkeit und Luxus!«

»Emilia, so schlimm ist es nun auch wieder nicht«, versuchte Luisa, ihre Schwester zu besänftigen.

»Doch, es ist so schlimm. Und weißt du, was das Schlimmste ist? Dass du es selbst weißt. Du hast es mir ja gesagt. Und nun lässt du dich erneut beeinflussen, lässt dich von Richards Geld und seiner Macht ködern!«

»Von seinen Versprechungen ... Von der Aussicht auf ein gemeinsames Leben, das international und interessant werden wird ... Und von einem wunderschönen

Armband«, flüsterte Luisa so leise, dass Emilia es unmöglich hören konnte.

Emilia war noch nicht fertig. »Ich hab die Nase voll von deiner Unfähigkeit, dich hinter deine eigenen Entschlüsse zu stellen. Von deinem Wankelmut. Oder von dem, was ich für Wankelmut gehalten habe, was aber tatsächlich ein mieser Charakter ist. Jawohl! Wenn du diesen Mann heiratest, vergiss, dass du eine Schwester hast. Die hast du dann nämlich nicht mehr.«

Bevor Luisa antworten konnte, war die Leitung tot. Sie stand barfuß in ihrem Schlafshirt in der dunklen Küche und presste das Handy an ihr Ohr.

»Mila?«, flüsterte sie, obwohl sie wusste, dass sie keine Antwort bekommen würde.

Oben im Bad wurde das Wasser ausgestellt. Sie hörte Richard pfeifen, stellte sich vor, wie er mit dem Handtuch den beschlagenen Spiegel abwischte, um zu sehen, ob er sich das Haar präzise genug kämmte.

Sie legte das Handy auf die Arbeitsplatte, wollte es nicht wie sonst auf dem Nachttisch neben dem Bett liegen haben, um die Erinnerung an das Telefonat aus ihrem Schlafzimmer zu verbannen. Dann nahm sie eine Flasche Mineralwasser aus dem Kühlschrank und ging auf nackten Füßen die Treppe hoch, die ihr heute besonders steil vorkam.

Sie saß noch auf der Bettkante, trank Wasser und kämpfte mit ihrer Trauer, als Richard ins Zimmer kam.

»So, das tat gut«, sagte er und warf sich schwungvoll aufs Bett. Die Matratze wippte auf und nieder wie die *Vineta* bei leichtem Wellengang. Er gähnte, drehte sich zu ihr um und begann, ihren Rücken zu streicheln. »Alles okay, meine Süße? War doch schön, der Spaziergang vorhin. Und du hattest recht: Im Kranichhaus isst man wirklich annehmbar. Der Blick auf das Wasser und die Insel ist hübsch.«

Es heißt Bodden, wollte sie schon sagen. Aber sie schwieg und löschte das Licht, unfähig, Richard im Hellen ins Gesicht zu sehen. Kurz überlegte sie, von dem Telefonat mit Emilia zu erzählen, aber das hätte zu viele Erklärungen gekostet und eine erneute Diskussion heraufbeschworen. Diese Kraft hatte sie nicht mehr. Rasch schlüpfte sie unter die Bettdecke.

»Ja, alles okay«, murmelte sie. Sie musste leise sprechen, sonst hätte er gemerkt, wie ihre Stimme zitterte.

Er versuchte, sie an sich zu ziehen, gab es aber auf, als sie passiv liegen blieb. »Morgen fängt unser neues Leben an. Endlich! Ich musste so lange auf dich warten. Las Vegas, wir kommen. Meine Sekretärin wird uns Flüge in die USA buchen. Ich denke, das ist die schnellste Lösung. Was hältst du vom nächsten Wochenende? Ist knapp, aber dann haben wir es hinter uns.«

Er gähnte, und bevor Luisa antworten konnte, war er bereits eingeschlafen. Sie blieb wie erstarrt auf dem Rücken liegen und lauschte seinen regelmäßigen Atemzügen.

Sie fragte sich, was sie mit ihrem Leben machte. Dachte daran, wie sie versucht hatte, die Weichen in eine neue Richtung zu stellen – ein Wiedersehen mit Emilia, das wunderbare Gefühl, mit Nina und Nike zusammen zu sein, Zingst wiederzuentdecken, Jan kennenzulernen, ach, Jan … Und nun fuhr der Zug doch auf dem Weg weiter, den sie vor Jahren eingeschlagen hatte, damals, als sie sich für Richard und gegen ihre Familie entschieden hatte.

Wie konnte das sein? Was war nur mit ihr los?

Aber noch ist es nicht zu spät, dachte sie. Ich muss Richard nicht heiraten. Noch kann ich mein Leben ändern. Ich muss mich nur anders entscheiden. Gleich morgen früh. Dann bin ich wieder Emilias Schwester, Nikes und Ninas Tante. Ich kann Jan wiedersehen. Mit ihm seinen Geburtstag feiern. Und vor allem: Ich kann ich selbst bleiben.

Aber sie wusste genau, dass sie sich anlog.

Auf dem Nachttisch funkelte das wunderschöne rätselhafte Goldarmband.

Luisa war sich nicht sicher, was sie aus dem unruhigen Dämmerschlaf geweckt hatte. Vielleicht die Erinnerung an das Telefonat mit Emilia, die Angst, ihre Schwester für immer verloren zu haben. Vielleicht war es auch Richards leises Seufzen im Schlaf gewesen.

Oder der Sturm, der ums Haus heulte. Er ließ die Kiefern im Garten knarren, fuhr ins Reet des Daches und ließ es rascheln, ließ das Meer hinter dem Deich grollen.

Auch in den Sommern, die sie mit Emilia in Zingst verbracht hatte, hatte Luisa gelegentlich Stürme erlebt. Dann war der Strand von den ständig hin und her rollenden Wellen überspült worden, bis man geglaubt hatte, dass der feine weiße Sand nur eine Sommerillusion gewesen war. Sie hoffte, dass die Strandkorbvermieter ihre Strandkörbe in Sicherheit gebracht hatten. Sonst würden sie von den Fluten weggerissen werden und auf

Nimmerwiedersehen verschwinden oder irgendwann in Bornholm angeschwemmt werden.

Früher hatten Emilia und sie nach solch einem nächtlichen Sturm morgens nach Bernstein gesucht, auch wenn sie nie welchen gefunden hatten. Früher ... als Emilia noch Teil ihres Lebens gewesen war.

Luisa stützte sich auf den Ellenbogen und sah hinaus. Die Bäume bogen sich, waren zerzauste Kronen vor dem dunklen Himmel, über den rasend schnell die Wolken zogen. Kurz blitzte ein Stern auf, dann wurde er vom nächsten Wolkenfetzen verdeckt.

Sie sah auf ihr Handy: Mitternacht. Sie hatte erst eine Stunde geschlafen. Müde ließ sie sich in ihr Kissen zurücksinken.

Plötzlich knallte es unten im Haus.

Luisa fuhr auf. »Richard, hast du das gehört?«, fragte sie leise und lauschte in die Dunkelheit hinein, doch das Einzige, was sie hörte, war ihr eigener Herzschlag.

Richard murmelte etwas, das sie nicht verstand, und schlief weiter.

Es knallte wieder, dann quietschte es.

Luisa stand auf und huschte aus dem Schlafzimmer. Der Wind heulte lauter als zuvor, sogar ins Haus schien er einen Weg gefunden zu haben. Auf der Treppe wehte ihr kühle Luft um die nackten Beine.

Normalerweise hatte das Ticken von Großvaters Uhren etwas Tröstliches, aber jetzt, da der Sturm brüllte, kam es ihr unheilvoll vor. Sie fröstelte, als sie an ihnen vorbei durch die dunkle Diele ins Wohnzimmer lief. Hier war das Quietschen am deutlichsten zu hören, und sie sah sofort, was es war.

Der Sturm hatte den Fensterladen der Terrassentür, den sie am Tag ihrer Ankunft geöffnet hatte, aus der Halterung gerissen. Er schwang hin und her. Der Wind schlug ihn gegen die Hauswand und zurück gegen den Türrahmen.

Luisa öffnete die Tür. Sofort riss eine Bö sie ihr aus der Hand. Sie versuchte, sie festzuhalten. Ein, zwei Handgriffe, dann würde der Laden wieder fest in seiner Verankerung stecken.

Sie trat hinaus und spürte sofort die eiskalten, nassen Terrassenfliesen und die Kiefernzweige, die der Wind abgerissen und herübergeweht hatte, unter ihren nackten Füßen. Die Kälte ließ sie schaudern. Sie wollte zurück in die Geborgenheit des warmen Bettes, zuerst musste sie allerdings den Fensterladen wieder einhängen.

Es klappte nicht. Irgendetwas an der Halterung musste gebrochen sein. Während sie mit Tür, Fensterladen und Halterung kämpfte, fiel ihr Blick auf den Strandkorb am Ende der Terrasse. Er stand noch. Das war gut.

Doch da war eine Bewegung.

Luisa kniff die Augen zusammen, um besser sehen zu können – und dann ließ sie den Fensterladen mit einem erschreckten Aufschrei los.

Da saß wer! Ganz deutlich erkannte Luisa zierliche Beine, die Füße steckten in Stiefeletten.

Das musste Mary sein.

Luisas Herz pochte so laut, dass sie es gegen den Wind in ihren Ohren zu hören glaubte. Sie tappte über die Terrasse in Richtung Strandkorb.

»Mary!«, rief sie gegen das Heulen des Windes an.

»Mary, was machst du hier? Bei diesem Sturm, mitten in der Nacht! Um Gottes Willen, Mary!«

Sie schaute in den Strandkorb hinein.

Er war leer.

Die Äste der Kiefern hinter dem Strandkorb hingen fast bis auf die Erde, schwankten im Wind hin und her. Hatte sie das gesehen? War sie dadurch getäuscht worden? Wahrscheinlich. Trotzdem sah Luisa den Gartenweg entlang in Richtung Straße, doch sie konnte niemanden entdecken. Keine Mary weit und breit.

In diesem Moment ging im Wohnzimmer das Licht an. Richard stand in der offenen Terrassentür.

»Schatz, mit wem sprichst du da draußen? Komm rein. Du holst dir den Tod. Es ist kalt!«

Luisa schlüpfte an ihm vorbei in das helle Zimmer und schloss die Tür. Sie würde morgen jemanden suchen, der den Laden reparierte.

Ihr Schlafshirt war pitschnass. Sie war bis auf die Knochen durchgefroren. Trotzdem wandte sie sich noch einmal um und schaute besorgt in die dunkle, stürmische Nacht hinaus.

Da draußen war nichts. Sie musste sich eingebildet haben, dass da jemand im Strandkorb gesessen hatte. Das Mondlicht, das immer wieder zwischen den Wolken hindurchblitzte, hatte sie getäuscht.

»Ich dachte, ich hätte Mary gesehen«, sagte sie und lehnte sich zitternd gegen Richard. Er legte seinen Arm um sie.

»Mary?«, fragte er.

»Die alte Dame, die ich kennengelernt habe. Erinnerst du dich nicht? Ich hab sie mal am Telefon erwähnt. Wir haben uns regelmäßig getroffen. Oder zumindest gesehen, wenn sie es wollte. Sie hat mir viel aus ihrer Vergangenheit erzählt. Sie hatte ein langes Leben, aber sie klang manchmal so unglücklich ...« Sie stockte.

»Was um alles in der Welt würde eine alte Dame bei diesem Wetter mitten in der Nacht in deinem Garten wollen? Du musst geträumt haben. Vielleicht bist du schlafgewandelt.«

»Nein, schlafgewandelt bin ich nicht. Es muss eine optische Täuschung gewesen sein. Ich verstehe es auch nicht«, flüsterte Luisa, aber da schob er sie schon sanft vor sich her die Treppen hinauf.

Luisa versuchte, nicht auf das Foto an der Wand von sich und Emilia zu schauen. Wenn das so weiterging, würde sie irgendwann mit geschlossenen Augen durchs Haus gehen, um nur kein Foto ihrer Familie ansehen zu müssen.

Aber es würde ja nicht weitergehen. Morgen würden sie und Richard abreisen.

24. Kapitel

Als Luisa am nächsten Morgen erwachte, hatte sich das Wetter beruhigt. Richard schlief noch, es bestand kein Grund, ihn aufzuwecken. Ihre erste Tasse Kaffee wollte sie allein trinken.

»*Happy birthday*, Jan«, murmelte sie beim ersten Schluck.

Es war halb neun, wahrscheinlich war er schon wach, trank seinen Milchkaffee genau wie sie. Warum war sie nicht bei ihm? Es fühlte sich falsch und richtig zugleich an, hier zu sein, als hätte sie zwei Leben, würde aus dem einen in das andere sehen und nichts dafür oder dagegen tun können.

Sie könnte ihn einfach anrufen und ihm gratulieren. Sie konnte hören, wie es bei ihm nun weiterging, sich entschuldigen, dass sie sich gestern nicht mehr gemeldet hatte. Vielleicht Adressen austauschen, wenn er in Berlin überhaupt schon eine Adresse hatte.

Nein. Das würde sie ganz sicher nicht tun. Wie irrsinnig waren diese Gedanken? Jan war doch nicht irgendein netter Bekannter, dem sie flüchtig zum Geburtstag gratulierte! Die Begegnung mit ihm war viel, viel mehr gewesen. Er hatte ihr eine neue Richtung gezeigt, die sie mit ihm hätte einschlagen können, einen unbekannten, aber verlockenden Weg, den sie gemeinsam hätten erforschen können. Doch sie hatte sich nach den ersten, wunderschönen Schritten umgedreht und war auf den vertrauten Pfad zurückgekehrt.

Sie beschloss, ans Meer zu gehen. Sie wollte sich von ihrer Ostsee verabschieden.

Leise schlüpfte sie in Hose, Pulli, Schuhe und Jacke, steckte den Schlüssel ein und zog die Tür hinter sich zu. Sie eilte über die Straße, den Holzpfad entlang, und atmete tief durch, als sie den nassen Sand betrat. Das Wasser stand so hoch, dass der Strand viel schmaler war als sonst. Die Holzbuhnen waren kaum zu sehen. Der Sturm hatte Seetang bis an die Dünen gespült, wo er zu dunkelgrünen Faserkissen zusammengeballt liegen geblieben war.

In der Ferne sah sie eine Gestalt, die mit einem Stock darin herumstocherte. Genau wie Emilia und sie es früher getan hatten, auf der Suche nach Bernstein, der angeblich in den Tangballen zu finden war.

Luisa schlenderte ans Wasser. Die Wellen schwappten ruhig an den Strand, aber die Ostsee war nicht wie sonst an einem ruhigen Morgen klar, sondern aufgewühlt. Es würde dauern, bis sich der feine Sand gesetzt hatte und wieder den Blick auf den Grund erlaubte.

»Schau, was ich gefunden habe«, sagte jemand hinter ihr. Luisa schreckte zusammen und drehte sich um. Mary ... Sie hob eine dicke dunkelblaue Glasscherbe gen Himmel. Von Sand und Wasser geschliffen, hatte sie weich gerundete Ecken und Kanten und eine raue Oberfläche, fast wie eine Muschel, aber doch eindeutig von Menschenhand gemacht. »Wenn man hindurchschaut, ist es, als ob immer die blaue Stunde wäre. Selbst wenn die Sonne scheint. Dabei werden ab heute die Nächte wieder länger als die Tage«, erklärte Mary und hielt ihr die Scherbe hin. »Nimm sie, Luisa. Als Abschiedsgeschenk. Blick manchmal hindurch und denk daran, wie anders deine Welt hätte aussehen können.« Ungewöhnlich ernst wirkte sie.

»Woher weißt du, dass ich heute abfahre?«

Marys Lächeln erreichte ihre Augen nicht. »Sagen wir, ich ahne, dass du dich entschieden hast. Für Richard Hartung. Aber es ist auch ein Abschiedsgeschenk, weil wir uns nicht mehr wiedersehen werden.«

Unbehagen ergriff Luisa. »Warum nicht?«

»Irgendwann geht alles zu Ende. Ein Aufenthalt, eine Ehe, ein Leben ... Sei nicht traurig.« Mary tätschelte Luisas Hand, die das blaue Glasstück fest umklammerte.

Wollte Mary ihren Tod andeuten?

»Du wohnst in Berlin«, erinnerte Luisa sich. »Was du erzählt hast, hat mich sehr berührt. Können wir in Kontakt bleiben?«

»Nein, ich denke nicht. Du hast große Pläne, die dir wenig Zeit in Berlin lassen. Wir beide müssen uns nicht wiedersehen, es war gut, dass wir uns kennengelernt haben. Menschen, die einem wichtig sind, trägt man in seinem Herzen bei sich.«

Luisa fragte sich, woher Mary von ihren Plänen wusste. Sie sah ihr in die Augen, in dieses helle Blau, das vom Leben gezeichnet worden war wie die Glasscherbe, die sie in der Hand hielt.

»Warst du letzte Nacht auf unserer Terrasse?«, fragte sie leise.

Mary schüttelte den Kopf. »Was redest du da, Luisa?

Warum sollte ich bei euch nachts im Strandkorb sitzen?« Sie sah sie lange, wie tief in Gedanken versunken, an, dann fügte sie hinzu: »Mein Kind, ich wünsche dir alles Gute. Adieu.«

»Ich dir auch, liebe Mary. Du hast mir sehr geholfen mit dem, was du mir erzählt hast. Es gab so vieles, das mich berührt hat. Ich habe daraus gelernt.«

Luisa wusste, dass der Moment des Abschieds gekommen war, und genauso sicher wusste sie, dass sie alles behalten würde, was Mary ihr über das Leben erzählt hatte.

»Du hast aus dem gelernt, was ich dir erzählt habe? Das wäre schön, aber ich wage es zu bezweifeln.« Mit diesen Worten drehte Mary sich um und verschwand Richtung Strandübergang.

Luisa schaute ihr nach. Erst als sie sie nicht mehr sah, fielen ihr drei Dinge auf: Sie hatte kein Wort von dem Strandkorb gesagt, und trotzdem hatte Mary ihn erwähnt. Das war seltsam. Und woher wusste Mary, dass sie Richard Hartung heiraten würde? Von Richard hatte sie mal gesprochen, aber sie hatte niemals seinen Nachnamen erwähnt, oder? Noch etwas war ungewöhnlich. Zum ersten Mal hatte Mary nicht ihren hellen Sommermantel getragen, sondern war ganz in Schwarz gekleidet gewesen. Als ob sie in Trauer wäre.

Dabei war es doch sie selbst, die einen unaussprechlichen Verlust fühlte.

Als sie das Haus betrat, hörte sie oben Richard rumoren. Sie nahm sich einen zweiten Kaffee und stieg die Treppen hinauf.

Er saß angezogen auf der Bettkante und kramte in seiner Reisetasche. Zu seinen dunkelbraunen Cordhosen trug er ein beiges Hemd, darüber einen Rombenpullover, Typ englischer Landmann, den sie an ihm noch nie gesehen hatte. Wahrscheinlich gehörte das zu seiner Vorbereitung für London. Fehlt nur noch der dicke Corgy, dachte Luisa.

»Guten Morgen, Schatz!«, sagte er freudig, als er sie erblickte. »Ich stehe zu meinem Wort, ich freu mich auf unseren gemeinsamen Tag in Zingst, aber ich dachte, ich kann ja schon mal alles zusammenpacken und dann bringe ich es ins Auto, falls wir schon mittags fahren.«

»Ich habe Kaffee gemacht«, antwortete Luisa. »Lass uns frühstücken.«

Sie hatte gewusst, dass Richard sich nicht für Zingst interessierte und möglichst schnell nach Berlin zurückwollte, hatte gewusst, dass er nur ihretwegen hergekommen war. Da durfte sie jetzt nicht enttäuscht sein über seine Worte.

Nach dem Frühstück packte auch Luisa ihre Sachen. Sie hatten sich entschlossen, das Auto zum Hafen zu nehmen. Sie würden zwar nicht mit der *Vineta* auf den Zingster Strom hinaussegeln, aber zumindest wollte sie Richard das Familienschiff zeigen. Dann würden sie noch einen letzten Spaziergang am Bodden machen und schließlich nach Berlin zurückfahren.

Sie legte das orangefarbene Seidenkleid in die Reisetasche, die weißen Jeans, den schwarzen Wollpullover – und konnte nicht vermeiden, dass sie bei jedem einzelnen Kleidungsstück daran denken musste, zu welcher

Gelegenheit sie es getragen hatte. Das orangefarbene Kleid mit Emilia, den Zwillingen und Jan, die weiße Jeans mit Jan, den Wollpullover mit Jan, die Jeans beim Bauen mit Jan ...

Ganz unten in ihre Handtasche warf sie den Block mit ihren Kunstentwürfen. Er sollte unter all dem anderen Kram begraben werden, damit sie so wenig wie möglich daran denken musste. Marys blaue Scherbe verstaute sie zusammen mit ihren Gedanken an sie in der kleinen Schatulle, in der sie ihren Schmuck verwahrte. Ebenfalls die Samtschachtel, in der das goldene Armband lag.

»Fertig?«, fragte Richard.

»Fertig«, sagte Luisa, zog den Reißverschluss zu und richtete sich auf.

»Gut siehst du aus«, meinte Richard anerkennend. »Das Elegante steht dir doch etwas besser als dieses Burschikose, wenn ich das sagen darf. Du gefällst mir sehr darin.«

»Danke.«

Sie hatte sich umgezogen, trug jetzt ihre schickere Hose und die weiße Bluse. Luisa fand es rührend, wie sehr Richard sich um Komplimente bemühte, auch wenn sie sich selbst in diesen Sachen verkleidet vorkam. Wenigstens waren die schwarzen Tod's bequem.

»Dann lass uns fahren.« Richard griff nach ihrer Reisetasche und trug sie die Treppen hinunter, Luisa folgte ihm.

Noch eine letzte Runde durch Haus Zugvogel machte sie, legte einen Zettel für die Putzfrau hin mit der Bitte, die Halterung des Terrassenladens reparieren zu lassen und ihr Fahrrad zum Verleih zurückzugeben. Einen Moment blieb sie noch vor ihrer Lieblingsuhr stehen und beobachtete, wie der Zeiger eine Minute vorrückte, auf einen anderen Vogel, eine andere bunte Ranke zu.

Dann wandte sie sich ab und verließ das Haus.

Noch zwei Tage liefen die Standuhren, dann würde eine nach der anderen aufhören zu ticken und zu schlagen. Erst das Dodo-Chronometer, dann die schöne Französin, schließlich die Niederländerin. Die Totenuhr ruckelte am längsten nach, die Sense des Totenskeletts würde kaum merklich vibrieren und ebenfalls schweigen.

Es würde wie ein leises Seufzen durch das leere Haus klingen.

»Ist dir warm genug? Warte, ich mach die Sitzheizung an.« Kaum hatte Richard gefragt, spürte Luisa schon die Wärme. Musik erklang, die exorbitant teure Hi-Fi-Anlage sorgte für perfekten Sound, während der Motor sanft vor sich hinschnurrte.

»Da vorne musst du links, am Kreisverkehr geradeaus, dann sind wir schon da«, wies Luisa ihn an. Während sie parkten und zum Bootsplatz schlenderten, sprachen sie nicht viel. Luisa vermutete, dass Richard in Gedanken längst wieder in Berlin war, und ihr selbst war das Schweigen gerade recht. Sie wurde das Gefühl nicht los, zu viele Dinge unvollendet zurückzulassen. Zum Beispiel sich selbst. »Da ist es«, sagte sie und zeigte auf die *Vineta*, die sacht in ihrer Box hin- und herschaukelte. Viel war von dem Schiff unter der blauen Persenning nicht zu sehen.

»Ein schönes Schiff«, sagte Richard bewundernd.

Luisa tat so, als bemerkte sie seinen Blick nicht, der an der weißen Motorjacht hängen geblieben war, die neben der *Vineta* lag. »Ja, der Familie liegt viel daran«, sagte sie. »Sie treffen sich alle im Frühjahr und im Herbst, um sie an Land oder ins Wasser zu bringen. Es war so schön, mal wieder zu segeln. Ich musste viel an meinen Großvater denken.«

»Du wirst mit den Vorbereitungen für London genug zu tun haben. Du möchtest doch nicht etwa demnächst bei diesen Familientreffen dabei sein?«, fragte Richard mit gespieltem Entsetzen.

»Bis jetzt haben sie mich noch nie gefragt, und sie werden es wohl auch demnächst nicht tun. Dafür wird Emilia schon sorgen. Wollen wir noch einen Kaffee trinken?«

Richard nickte. Er fragte nicht, was sie mit der Bemerkung über Emilia meinte. Zusammen gingen sie zurück zum Hafen mit seinen Restaurants.

Kraniche sahen sie an diesem Morgen nicht, was Luisa als Zeichen deutete, nicht allzu lange am Bodden zu bleiben. Vermutlich waren die Tiere nach dem Sturm hungrig zu ihren Futterplätzen geflogen. Auch hatte sie das Fernglas im Haus gelassen, sodass sie nicht sehen konnte, was sich auf der Großen Kirr tat. Es war Richard sowieso nicht wichtig, er interessierte sich nicht dafür.

Also stiegen sie nach einem kurzen Aufenthalt in einem Café, wo Richard, wohl um sich auf England einzustimmen, Tee getrunken hatte, was er sonst nie tat, wieder in den Wagen.

»Essen können wir zu Hause«, sagte er mit einem

schrägen Seitenblick, der sie unwillkürlich den Bauch einziehen ließ. »Einen Salat vielleicht. Oder wir ordern Sushi.«

Er ließ den Motor an, fuhr los und bog in die Hauptstraße in Richtung Barth ein.

Luisa schaute wie betäubt hinaus, während die Wiesen an ihr vorbeiglitten. Sie konzentrierte sich auf die Weiden zu ihrer Rechten. Eine Schar Graugänse rupfte Gras. Ein hellgrauer Reiher stand reglos da.

So endet es, dachte sie. So endet meine Zeit hier. Wer weiß, ob ich jemals wieder zurückkehre …

Und dann sah sie ihn. Ihre Sinne vibrierten. Sie war hellwach.

»Halt an, Richard!«, rief sie.

»Jetzt? Wieso?« Richard schaute in den Rückspiegel.

»STOPP!«

Richard bremste scharf, und Luisa kramte in ihrer Tasche nach dem Handy. Sie ließ das Seitenfenster herunter und begann zu fotografieren, immer und immer wieder. Dann suchte sie nach Jans Nummer.

»Was ist denn los?«, fragte Richard.

»Psst«, machte sie und wartete ungeduldig, dass Jan sich meldete.

Was er aber nicht tat. Hatte er ihre Nummer unterdrückt? Blödsinn, die hatte sie ihm ja gar nicht gegeben! Geh ran, Jan, versuchte sie ihn telepathisch zu beschwören.

Sie schickte ihm alle Fotos, die sie gemacht hatte, warf dabei immer wieder hektische Blicke auf die Wiese. Ja. Er war noch da. Da stand er, ganz allein. Auf einem Bein, in der Schlafhaltung der Kraniche.

Der schwarze Kranich.

»Was ist denn?«, fragte Richard erneut, jetzt schon hörbar ungeduldiger.

»Wir müssen zurück«, sagte sie. »Schnell, Richard. Vielleicht ist Jan im Waggon. Oder die Sönkens wissen, wo er ist. Es ist wichtig! Er muss davon erfahren!« Richard rührte sich nicht. »Richard! Fahr los! Das ist der schwarze Kranich! Jan hat ihn erst einmal gesehen. Ich kann ihm das nicht verschweigen. Dieser Vogel ist etwas ganz Besonderes.«

Richard machte keine Anstalten zu wenden. Er nahm die Hände vom Steuer, sah sie an. »Luisa«, sagte er betont langsam, »ich weiß nicht, was du willst. Kommst du jetzt mit mir nach Berlin zurück? Willst du mich heiraten? Wollen wir zusammen nach London gehen? Oder zieht es dich zu Menschen hin, die ich nicht kenne? Wer sind die Sönkens, wer ist Jan? Du faselst von Kranichen und benimmst dich wie jemand, der nichts, aber auch gar nichts mit mir gemein hat. Ich kehre nicht um. Ich fahre weiter nach Hause.«

Luisa sah ihn fassungslos an. »Wie kannst du so ignorant sein? Ich bitte dich doch nur um einen kleinen Gefallen. Das kostet uns höchstens eine Viertelstunde.«

»Ich fahre weiter«, beharrte er stur. Der Motor heulte auf, Richard gab im Leerlauf Gas, wie um seine Worte zu unterstreichen. »Deine komischen Launen hab ich satt. Entscheide dich. Auf der Stelle!«

Plötzlich breitete sich in Luisa Kühle aus. Sie nahm ihre Handtasche, kramte die Schachtel mit dem Goldarmband heraus und legte sie auf die Ablage. Ihre Reisetasche ließ sie, wo sie war, nämlich auf dem Rücksitz.

Dann öffnete sie die Tür und sah Richard mit festem Blick an.

»Hör dich doch mal reden, Richard. Ja, ich entscheide mich. Auf der Stelle. Zum Glück ist es noch nicht zu spät.«

»Wenn du jetzt gehst, ist es für immer vorbei«, sagte Richard mit fremder, kalter Stimme. Er konnte ihr nicht ins Gesicht sehen. »Noch einmal renne ich dir nicht hinterher.«

Luisa sprang aus dem Wagen. »Ach, Hinterherrennen nennst du es, dass du nach Zingst gekommen bist? Du hast kein Interesse an dem, was mich wirklich bewegt, nicht? Gut, dass ich das weiß! Ich befreie dich von mir und deiner gespielten Anteilnahme! So ein Leben will ich nicht. So einen Mann nicht!«

Sie warf die Autotür zu und ging am Straßenrand zurück. Um den schwarzen Vogel nicht zu verschrecken, nahm sie sich zusammen. Denn am liebsten hätte sie laut geschrien – vor Wut auf Richard, aber auch vor Glück. So fühlte es sich an, eine Entscheidung zu treffen. Und zwar die richtige.

25. Kapitel

Der weiße Lieferwagen stand nicht vor der Tür, was alles Mögliche bedeuten konnte. Vielleicht waren die Sönkens damit unterwegs, vielleicht war er in der Reparatur ... Atemlos öffnete Luisa die Gartenpforte und stürmte den Weg zu Jans Waggon entlang. Sie bummerte gegen die Tür.

»Jan! Bist du da?«

Sie erhielt keine Antwort. Sie verstand ja, dass er böse auf sie war. Aber er würde doch aufmachen, oder? Sie klopfte wieder.

»Er ist weg.«

Luisa fuhr herum. Hinter ihr stand Gabriele Sönken und musterte sie kritisch, was hoffentlich nur an ihrem schicken Outfit lag, das sich so sehr abhob von der ausgebeulten Hose und dem kastenförmigen roten Pulli der älteren Frau.

»Wo ist er?«

»Ich weiß nicht. Aber da er mit dem Lieferwagen weg ist, vermute ich mal, auf der Baustelle. Gestern wollte er sie abschließen, aber es gab wieder Probleme.«

»Ich muss ihn sprechen!«

»Rufen Sie ihn an.«

Gabriele wandte sich ab. Auf einmal war Luisa sicher, dass die ablehnende Haltung ihres Gegenübers nicht an ihrer eleganten, für Zingst unpassenden Kleidung lag. Jans Vermieterin ahnte, dass etwas vorgefallen war.

»Das hab ich ja versucht, aber er geht nicht ran!«

»Das kann nicht sein. Jan geht immer an sein Handy. Er ist der Ansprechpartner für alle Ranger hier. Und gerade heute …«, sagte Gabriele resolut. Sie zögerte einen Moment, sah Luisa missbilligend an, als wäre sie überzeugt, dass ihr Anblick nichts Gutes bedeutete. »Ich werde ihn anrufen«, sagte sie dann und zog ihr eigenes Handy aus der Hosentasche.

Doch auch auf Gabrieles Anruf reagierte Jan nicht. »Das ist wirklich ungewöhnlich«, sagte sie, als nach langem Klingeln die Mailbox ansprang.

Eine leise Furcht erwachte in Luisa, ganz tief in ihr, wie ein Herbstblatt, das sachte im Wind flatterte. »Können wir nicht zur Baustelle fahren und nach ihm schauen?«

»Wie denn! Er hat doch unseren Wagen.« Gabriele betrachtete unschlüssig das stumme Telefon.

»Ein Taxi?«

Die alte Frau lachte freudlos auf. »Ein Taxi? Wir sind nicht in Berlin! Wir könnten allerdings mit dem Fahrrad fahren …«

»Das dauert ewig.« Luisas Unruhe wuchs.

In diesem Moment klappte auf dem Nachbargrundstück eine Tür. Gabriele sah hinüber.

»Moin, Mario!«, rief sie, als ein junger Mann in einem Blaumann in den Garten trat. »Hast du eine halbe Stunde Zeit für uns?«

Zeit, dachte Luisa. Immer wieder geht es um Zeit.

Zeit, die einem gehört, die man anderen schenkt. Zeit, die rast, Zeit, die verrinnt, die stehen bleibt. Die niemals zurückzustellen ist.

»Worum geht's?«

»Wir müssen dringend zu Jans Baustelle. Er geht nicht ans Handy. Das passt nicht zu ihm.«

Mario warf einen Blick auf die Uhr. »Jo. Geht klar.« Er verschwand im Haus.

»Das ist nett«, sagte Luisa.

»Das ist Zingst«, antwortete Gabriele. »Ich frag rasch Hubert, ob er auch mitkommen will.« Sie lief ins Haus und kam wenig später mit ihrem Mann zurück.

»Hallo«, sagte er, als er Luisa erblickte, mehr nicht. Er nahm leise ächzend auf dem Beifahrersitz Platz, Luisa und Gabriele setzten sich auf den Rücksitz.

»Wo muss ich hin?«, fragte Mario.

Hubert erklärte es ihm, und sie fuhren los.

Luisa fragte sich, ob es immer so lange gedauert hatte, zu der Baustelle zu fahren. Endlich erblickten sie den weißen Lieferwagen an seinem üblichen Stellplatz.

Also war Jan hier, gleich würde sie ihm von dem schwarzen Kranich erzählen können, Jan würde sich ärgern, dass er nicht ans Handy gegangen war, aber die Daten, die sie ihm geschickt hatte, blieben erhalten, und sie würden so schnell wie möglich in Richtung Barth fahren, vielleicht hatten sie Glück, und der Kranich stand noch da …

Mario parkte. Sie gingen den Pfad entlang, an dessen Ende die Plattform stand.

Das, was von ihr geblieben war.

Sie war zusammengebrochen.

»O mein Gott.« Gabriele schlug entsetzt die Hände vors Gesicht, als sie den Trümmerhaufen entdeckte.

Luisa begann zu rennen, ihre schwarzen Tod's platschten durch das moorige Wasser, das an ihrer Hose hochspritzte.

»Jan!«, rief sie, als sie sich dem Bretterhaufen näherte, ein Anblick, als hätte ein böswilliger Riese Mikado mit den Hölzern und Balken gespielt. »Wo bist du?« Sie sah sich um. »Jan!«

Es war Mario, der ihn fand.

Er lag leichenblass und regungslos mit geschlossenen Augen unter einem schweren, gesplitterten Balken. Aus einer kleinen Wunde auf der Stirn lief Blut in sein Haar, und noch schlimmer sah eine zweite Wunde aus: Eine Schraube hatte sich in seinen Arm gebohrt, direkt in den Tattoo-Flügel. Er musste sehr stark geblutet haben, um ihn herum war eine rote Lache, und noch immer sickerte Blut aus dem Tattoo.

Luisa kniete sich neben Jan, zwang sich, die tiefe, klaffende Wunde anzuschauen. Am Hals fühlte sie nach seinem Puls. Sie fand ihn, schwach, aber regelmäßig.

»Ruft die Feuerwehr und einen Krankenwagen«, schrie sie. »Schnell.« Gabriele rief Anweisungen ins Telefon, Hubert und Mario hoben den Balken weg, der auf Jans Unterschenkel lag, die Bretter, die seine Brust bedeckten. »Jan«, sagte Luisa flehentlich. »Hörst du mich?«

Er schlug die Augen so abrupt auf, dass sie erschrak. Irritiert blickte er sie an, versuchte, sich aufzurichten. »Luisa. Der Sturm hat alles zerstört«, murmelte er, als sie ihn vorsichtig zurückhielt. »Warum hast du dich gestern nicht gemeldet? Ich hab gewartet. Den ganzen Abend ...«

»Jetzt bin ich da. Bleib liegen. Beweg dich nicht. Die Feuerwehr ist gleich da.« Er schloss die Augen. »Ich hab vorhin den schwarzen Kranich gesehen und Fotos gemacht«, flüsterte sie ihm ins Ohr. Seine Augenlider flatterten. »Er ist kohlrabenschwarz, aber es ist definitiv kein Kronenkranich. Und bitte ... werd schnell wieder gesund ...« Tränen traten ihr in die Augen, ihre Stimme zitterte. »Wir wollen doch heute deinen Geburtstag feiern. Wie alt wirst du überhaupt?« Jan schien sie weder zu hören noch ihren sanften Kuss zu spüren.

Sie war sich immer noch nicht sicher, ob der schwarze Kranich Glück oder Unglück brachte. Wahrscheinlich war er ein Glücksvogel. Denn sonst wäre sie jetzt nicht hier. Oder?

In der Ferne hörte sie das Heulen einer Sirene, das rasch näher kam. Kurz darauf beugten sich ein Notarzt und ein Sanitäter über Jan, ein weiterer brachte eine Trage. Luisa machte ihnen Platz.

»Starker Blutverlust. Wahrscheinlich schwere Gehirnerschütterung, Fraktur des Unterschenkels, gebrochene Rippen«, sagte der Arzt knapp und überprüfte die Vitalzeichen. Der Sanitäter machte einen behelfsmäßigen Druckverband und legte einen Tropf an.

»Besteht Lebensgefahr?«, fragte Gabriele mit zitternder Stimme.

Der Arzt schien seine Antwort abzuwägen, dann schüttelte er entschieden den Kopf. »Unwahrscheinlich. Scheint ein ganz durchtrainierter, gesunder Kerl zu sein. Und Sie haben ihn ja rechtzeitig gefunden. Wenn er noch ein paar Stunden gelegen hätte ... dann würde das ganz anders aussehen. Ich lasse den Helikopter kommen. Wir fliegen ihn ins Unfallklinikum nach Stralsund.«

Ein kollektiver Seufzer erklang.

Luisa stand reglos da. Was wäre passiert, wenn sie nicht aus Richards Wagen ausgestiegen wäre? Dann wäre Jans Geburtstag vermutlich sein Todestag gewesen, der Tag des Herbst-Äquinoktiums. Ohne Jan erschienen ihr die Nächte der Zukunft auf einmal sehr lang.

»Heben wir ihn auf die Trage. Wir machen die Notversorgung im Krankenwagen auf dem Weg zum Helikopterlandeplatz. Leute, aufgepasst! Eins, zwei, drei!« Jan stöhnte auf.

Bis zum Krankenwagen lief Luisa neben der Trage her, hielt Jans bleiche Hand. Erneut schlug er die Augen auf. Er flüsterte etwas, und im Laufen beugte Luisa sich vor.

»Was ist, Jan? Ich hab dich nicht verstanden.«

»Vierzig. Ich werde heute vierzig«, hauchte er und drückte ihre Hand ganz schwach.

»Sind Sie seine Frau?«, fragte der Arzt. Luisa schüttelte den Kopf. »Verwandt?« Luisa schüttelte wieder den Kopf.

»Dann können Sie leider nicht mit. Rufen Sie später an.«

Er gab ihr eine Karte mit einer Telefonnummer. Die Sanitäter schoben die Trage in den Krankenwagen, der Arzt stieg ein und schloss die Tür von innen. Im nächsten Moment fuhr der Wagen auch schon los. Luisa starrte verzweifelt auf das Milchglasfenster.

Erschöpft stieg sie aus Marios Wagen, als er vor Haus Zugvogel hielt.

»Danke, dass du mich hingebracht hast«, sagte sie.

Mario nickte. Ihn als schweigsam zu bezeichnen, war eine maßlose Übertreibung.

Durch die geöffnete Tür griff Gabriele nach ihrer Hand. »Wenn du nicht zu Jan gewollt hättest, ich weiß gar nicht, was passiert wäre.« Ihr ängstlicher Blick verriet das Gegenteil: Sie wusste genau, was dann passiert wäre.

»Ich melde mich, sowie ich etwas weiß«, versprach Luisa. Dann schloss sie die Tür, und die drei fuhren davon.

Sie holte den Hausschlüssel aus seinem Versteck und schloss die Tür auf.

Stille empfing sie, und ähnlich wie bei ihrer Ankunft dauerte es einen Moment, bis sie verstand, was sie irritierte: Die Standuhren tickten nicht mehr.

Wie konnte das sein? Sie hatte sie alle vier Tage aufgezogen, sie sollten erst am Sonntag wieder stehen bleiben. Luisa schüttelte den Kopf. Sie würde die Uhren später aufziehen, aber bis dahin gab es so viel zu tun. Sie musste noch einmal mit Richard reden, sich ganz offiziell von ihm trennen. Sie musste sich um ihre Familie kümmern, Emilia anrufen …

Und Jan. Ach, Jan! Sie machte sich solche Sorgen um ihn. Wie lange der Helikopter wohl brauchen würde? Wie lange dauerte die Untersuchung? Ob er notoperiert werden, eine Bluttransfusion bekommen musste?

Eine Stunde gab sie sich, dann würde sie in der Klinik in Stralsund anrufen. Spätestens.

Luisa ging in die Küche, setzte Wasser auf, wartete, bis es kochte, und machte sich einen Tee. Dann nahm sie den Becher und stieg die Treppe hoch, ging ins Schlafzimmer. Sie wollte nicht am Küchentisch warten, bis diese eine Stunde verging, von der so viel abhing. Plötzlich sehnte sie sich nach etwas Weichem, Behütendem. Nach einer Umarmung, in die sie sich fallen und trösten lassen konnte. Nach Großvaters altem Sessel.

Vorsichtig stellte sie den heißen Becher auf das Tischchen und ließ sich in die Polster sinken. Sie schaute aus dem Fenster, ohne etwas wahrzunehmen, bis ihr Blick schließlich auf das Kästchen fiel, das sie auf der Suche nach dem Fernglas gefunden hatte.

Sie öffnete es, betrachtete das Durcheinander von vertrauten Gegenständen. Da war das Bootsmesser des Großvaters, das er häufig zum Schnitzen genutzt hatte, eine alte Rettungsschwimmermedaille, seine Mitgliedskarte der Deutschen Gesellschaft zur Rettung Schiffbrüchiger, Fotos von Schiffen, die er nachgebaut hatte, ausgeschnitten aus Zeitungen. Eine kleine Karte zeigte verschiedene Schiffsknoten, in einem Messingkompass zitterte eine Nadel. Luisa legte ihn auf die flache Handfläche, richtete ihn nach Norden aus, dahin, von wo die Kraniche kamen.

Auf dem Boden der Kiste lag ein Stück Papier. Zuerst dachte Luisa, es sei hineingelegt worden, um das polierte Holz des Kästchens zu schützen. Bis sie das verblasste L entdeckte, halb von dem Bootsmesser verdeckt. Sie fischte das zusammengefaltete Blatt heraus.

Es war der Brief, den der Großvater ihr zum achtzehnten Geburtstag geschrieben hatte. Hier war er also!

Hatte sie ihn damals nach Zingst mitgenommen, um ihn Emilia vorzulesen? Möglich, sie erinnerte sich nicht mehr.

Luisa faltete ihn auseinander und begann zu lesen. Eine Welle der Sehnsucht ergriff sie, fast glaubte sie, die ruhige, tiefe Stimme des Großvaters zu hören. Tief bewegten sie die Zeilen, die von seiner Liebe zu ihr sprachen und von seinem Respekt für die Zeit, von seiner Hoffnung, dass sie für sich das Leben fand, das er ihr wünschte, das sie glücklich machen würde.

Bedenke, meine liebe Luisa, es ist die Zeit, die uns ausmacht, las sie. *Sie ist das Wertvollste, was wir haben, und zugleich das Vergänglichste. Heute bist du volljährig, und wahrscheinlich kommt dir die Zeit, die vor dir liegt, unendlich vor. Das ist das Vorrecht der Jugend. Aber sie vergeht unaufhaltsam. Ihr ist alles untergeordnet – Glück, Liebe, Unglück, Krankheit dauern an, bis es vorbei ist. Die Zeit kennt nur eine Richtung: voran. Das kann tröstlich sein oder unerbittlich. Der Moment ist wie ein Punkt, der letzte Punkt ist die Vergangenheit, der nächste Punkt bereits die Zukunft. Alle Punkte aneinandergereiht bilden den Weg deines Lebens. Jedes Mal, wenn du eine Entscheidung triffst, beeinflusst du diesen Weg. Mit manchen Entscheidungen änderst du den Verlauf deines Weges mehr, mit anderen weniger.*

Wäre ich von Zingst weggegangen, wenn ich gewusst hätte, dass es deiner Großmutter das Herz bricht? Wahrscheinlich hätte ich anders entschieden. Aber ich wusste es nicht, niemand hat es mir gesagt.

Wie wäre es wohl, wenn man seinem alten Ich begegnete,

das einem von dem eigenen gelebten Leben erzählen würde und man die Wahl hätte, dieses Leben zu leben – oder ein anderes, zweites, unbekanntes? Vielleicht ein besseres? Eines Tages vor dieser Wahl stehen zu können und dann die richtige Entscheidung zu treffen, das wünsche ich dir zu deinem achtzehnten Geburtstag.

Für dich scheint das vielleicht ein merkwürdiger Wunsch zu sein. Nimm ihn trotzdem als Geschenk eines alten Mannes an, der dich sehr liebhat.

Von deinem Großvater Max

Luisa legte den Brief auf den Tisch und lehnte sich im Sessel zurück. Die Sätze des Großvaters empfand sie ganz anders als damals, aber natürlich, sie war ja auch zwanzig Jahre älter. Sie schloss die Augen, tief in Gedanken versunken an Max und sein Leben, an seinen Wunsch für sie. Eine tiefe Ruhe überkam sie, die sie kurz wegdösen ließ.

Im Halbschlaf kreisten ihre Gedanken um Mary.

Eine Idee schaffte sich Raum, drängte sich erst langsam näher, dann überfiel sie Luisa so unvermittelt, dass sie anfing zu zittern. Sie öffnete die Augen und griff erneut nach dem Brief.

Wie wäre es wohl, wenn man seinem alten Ich begegnete, das einem von dem eigenen gelebten Leben erzählen würde und man die Wahl hätte, dieses Leben zu leben – oder ein anderes, zweites, unbekanntes?

Plötzlich war Luisa hellwach. Die Ähnlichkeit zwischen Marys Leben und dem, das Luisa vermutlich mit Richard gehabt hätte ... war das ein Zufall? Sie erinnerte sich an alles, was Mary ihr erzählt hatte.

Lange war sie im englischsprachigen Ausland mit ihrem beruflich so erfolgreichen Mann gewesen. Luisa hieß mit zweitem Namen Marie. Wäre daraus Mary geworden, wenn sie mit Richard nach London gegangen wäre? Marys Trennung von der Schwester, mit der sie nie wieder Kontakt gehabt hatte ... Genau wie sie und Emilia, wenn sie sich für Richard entschieden hätte. Keine eigenen Kinder hatte Mary gehabt, weil ihr Mann keine hatte haben wollen, obwohl sie sich nach Kindern gesehnt hatte. Das traurige Alleinsein im Alter, der Ausschluss aus der Familie ... wäre das Luisas Schicksal gewesen? Marys fast ätherische Schlankheit, der Verzicht auf lustvolles Genießen, weil ihr Mann keine kurvigen Frauen gemocht hatte, ihr Mann, der fremdgegangen war, der die Natur nicht geliebt hatte, genau wie Richard ... Die vielen persönlichen Opfer, die Unterordnung, um dieses eine Ja lebenslang einzuhalten ...

Der lilafarbene Stein in der Fassung, die Mary früher selbst gemacht hatte. Sie war auch Goldschmiedin ...

Luisa schnappte nach Luft, als ihr noch etwas einfiel. Das goldene Armband, das Richard ihr geschenkt hatte ... Ja, natürlich ... Mary hatte es getragen.

Und Jan? Mary hatte ihn gekannt, viel über ihn gewusst. Was hatte sie über ihn gesagt? *Wie* hatte sie es gesagt? Voller Wehmut, voller Sehnsucht. Sie hatte wie von einer alten Liebe, die sich nie erfüllt hatte, über ihn gesprochen.

Und wessen Grab hatte Mary auf dem Friedhof besucht? Wessen Geburtstags- und Todestag wären auf dasselbe Datum gefallen? Jans, wenn sie ihn heute nicht rechtzeitig gefunden hätte, wenn er gestorben wäre, weil sie mit Richard nach Berlin gefahren wäre …

Marys hellblaue Augen, das volle, wellige Haar … Was, wenn sie das selbst im Alter war?

Ihr Herz raste.

»Großvater?«, fragte sie bebend in den leeren Raum hinein. Ihr Geist sperrte sich dagegen, etwas zu erfassen, für das es keine logische Begründung gab. Außer, dass jedes Detail passte. »War das dein Geschenk zu meinem achtzehnten Geburtstag? Hast du mir Mary geschickt, damit ich weiß, wie mein Leben mit Richard verlaufen wäre? Damit ich mich anders entscheiden kann?«

Auf einmal fühlte sie sich zu unruhig, um sitzen zu bleiben. Sie sprang auf und stürmte die Treppen hinunter und ins Wohnzimmer, stieß die Terrassentür auf und lief nach draußen.

So etwas gab es nicht. So was konnte es doch nicht geben. Oder etwa doch? Sie würde sich nicht in übersinnliche Spekulationen verstricken. Aber wenn es das überwältigende Geschenk war, für das sie es hielt, würde sie es auch als Geschenk annehmen. Sie war der Person begegnet, zu der sie geworden wäre, wenn sie sich für Richard entschieden hätte. Und diese Person wollte sie nicht sein. Sie würde einen anderen Weg gehen.

Marys Leben war nicht das Leben, das sie führen wollte. Sie hatte es immer geahnt. Das war der Grund gewesen, warum sie nach Zingst gekommen war. Und jetzt ahnte sie es nicht mehr nur – sie wusste es.

Wie ihr anderes Lebens werden würde? Die Zeit würde es zeigen. Aber nicht wie Marys Leben, auf keinen Fall.

»Ich habe diese Nummer vom Notarzt. Ich wollte fragen, wie es Jan Sommerfeldt geht«, sagte sie am Telefon.

Ihre Hände waren schweißnass. Bloß keine schreckliche Nachricht, bitte, keine schreckliche Nachricht …

»Sind Sie seine Frau?«, fragte die Schwester.

»Ja«, antwortete sie wie selbstverständlich.

»Es geht ihm recht gut, Frau Sommerfeldt. Er brauchte eine Bluttransfusion, sein Bein musste gerichtet und die Wunde am Arm genäht werden. Er ist bereits aus der Narkose aufgewacht, aber noch sehr schläfrig. Lassen Sie ihn sich heute ausruhen, morgen können Sie ihn gern besuchen.«

»O mein Gott, danke! Bitte grüßen Sie ihn von Luisa.«

Vor Erleichterung schossen ihr Tränen in die Augen. Jan würde wieder gesund werden. Alles würde gut. Entschlossen wischte sie die Tränen weg. Jetzt würde sie erst mal Gabriele anrufen. Sich für den nächsten Tag mit ihr verabreden. Sie würden zusammen ins Krankenhaus fahren.

Auf der Terrasse trank Luisa den Rest des Tees, der inzwischen kühl geworden war. Ein frischer Wind fuhr durch die Kiefern, hinter dem Deich und den Dünen brauste die Ostsee, ihr Meer.

Emilia … Luisa würde ihrer Schwester erklären, wie wichtig sie ihr war, ihr sagen, dass sie nach Hamburg fahren, die Mutter wiedersehen wollte – und alle anderen auch. Dass sie sich nun wirklich und endgültig von

Richard getrennt hatte und dass es dieses Mal kein Zurück geben würde. Und in einigen Wochen, wenn die *Vineta* zum Überwintern aus dem Wasser gehoben würde, wollte sie dabei sein. Mit allen zusammen in Haus Zugvogel kochen, lachen, erzählen.

Vielleicht hatte Jan ja Zeit und Lust mitzukommen. Die Zwillinge würden sich freuen. *Sie* würde sich freuen.

Während Luisa sich ausmalte, wie das Gespräch mit ihrer Schwester am Abend verlaufen würde, schoss ihr unvermittelt eine Idee durch den Kopf.

Sie sah ein Bild vor sich, drehte und wendete es, bis es zu einer dreidimensionalen Figur wurde. Aus ihrer Tasche nahm sie Stift und Zeichenblock und begann, mit sicherem, kühnem Strich einen stilisierten Flügel zu zeichnen.

Er hatte eine gleichmäßige, harmonische Form, nur der Flügel war zerstört. Als ob ein Nagel hineingetrieben worden wäre, der ihm die Fähigkeit zu fliegen genommen hatte. Doch genau darin lag eine künstlerische Spannung, eine zweite Ebene des Abwartens, Hoffens, Wissens. Der stilisierte Flügel würde heilen und dann wieder seine Bewegung aufnehmen können – eine naturgegebene Bewegung in Gold. Es war nur eine Frage der Zeit.

Wie alles im Leben eine Frage der Zeit war.

Nachwort und Dank

Ein herzliches Dankeschön …

… geht wie immer an meine großartige Agentin Petra Hermanns, der ich diese Idee vor einiger Zeit unterbreitet habe und die darin mehr sah, als ich jemals zu hoffen gewagt habe. Danke auch an meine Lektorin und Hauptansprechpartnerin im Verlag, Anna-Lisa Hollerbach. Danke an das gesamte Blanvalet-Team! Ein Dankeschön auch an meine Textredakteurin Margit von Cossart und meine kritische, aber immer liebevolle Erstleserin Brigitte.

Dass der Kranich ein realer und zugleich magischer Vogel ist, wurde mir bei Kranichbeobachtungen in Zingst klar, an denen ich mehrere Male teilgenommen habe. Ich kann sie jedem Naturliebhaber nur empfehlen. Auch ein Besuch im Kranich-Informationszentrum Groß Mohrdorf lohnt sich sehr, insbesondere wenn Dr. Günter Nowald, den man nicht umsonst den »Kranichpapst« nennt, einen Vortrag hält. Seine Bücher über Kraniche bieten unschätzbare Informationen, sein Enthusiasmus ist ansteckend. Ich hoffe, er verzeiht mir den schwarzen Kranich.

Ein besonderes Dankeschön geht an Susanne Zeyse. Ohne ihre interessanten Erzählungen über die Geschichte ihrer Familie in Ahrenshoop und Hamburg wäre die Familie Mewelt nicht das, was sie ist. Danke, dass ich Anleihen machen durfte!

Ein Dankeschön auch an Christian, der mir von Opa Hopf und der blauen Stunde erzählt hat.

Last, not least ein herzliches Dankeschön an alle Leser, die sich auf diese Reise an die schöne Ostsee, auf die Wunder der Zeit und der Natur eingelassen haben.

Tania Krätschmar

Der Duft von weißen Rosen, eine alte Gärtnerei und ein schicksalhaftes Erbe …

336 Seiten. ISBN 978-3-7341-0242-4

Als Nora und ihre drei Freunde eine verlassene Gärtnerei in der Mark Brandenburg entdecken, beschließen sie: Sie werden die verkrauteten Beete beackern, die maroden Gewächshäuser bepflanzen und sich hier ihr eigenes Paradies schaffen. Doch die Verwaltung findet das nicht akzeptabel und sperrt die vier aus. Ist der Traum verblüht? Keineswegs: Kurzerhand besetzen Nora und die Novemberrosen die alte Gärtnerei. Plötzlich sprießen Schlagzeilen, die Zahl ihrer Unterstützer wuchert – auch wenn das verwunschene Grundstück das Geheimnis seiner Vergangenheit noch längst nicht preisgegeben hat …

Lesen Sie mehr unter: **www.blanvalet.de**